高等院校"十一五"规划教材

Java 程序设计实例教程

主 编 魏先民 徐翠霞

U0133051

中国水利水电出版社
www.waterpub.com.cn

内 容 提 要

Java 是一种很优秀的编程语言，具有面向对象、与平台无关、安全、稳定和多线程等特点，是目前软件设计中极为健壮的编程语言。Java 语言不仅可以用来开发大型的应用程序，而且特别适合在 Internet 上应用开发，Java 已成为网络时代最重要的编程语言之一。

本书以培养学生 Java 语言的应用能力为目标，注重可读性和实用性，配备大量的案例，每个案例都经过精心的考虑，既能帮助读者理解知识，又具有启发性。本书通俗易懂，便于学生自学，涉及的案例都是从简单到复杂，内容逐步深入，便于读者掌握 Java 的编程技巧。

本书共分 8 章，讲解 Java 程序设计知识及其编程方法，包括 Java 语言的基础语法、结构化程序设计、面向对象程序设计、数组、字符串、异常处理、文件和数据流、图形用户界面设计、小应用程序、线程、多媒体和图形程序设计等内容。

本书不仅可以作为高等院校相关专业的教材，也适合自学者及软件开发人员参考使用。

本书配有电子教案，读者可以从中国水利水电出版社网站上下载，网址为：
http://www.waterpub.com.cn/softdown/。

图书在版编目（CIP）数据

Java 程序设计实例教程 / 魏先民，徐翠霞主编. —北京：
中国水利水电出版社，2009
高等院校"十一五"规划教材
ISBN 978-7-5084-6089-5

Ⅰ．J… Ⅱ．①魏…②徐… Ⅲ．JAVA 语言－程序设计－
高等学校－教材 Ⅳ．TP312

中国版本图书馆 CIP 数据核字（2008）第 187616 号

书　　名	高等院校"十一五"规划教材 **Java 程序设计实例教程**
作　　者	主　编　魏先民　徐翠霞
出版发行	中国水利水电出版社（北京市三里河路 6 号　100044） 网址：www.waterpub.com.cn E-mail: mchannel@263.net（万水） 　　　　 sales@waterpub.com.cn 电话：（010）63202266（总机）、68367658（营销中心）、82562819（万水）
经　　售	全国各地新华书店和相关出版物销售网点
排　　版	北京万水电子信息有限公司
印　　刷	北京蓝空印刷厂
规　　格	184mm×260mm　16 开本　18.25 印张　451 千字
版　　次	2009 年 1 月第 1 版　2009 年 1 月第 1 次印刷
印　　数	0001—4000 册
定　　价	28.00 元

凡购买我社图书，如有缺页、倒页、脱页的，本社营销中心负责调换

前　　言

　　Java 语言具有面向对象、与平台无关、安全、稳定和多线程等特点，不仅可以用来开发大型的应用程序，而且特别适合开发网络应用程序。目前无论是高校的计算机专业还是 IT 培训学校都将 Java 作为主要的教学内容之一，这对于培养学生的计算机应用能力具有重要的意义。实践表明，这门课的教学存在一定的问题，主要表现在：学生理解抽象的程序设计语言较困难，学生的实践不充分，缺乏有效的指导，知识学习与应用能力的培养相脱节。

　　实例教学是计算机语言教学的最有效的方法之一。好的实例对学生理解知识，掌握如何应用知识十分重要。本书以实例教学为目的，围绕教学内容组织实例，对学生的知识和能力训练具有很强的针对性，主要特色如下：

　　（1）以知识线索设计实例，分解知识点，有明确的目的和要求，针对性强。

　　（2）选择有代表性的实例，突出重点知识的掌握和应用。

　　（3）将技术指导、代码与分析、应用提高、相关知识有机结合起来。

　　（4）注意新方法、新技术的应用。

　　（5）处理好具体实例与思想方法的关系，及局部知识应用与综合应用的关系。

　　（6）强调实用性，培养应用能力。

　　本书中每个实例的结构模式为"实例说明→实例目的→技术要点→代码及分析→应用扩展→相关知识及注意事项"。每一章含有多个实例，配有相应的习题。通过强化实例和实训教学，加深学生对理论知识的理解。

　　本书由魏先民、徐翠霞担任主编，其中第 1 章、第 6 章和第 8 章由魏先民编写；其余章节由徐翠霞编写。徐翠霞负责全书审阅。

　　限于作者水平，书中难免有错误和疏漏之处，恳请读者批评和指正，使本书得以改进和完善。

作　者
2008 年 10 月

目　　录

第 1 章　Java 语言基础

教学目标与要求：本章从一个最简单的 Java 程序入手，介绍了 Java 程序的基本结构及编译运行方法，进而对程序中涉及的 Java 的基本语法做简单介绍。通过本章的学习，读者应该掌握以下内容：

- Java 语言的特点和 Java 程序的运行机制
- Java 开发环境的安装配置
- Java 程序的开发方法、过程和各自的特点
- 标识符和关键字
- 常量和变量
- Java 的基本数据类型
- 运算符和表达式
- Java 的语句
- 数组
- String 类字符串

教学重点与难点：Java 程序的开发方法、过程和各自的特点；Java 基本语法知识。

1.1　"一个简单的 Java 应用程序"实例

【实例说明】

本实例要求编写一个 Java 应用程序，在屏幕上显示 "Hello Java!!"。程序编译运行界面如图 1-1 所示。

图 1-1　程序编译运行界面

【实例目的】

（1）熟悉 J2SDK 的安装过程、J2SDK 环境变量的设置。

（2）掌握 J2SDK 常用命令的使用以及程序调试的全部过程。

（3）掌握两种 Java 程序的开发方法、开发过程和各自的特点。

（4）学会编写和调试 Java Application 和 Java Applet 程序。

【技术要点】

创建一个名为 HelloWorld.java 的 Java 应用程序，需要使用 JDK 中的 Java 编译器 javac.exe 对其进行编译，也可利用 JCreator 简化编译和运行的过程。为了使读者更清楚地了解程序的执行过程，在 DOS 界面下进行编译和运行。具体步骤如下：

1. 在 Edit 编辑器中编辑 Java 源程序

（1）在 DOS 提示符下键入 C:\>edit↙（下划线部分为用户输入的命令，"↙"表示按回车键）。

（2）在 Edit 文本编辑窗口中输入程序代码，如图 1-2 所示，并将其放于 D:\xcx\CH1 文件夹下，以 HelloWorld.java 文件名保存，如图 1-3 所示。

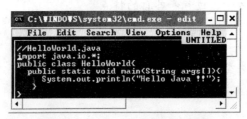

图 1-2　用 Edit 编辑器新建文件

图 1-3　Edit 编辑器文件保存窗口

在图 1-3 中，选择【File】菜单下的【Save】菜单项，在弹出的窗口中，首先在 Directories 列表中选择文件保存的位置 D:\xcx\CH1 文件夹，然后在 File Name 处输入文件名 HelloWorld.java，最后单击【OK】命令按钮完成保存。界面如图 1-4 所示。

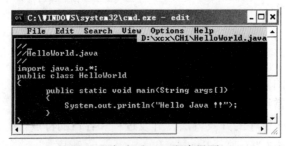

图 1-4　保存后 Java 程序界面

（3）选择【File】菜单下的【Exit】菜单项，退出 Edit 编辑器。

2. 在 DOS 环境下编译、运行 Java 程序

（1）为了使得在 DOS 环境下编译、解释 Java 程序更加方便，需要设置路径。例如，JDK 安装在 C:\Program Files\Java\jdk1.6.0 文件夹下，而 javac 编译器在其 bin 子文件夹下。这时应在 DOS 提示符下输入如下命令：

```
path  C:\Program Files\Java\jdk1.6.0\bin;%path%✓
```

（2）编译 HelloWorld.java 程序，执行如下命令：

```
javac  d:\xcx\ch1\HelloWorld.java✓
```

编译完成后，Java 程序如果有错误，则显示错误提示。例如，若将程序代码中的 String 输入为 string，错误提示如图 1-5 所示。如果没有任何错误，则表示编译成功。这时，在 Java 程序所在的同一文件夹下会生成同名但扩展名为 ".class" 的新文件。

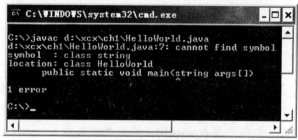

图 1-5　javac 命令出错提示

（3）编译成功后，在用户工作目录下执行下面的命令解释运行 Java 程序，运行界面如图 1-1 所示。

```
D:\ xcx\ch1> java  HelloWorld✓
```

【代码及分析】

```
//文件 HelloWorld.java
import java.io.*;                                //引入包
public class HelloWorld{                         //定义类
    public static void main(String args[]){      //main()方法
        System.out.println("Hello Java !!");     //输出数据
    }
}
```

注意：如果把 "println()" 改为 "print()"，则下一个语句的输出会紧接在当前输出的内容之后，而不是换行输出。

【应用扩展】

可以编写带参数的 main() 方法，通过命令行的方式得到被显示的数据。程序的源代码如下：

```
//文件 HelloWorld.java
import java.io.*;                                //引入包
public class HelloWorld{                         //定义类
    public static void main(String args[]){      //main()方法
```

```
    if(args.length!=2){            //判断 main()方法参数的个数
            System.out.println("请输入两个字符串，作为命令行参数");
            System.exit(0);
        }
    else {                        //用 main()方法命令行的方式得到数据
            System.out.println(args[0]+ " "+args[1]);
        }
    }
}
```

编译成功后，若向程序传递两个字符串“Hello”和“Java!!”，在运行时必须通过如下的命令行实现：

```
java HelloWorld Hello Java!!
```

所谓命令行参数，是执行字节码文件时，在命令行上字节码文件名后给出的内容。一般格式为：

```
java  文件名  命令参数 1  命令参数 2
```

例如：

```
java HelloWorld A B
```

这里的 A 和 B 就是命令行参数，在 Java 应用程序中通过 args 得到并处理这些内容。命令行参数有多个时，用空格来分隔，如上述的命令行参数有 2 个。Java 应用程序会将这些参数按顺序存入数组 args，第一个参数存入 args[0]，第二个参数存入 args[1]。

如果要传递带有空格的字符串，可用引号将其括起来。

例如：

```
java HelloWorld "Happy new year" "you and me"
```

【相关知识及注意事项】

1．Java 语言的主要特点

Java 语言是一种适用于网络编程的语言，它的基本结构与 C++极为相似。Java 语言诞生于 C++语言之后，是完全的面向对象的编程语言。它的主要特点如下：

（1）简单性。与 C++相比，Java 不再支持运算符重载、多级继承及广泛的自动强制等易混淆和极少使用的特性，而增加了内存空间自动垃圾收集的功能，复杂性的省略和实用功能的增加使得开发变得简单而可靠。

（2）平台无关性。平台无关性是 Java 最吸引人的地方。Java 是一种网络语言，而网络上充满了各种不同类型的机器和操作系统。由于采用了解释执行而不是编译执行的运行环境，首先编译成字节码，然后装载与校验，再解释成不同的机器码来执行，即“Java 虚拟机”的思想，“屏蔽”了具体的“平台环境”要求。

（3）面向对象的技术。面向对象的技术具有继承性、封装性、多态性等众多特点，Java 在保留这些优点的基础上，又具有动态编程的特性，更能发挥出面向对象的优势。

（4）支持多线程。多线程机制使应用程序能同时进行不同的操作，处理不同的事件。Java 有一套成熟的同步语言，保证了对共享数据的正确操作。通过使用多线程，程序设计者可以分别用不同的线程完成特定的行为。

（5）动态性。Java 在类库中可以自由地加入新方法和实例变量，而不影响用户程序的执行；同时，Java 通过接口来支持多重继承，使之具有更灵活的方式和扩展性。

（6）安全性。作为网络语言，Java 有建立在公共密钥技术基础上的确认技术，提供了足够的安全保障。Java 在运行应用程序时严格检查其访问数据的权限，如不允许网络上的应用程序修改本地的数据。同时，Java 程序运行相对稳定，轻易不会发生死机现象。

Java 语言除了具有上述主要特点外，还有高性能、分布性、强大性、解释性、可移植性等特点。

2．Java 程序的开发过程

Java 语言包括三种核心机制：Java 虚拟机、垃圾收集机制和代码安全检测。Java 程序的开发过程大致分为三个阶段：

（1）编写 Java 源文件。将编辑好的源文件以扩展名".java"保存起来，即保存成"*.java"。

（2）编译 Java 源程序。使用 Java 编译器编译"*.java"源程序，从而得到字节码文件"*.class"。

（3）运行 Java 程序。

3．Java 程序的分类

根据程序结构和运行环境的不同，Java 程序可以分为两类：Java 应用程序（Java Application）和 Java 小应用程序（Java Applet）。应用程序以 main()方法作为程序入口，由 Java 解释器加载执行。Java 应用程序是完整的程序，能够独立运行，而 Java 小应用程序不使用 main() 方法作为程序入口，需要嵌入到 HTML 网页中运行，由 appletviewer 或其他支持 Java 的浏览器加载执行，不能独立运行。无论哪种 Java 源程序，都用扩展名为".java"的文件保存。

1）Java Application 程序

（1）类定义。一个 Java 源程序是由若干个类组成的，本实例中的 Java 应用程序只有一个类。class 是 Java 的关键字，用来定义类。public 也是关键字，声明一个类是公共类。

源文件的命名规则是这样的，如果一个 Java 源程序中有多个类，那么只能有一个类是 public 类。如果有一个类是 public 类，那么 Java 源程序的名字必须与这个类的名字完全相同，扩展名是".java"。如果源文件中没有 public 类，那么源文件的名字只要和某个类的名字相同，并且扩展名是".java"就可以了。

（2）main()方法。应用程序的入口是 main()方法，它有固定的书写方式：

```
public static void main(String args[]){
     ……
}
```

main()方法之后的两个大括号及其之间的内容叫做方法体。一个 Java 应用程序必须有且仅有一个类含有 main()方法，这个类称为应用程序的主类。public、static 和 void 分别对 main() 方法进行声明。在一个 Java 应用程序中 main()方法必须被声明为 public、static 和 void，public 声明 main()是公有的方法，static 声明 main()是一个类方法，可以通过类名直接调用，而 void 则表示 main()方法没有返回值。

在定义 main()方法时，String args[]用来声明一个字符串类型的数组 args，它是 main()方法的参数，用来接收程序运行时所需要的参数。

（3）import 关键字。import 关键字引入类库或类包。包是 Java 用来组织类的文件夹，一组相关的类放在同一个包中，便于编程时引入和使用，同时可以避免类的命名冲突。

（4）注释。"//"用于单行注释。注释从"//"开始，终止于行尾。"/*   */"用于多行注释。注释从"/*"开始，到"*/"结束。例如：

```
import java.io.*;                              //引入包
public class HelloWorld{                       //定义类
    public static void main(String args[]){    //main()方法
        System.out.println("Hello Java !!");   //输出数据
    }
}
```

2）Java Applet 程序

一个 Java Applet 也是由若干个类组成的，一个 Java Applet 不再需要 main()方法，但必须有且只有一个类扩展了 Applet 类，即它是 Applet 类的子类，这个类称为 Java Applet 的主类，Java Applet 的主类必须是 public 的，Applet 类是系统提供的类。

Applet 与 Application 的区别在于其执行方式的不同。Application 是从 main()方法开始运行的，而 Applet 是在浏览器中运行的，必须创建一个 HTML 文件，通过编写 HTML 语言代码告诉浏览器载入何种 Applet 以及如何运行。

开发 Java Applet 程序的步骤如下：

（1）编写 Applet 源程序，将其存为".java"。

（2）编译源程序，生成字节码文件".class"。如果源文件包含多个类，将生成多个扩展名为".class"的文件，都和源文件存放在相同的目录中。如果对源文件进行了修改，那么必须重新进行编译，再生成新的字节码文件。

（3）编写一个 HTML 超文本文件，含有 applet 标记的 web 页，嵌入 Applet 字节码文件"*.class"。

（4）运行 Java 小应用程序。

例如：

（1）以文件名 HelloWorldApplet.java 保存 Java Applet 源程序。

```
//文件 HelloWorldApplet.java
import java.awt.*;                            //引入 java.awt 包中的类
import java.applet.*;                         //引入 java.applet 包中的类
public class HelloWorldApplet extends Applet {  //继承 Applet
    public void paint(Graphics g) {            //重写 paint 方法
        g.drawString("Hello Java !!", 50, 40 );  //在(50,40)位置输出字符串
    }
}
```

（2）嵌入字节码文件的 HTML 文件 HelloWorldApplet.html。

```
<html>                                        //标识 HTML 文件的开始
<applet                                       //告诉浏览器将运行一个 Java Applet
    code="HelloWorldApplet.class"             //指定字节码文件
    width="200"
    height="80" >
</applet>
</html>                                       //标识 HTML 文件的结束
```

（3）使用 Jdk 编译 Java Applet 小程序。

```
javac  d:\xcx\ch1\ HelloWorldApplet.java↙
```
（4）使用 Jdk 提供的 appletviewer 运行。
```
D:\ xcx\ch1>appletviewer  HelloWorldApplet.html↙
```
程序运行结果如图 1-6 所示。

图 1-6　Java 小应用程序运行结果

注意：Java Applet 程序必须创建一个 Applet 或 JApplet 的子类。Applet 程序中不需要 main() 方法。

4. Java 运行环境

1）Java 开发工具包 JDK

（1）编辑 Java 源程序。使用 Edit 编辑器编辑 Java 源程序代码。

（2）编译 Java 源程序。使用 JDK 的编译器 javac 编译 "*.java" 源程序，从而得到字节码文件 "*.class"。这个字节码文件将被存放在和源文件相同的目录中。

如果 Java 源文件包含多个类，那么用编译器 javac 编译完源文件后将生产多个扩展名为 ".class" 的文件，每个扩展名为 ".class" 的文件中只存放一个类的字节码，其文件名与该类的名字相同。这些字节码文件都将存放在与源文件相同的目录中。

如果对源文件进行了修改，那么必须重新进行编译，再生成新的字节码文件。

（3）运行 Java 程序。Java 应用程序，可以通过 JDK 的解释器 java 来解释执行字节码文件 "*.class"。当 Java 应用程序中有多个类时，java 命令后的类名必须是包含了 main() 方法的那个类的名字，即主类的名字。

Java 小应用程序，可以通过 JDK 提供的小程序浏览器 appletviewer 运行或者通过支持 Java 标准的浏览器来解释执行。

注意：

（1）JDK 开发工具包可在 http://www.sun.com 网站下载。用户安装完 JDK 后，需要使用 path 命令设置其路径，使得编译、解释时更加方便。其格式为：
```
path 【JDK 安装目录】\bin;%path%
```
（2）编译 Java 源程序时，在输入程序名时，一定要输入文件的扩展名 ".java"，否则将不能被编译。

（3）运行 Java 程序时，要将当前的工作目录设置为 Java 程序所在的目录。在输入文件名时，不能输入文件的扩展名 ".class"，否则将不能解释。

2）JCreator 集成开发环境

在 JCreator 集成开发环境中编辑、编译、运行 Java 程序的步骤如下：

（1）进入 JCreator 集成开发环境，界面如图 1-7 所示。

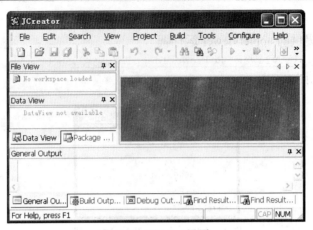

图 1-7   JCreator 界面

（2）单击工具栏上的 📄 按钮，设置新建 Java 程序的类型、所在文件夹及文件名，如图 1-8 所示。在图 1-8 所示的左边窗口中，选择合适的文件类型，例如，Java File、Jsp File 等。在右边所示的窗口中，首先在 Location 列表中选择文件保存位置（这里选择 D:\xcx\CH1 文件夹），然后在 Name 中输入文件名（这里为 HelloWorld），最后单击【Finish】命令按钮，进入如图 1-9 所示的窗口。

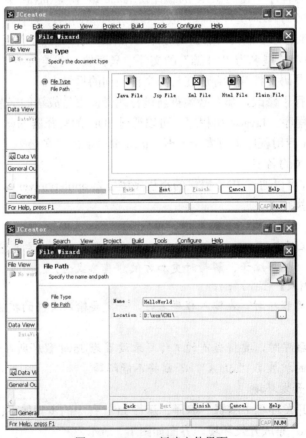

图 1-8   JCreator 新建文件界面

（3）在图 1-9 的编辑窗口中输入并编辑 Java 程序源代码。单击工具栏上的 ⬇ 按钮，编译 Java 程序。编译完成后，如果程序有错误，则显示错误提示。如果程序没有错误，则表示编译成功，在集成开发环境的 Build Output 窗口中显示信息 Process completed。编译成功后，就在程序文件的同一目录下生成了对应的字节码文件，扩展名为 ".class"。

图 1-9　JCreator 编辑、编译文件界面

（4）单击工具栏上的 ▷ ▾ 按钮，运行 Java 程序。程序运行结果如图 1-10 所示。

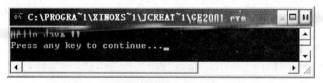

图 1-10　Java 应用程序 JCreator 环境运行结果

1.2　"计算圆柱体的体积"实例

【实例说明】

假设圆柱体的底面半径为 r（值为 2.5），高为 h（值为 3.5），计算该圆柱体的体积（体积=底面积×高，底面积=πr^2）。程序运行结果如图 1-11 所示。

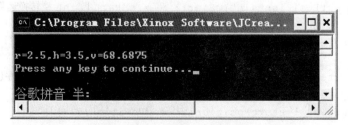

图 1-11　计算圆柱体的体积

【实例目的】

（1）掌握标识符的概念。
（2）掌握各种基本数据类型及用法。
（3）掌握常量与变量的定义及用法。
（4）掌握 Java 的运算符、表达式在实际开发中的应用。
（5）掌握 Java 中简单数据类型的输入和输出。
（6）掌握程序开发的一般步骤和方法。

【技术要点】

根据题意，变量的数据类型应定义为实型。π的值设为 3.14。
（1）定义题目中所需的变量 r、h 和 v（体积值），同时初始化 r 和 h。
（2）计算体积，并将结果存放在 v 中。
（3）输出 r、h 和 v 的值。

【代码及分析】

```java
//文件 TiJi.java
import java.io.*;                              //引入包
public class TiJi{                             //定义类
    public static void main(String args[]){    //main()方法
        double r=2.5,h=3.5;                     //定义并初始化 r 和 h
        double v;
        v= 3.14 *r*r*h;
        System.out.println("\nr="+r+",h="+h+",v="+v);      //输出数据
    }
}
```

【应用扩展】

使用数据的强制类型转换技术，输出希腊字母表。

```java
//GreekAlphabet.java
public class GreekAlphabet{
    public static void main (String args[ ]){
        int startPosition=0,endPosition=0;
        char cStart='α',cEnd='ω';
        startPosition=(int)cStart;     //cStart 做 int 型转换运算，并将结果赋值
                                       //给 startPosition
        endPosition=(int)cEnd ;        //cEnd 做 int 型转换运算，并将结果赋值
                                       //给 endPosition
        System.out.println("希腊字母\'α\'在 unicode 表中的顺序位置:"+(int)c);
        System.out.println("希腊字母表: ");
        for(int i=startPosition;i<=endPosition;i++){
            char c='\0';
            c=(char)i;           //i 做 char 型转换运算，并将结果赋值给 c
```

```
        System.out.print(" "+c);
        if((i-startPosition+1)%10==0)
                System.out.println("");
    }
  }
}
```

【相关知识及注意事项】

1. 标识符和关键字

Java 使用国标字符集（Unicode）。Unicode 字符集定义了一套国际标准字符集。通常的 ASCII 码是 8 位的，而 Unicode 字符集中的每个字符占 16 位，即 2 个字节，整个字符集共包括 65536 个字符，兼容 ASCII，排在 Unicode 字符集最前面的 256 个字符就是 ASCII 码。Unicode 除了可以表示 256 个 ASCII 码外，还可以表示汉字、拉丁语和希腊字母等。

标识符是赋予类、变量、方法、数组、文件等的名称。标识符命名的基本规则如下：

（1）标识符由字母、下划线 "_"、美元符号 "$"、数字组成。

（2）首字符必须是字母、下划线 "_" 或美元符号 "$"。

（3）不能使用关键字。

（4）区分大小写。

关键字是指对编译器有特殊意义、在程序中不能用作其他目的的字符序列，关键字都是由小写字母组成的。所有关键字将不能被用作用户的标识符，如 for、while、boolean 等都是 Java 语言的关键字。

注意，true 和 false 不是关键字，类似地，对象值 null 也没有列入关键字，但是不能把它们派作其他用途。

2. 常量和变量

1）常量

常量是指在程序运行过程中保持不变并且不可修改的量。Java 中常量有两种类型：一种为直接常量，如 12、-23、25.6；另一种为符号常量，符号常量需要明确定义。

Java 中使用 final 关键字来定义符号常量。例如：

```
finsl double PI=3.1415926;
```

Java 的直接常量有如下几种类型：

（1）整型常量。整型常量又称整数，在 Java 中，整数也可以用三种数制来表示。

①十进制整数。例如，250、-12，其中每个数字位必须是 0~9。

②十六进制整数。例如，0x80、0x1a，0X80、0X1A，其中每个数字位必须是 0~9、a~f 或 A~F。程序中凡出现以 0x（或 0X）开头的数字序列，一律作为十六进制数处理。

③八进制整数。例如，010、027，其中每个数字位必须是 0~7。程序中凡出现以数字 0 开头的数字序列，一律作为八进制数处理。

在 Java 中，整型常量在机器中占 32 位，具有 int 型的值。对于 long 型值，则要在数字后加 L 或 l，如 123L 表示一个长整数，它在机器中占 64 位。

（2）实型常量。实型常量又称实数，它可以用两种形式表示，即小数形式和指数形式。

①小数形式。小数形式是由数字和小数点组成的（注意：必须要有小数点），例如，

0.123，.123，123.，0.0 都是十进制小数形式表示的合法实数。

②指数形式。指数形式又称科学记数法，例如，十进制小数 180000.0，用指数形式可表示为 1.8e5；而十进制小数 0.00123，用指数形式可表示为 1.23E-03。应注意，字母 E 或 e 前后必须要有数字，且 E 或 e 后面的指数必须为整数。例如，实数 123E4，135.6e-7，.123E8，0e0 都是合法的，而 E5，3.2e0.5，5E，.e3 都是不合法的。

实数在机器中占 64 位，具有 double 型的值。对于 float 型的值，则要在数字后加 f 或 F，如 123F，它在机器中占 32 位，有效精度为 6 位。

（3）布尔型常量。布尔型常量值只有两个值，true 和 false，且它们必须要小写。true 表示"逻辑真"，false 表示"逻辑假"。

（4）字符常量。字符常量是用单引号括起来的一个字符。其中单引号是字符常量的定界符。例如，'a'，'A'，'@'，';'，'6'等都是合法的字符常量，其中'a'和'A'是不同的字符常量。

Java 还允许使用一些特殊形式的字符型常量，它是以一个反斜杠"\"开头的字符序列，称为"转义字符"，意思是使反斜杠"\"后面的字符不再有原来的含义。例如，前面例题中出现的字符'\n'，不是表示字符反斜杠"\"和"n"，而是表示"换行"。Java 语言中常见的转义字符如表 1-1 所示。

表 1-1　转义字符

字符	功能	ASCII 码
\0	表示字符串结束	0
\n	换行，将当前位置换到下一行的行首	10
\t	横向跳格，即从当前位置跳到下一个输出区	9
\v	竖向跳格	11
\b	退格，将当前位置移到前一列	8
\r	回车，将当前位置移到本行行首	13
\f	换页，将当前位置移到下页开头	12
\a	响铃	7
\'	单引号字符	39
\"	双引号字符	34
\\	反斜杠字符	92
\ddd	八进制数表示的 unicode 字符	0～377
\uhhhh	十六进制数表示的 unicode 字符	

注意：以'\'开头的转义字符，仅代表单个字符，而不代表多个字符。

（5）字符串常量。与 C 相同，Java 的字符串常量是用双引号（"　"）括起来的一串字符，如"A"、"Hello Java !!"。但不同的是，Java 中的字符串常量是作为 String 类的一个对象来处理的。

注意，null 可以简单视为一个引用类型的常量值。

2）变量

变量是指运行过程中值能够改变的量。定义变量的一般格式为：

［变量修饰符］　　变量类型说明符　　变量名列表［=初值］；

其中：

（1）变量修饰符是可选项，说明了变量的访问权限和某些规则。

（2）变量类型说明符确定了变量的取值范围以及对变量所能进行的操作规范。

（3）变量列表由一个或多个变量名组成。当要定义多个变量时，各变量之间用逗号分隔。

（4）初值是可选项，变量可以在定义的同时赋初值，也可以先定义，在后续程序中赋初值。

例如：

```
int k;                //定义整型变量 k
float f1,f2;          //定义单精度实型变量 f1 和 f2
char c1,c2,c3;        //定义字符型变量 c1、c2 和 c3
```

3．Java 数据类型

Java 语言在使用变量之前，必须先声明变量。在声明变量时，要说明变量的数据类型。数据类型描述了变量的存储空间大小和取值范围，指明了变量的状态和在其上的操作。

在 Java 语言中，数据类型可划分为基本数据类型和复合数据类型两大类。

1）基本数据类型

基本数据类型包括字节型 byte、字符型 char、短整型 short、整型 int、长整型 long、单精度浮点型 float、双精度浮点型 double 和布尔型 boolean。基本数据类型的字节数、表示范围如表 1-2 所示。

表 1-2　基本数据类型

类型	说明	字节数（位数）	取值范围
boolean	布尔型	1(0 位)	true 和 false
byte	字节型	1(8 位)	$-2^7 \sim (2^7-1)$
char	字符型	2(16 位)	$0 \sim 65535$
short	短整型	2(16 位)	$-2^{15} \sim (2^{15}-1)$
int	整型	4(32 位)	$-2^{31} \sim (2^{31}-1)$
long	长整型	8(64 位)	$-2^{63} \sim (2^{63}-1)$
float	单精度实型	4(32 位)	$-3.403E+38 \sim 3.403E+38$
double	双精度实型	8(64 位)	$-1.798E+308 \sim 1.798E+308$

2）复合数据类型

复合数据类型包括类（class）、数组、接口（interface）等类型。其中，类是一种自定义的新数据类型，包括 Java 平台已有的定义和编程人员自定义两种形式。例如，把对基本数据类型的所有属性和方法封装起来形成一个类，就形成了基本数据类型的包装类型，包括字节（Byte）、短整数（Short）、整数（Integer）、长整数（Long）、浮点数（Float）、双精度浮点数（Double）、字符（Character）和布尔值（Boolean）等。

4．运算符和表达式

1）运算符的分类

任何编程语言都有自己的运算符来提供运算功能，Java 语言的运算符主要有以下几类。

（1）算术运算符：用于各类数值运算。包括正号（+）、负号（-）、加（+）、减（-）、乘（*）、除（/）、求余（或称模运算，%）、自增（++）、自减（--）共 9 种。

（2）赋值运算符：用于赋值运算，分为简单赋值（=）、复合算术赋值（+=, -=, *=, /=, %=）和复合位运算赋值（&=, |=, ^=, >>=, <<=, >>>=）三类共 12 种。

（3）逗号运算符（,）：用于把若干表达式组合成一个表达式。

（4）关系运算符：用于比较运算。包括大于（>）、小于（<）、等于（==）、大于等于（>=）、小于等于（<=）和不等于（!=）6 种。

（5）逻辑运算符：用于逻辑运算。包括与（&&）、或（||）、非（!）3 种。

（6）条件运算符（?:）：这是一个三目运算符，用于条件求值。

（7）位运算符：参与运算的量，按二进制位进行运算。包括位与（&）、位或（|）、位非（~）、位异或（^）、左移（<<）、右移（>>）、无符号右移（>>>）几种。

（8）其他特殊运算符：有括号()、下标[]、instanceof、new 等。

2）运算符的优先级和结合性

与运算符相关的两个概念分别是优先级和结合性。在表达式求值时，先按运算符的优先级别高低次序执行，例如先乘除后加减，而在一个运算数两侧的运算符优先级相同时，则按运算符的结合性所规定的结合方向处理。

Java 语言中各运算符的结合性分为两种，即自左至右和自右至左。例如算术运算符的结合性是自左至右，赋值运算符的结合性是自右至左。运算符的优先级和结合方向见附录 A。

3）表达式

运算符与一定的运算量按照相应的语法规则结合就组成了表达式，从而完成相应的运算。其中，运算量可以为常量、变量、函数调用，甚至可以为表达式。表达式求值按运算符的优先级和结合性规定的顺序进行。

例如，已知闰年的条件是：能被 4 整除但不能被 100 整除，或者能被 400 整除。实例中判断 i 是否是闰年的表达式如下：

```
((i%4==0)&&(i%100!=0))||(i%400==0)
```

由于运算符"&&"的优先级别高于"||"，所以上述表达式等价于

```
(i%4==0)&&(i%100!=0)||(i%400==0)
```

又由于关系运算符的优先级别低于算术运算符，而高于逻辑运算符，所以上述表达式又等价于

```
i%4==0&&i%100!=0||i%400==0
```

5．不同类型数据的混合运算

不同类型的数据进行混合运算时，会自动转换成同一类型再计算。数据的类型转换方式有两种：自动类型转换和强制类型转换。

1）自动类型转换

当一个运算符两边的运算对象类型不同时，其中一个运算对象的类型将转换成与另一个运算对象相同的类型，转换规则如图 1-12 所示。

2）强制类型转换

自动类型转换是编译系统自动进行的，不需要用户干预。C 语言还允许用户根据自己的需要将运算对象的数据类型转换成所需要的数据类型。这就是强制类型转换。

强制类型转换的运算格式如下：

(类型标识符) 运算对象

说明：强制类型转换只是得到所需类型的中间量，而原数据的类型不变。

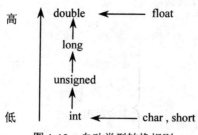

图 1-12 自动类型转换规则

例如：

```
(int)3.14              /*将 3.14 转换成整型，其值为 3*/
(int)(3.14+4.78)       /*将表达式 3.14+4.78 的结果转换成 int 型，其值为 7*/
(int)3.14+4.78         /*将 3.14 转换成 int 型，然后再加上 4.78，其值为 7.78*/
```

6. 语句

Java 语句可以分为以下三类：基本语句、控制语句和复合语句。

1）基本语句

基本语句是以分号 ";" 结束的语句。Java 中常用的基本语句有表达式语句和空语句。

（1）表达式语句。表达式语句是指在表达式末尾加上分号 ";" 所组成的语句。任何一个表达式都可以加上分号而成为表达式语句。例如：

```
x=a+b            赋值表达式
x=a+b;           赋值表达式语句
```

注意：虽然任何一个表达式加上分号就构成了表达式语句，但是在程序中应该出现有意义的表达式语句。

（2）空语句。仅由一个分号 ";" 组成的语句称为空语句。空语句不执行任何操作。在循环语句中可以使用空语句提供一个不执行任何操作的循环体。

例如：

```
while(i<100);           /*空语句作为 while 语句的循环体*/
```

while 语句的功能是，只要从键盘输入的字符不是回车符，则重复输入。while 语句的循环体由空语句构成。

2）控制语句

C 语言提供了以下几种控制语句，每种控制语句实现一种特定功能。

（1）选择语句：if 语句、switch 语句。

（2）循环语句：for 语句、while 语句、do-while 语句。

（3）流程转向语句：break 语句、continue 语句、return 语句。

3）复合语句

复合语句是用左、右花括号括起来的语句序列。复合语句的语句格式如下：

```
{ 语句 1 语句 2 … 语句 n}
```

例如：

```
{ c=a+b; t=c/100; }
```

注意：复合语句是以右花括号为结束标志的，因此在复合语句右花括号的后面不必加分号。

一个复合语句在语法上等同于一条语句。复合语句作为一条语句也可以出现在其他复合语句的内部，这称为复合语句的嵌套。

例如：

```
{
    sum=0;  mul=1;
    for(i=1;  i<100;i++)
    {
        sum=sum+1;
        mul=mul*1;            复合语句        复合语句
    }

}
```

7. 基本的输入输出

输入和输出是程序的重要组成部分，是实现人机交互的手段。输入是把需要加工处理的数据放到计算机内存中，而输出则是把处理的结果呈现给用户。在 Java 中，通过 System.in 和 System.out 对象分别与键盘和显示器发生联系而完成程序的输入和输出。

1）输出

System.out 对象包含着多个向显示器输出数据的方法，其中最常用的方法是：

（1）println()方法：向标准输出设备（显示器）输出一行文本并换行。

（2）print()方法：向标准输出设备（显示器）输出一行文本但不换行。

2）输入

System.in 对象用于在程序运行时从键盘输入数据。在 Java 中输入数据时，为了处理在输入数据的过程中可能出现的错误，需要使用异常处理机制，使得程序具有"健壮性"。使用异常处理命令行输入数据有两种格式：

（1）使用 try-catch 语句与 read()方法或 readLine()方法相结合。

（2）使用 throws IOException 与 read()方法或 readLine()方法相结合。

由于从键盘输入的所有文字、数字，Java 皆视为字符串，因此想要由键盘输入数字时，必须经过转换，才能将"数字"格式的字符串转化为等效的数值。

例如：

```
public int InputIntData()  throws IOException{//抛出输入输出异常
        byte buf[]=new byte[20];
        String str;
        System.in.read(buf);                  //将输入的字符串存入 buf
        str=new String(buf);
        return Integer.parseInt(str.trim());      //将 str 转换成 int 类型的数据并返回
}
```

将"数字"格式的字符串转化为相应的基本数据类型的常用类方法如表 1-3 所示。

表 1-3　字符串转换成数值类型的类方法

类	方法	主要功能
Byte	Byte.parseByte(String s)	将字符串 s 转换为 byte 类型的值
Short	Short.parseShort(String s)	将字符串 s 转换为 short 类型的值
Integer	Integer.parseInt(String s)	将字符串 s 转换为 int 类型的值

续表

类	方法	主要功能
Long	Long.parseLong(String s)	将字符串 s 转换为 long 类型的值
Float	Float.parseFloat(String s)	将字符串 s 转换为 float 类型的值
Double	Double.parseDouble(String s)	将字符串 s 转换为 double 类型的值

将数值转化为字符串的常用类方法如表 1-4 所示。

表 1-4　数值转换成字符串类型的类方法

类	方法	主要功能
String	static String valueOf(long n)	将 long 类型的数值 n 转化为字符串
String	static String valueOf(int n)	将 int 类型的数值 n 转化为字符串
String	static String valueOf(byte n)	将 byte 类型的数值 n 转化为字符串
String	static String valueOf(double n)	将 double 类型的数值 n 转化为字符串
String	static String valueOf(float n)	将 float 类型的数值 n 转化为字符串
Byte	static String toString(byte n)	将 byte 类型的数值 n 转化为字符串
Short	static String toString(short n)	将 short 类型的数值 n 转化为字符串
Integer	static String toString(int n)	将 int 类型的数值 n 转化为字符串
Long	static String toString(long n)	将 long 类型的数值 n 转化为字符串
Float	static String toString(float n)	将 float 类型的数值 n 转化为字符串
Double	static String toString(double n)	将 double 类型的数值 n 转化为字符串

1.3　"九九乘法表"实例

【实例说明】

本实例用循环语句分别打印如图 1-13 所示的九九乘法表。

【实例目的】

（1）掌握并熟练使用各种程序控制语句编写程序。
（2）学习并掌握程序开发的一般步骤和方法。

【技术要点】

利用嵌套的循环输出九九乘法表，外层循环控制行数，内层循环控制当前行的输出。

【代码及分析】

```
//文件 JiuJiu_1.java
import java.io.*;
import java.lang.*;
```

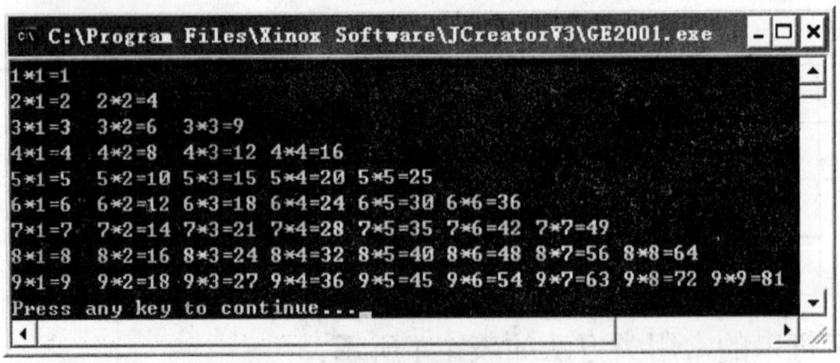

（a）九九乘法表 1

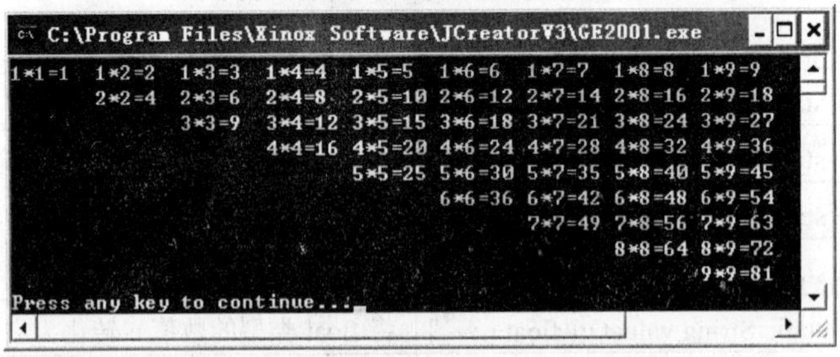

（b）九九乘法表 2

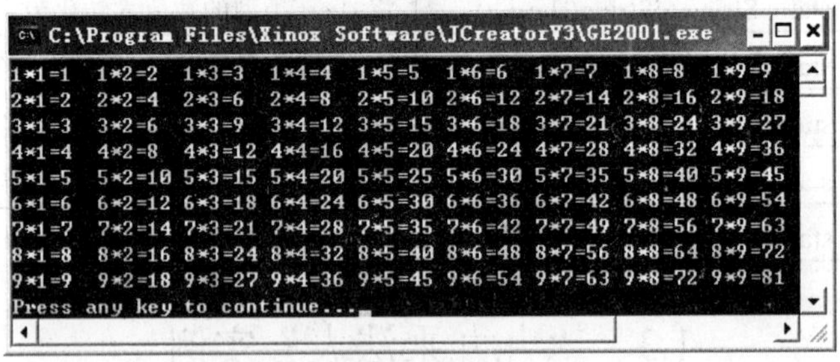

（c）九九乘法表 3

图 1-13　三种九九乘法表

```java
public class JiuJiu_1{
  public static void main(String args[]){
    String str=" ";
    int i,j;
    for(i=1;i<=9;i++){
      for(j=1;j<=9;j++){
        str=i+"*"+j+"="+i*j;
        if(i<j)
          System.out.print("        ");
        else
          System.out.print(str.length()==5?str+"  ":str+" ");
      }
      System.out.println("");
    }
  }
}
//文件 JiuJiu_2.java
```

```java
import java.io.*;
import java.lang.*;
public class JiuJiu_2{
  public static void main(String args[]){
    String str=" ";
    int i,j;
    for(i=1;i<=9;i++){
      for(j=1;j<=9;j++){
        str=i+"*"+j+"="+i*j;
        if(i>j)
            System.out.print("         ");
        else
            System.out.print(str.length()==5?str+"  ":str+" ");
       }
      System.out.println("");
    }
  }
}
//文件 JiuJiu_3.java
import java.io.*;
import java.lang.*;
public class JiuJiu_3{
  public static void main(String args[]){
    String str=" ";
    int i,j;
    for(i=1;i<=9;i++){
      for(j=1;j<=9;j++){
        str=i+"*"+j+"="+i*j;
        System.out.print(str.length()==5?str+"  ":str+" ");
       }
      System.out.println("");
    }
  }
}
```

【应用扩展】

利用嵌套的循环以及 break、continue 语句输出 2～100 以内的所有素数。

```java
public class SuShu{
    public static void main(String args[]){
        int i,j;
        int count=0;
        for(i=2;i<100;i++){
            for(j=2;j<i;j++){
                if(i%j==0)  break;     // 如果 i 能被 j 整除，跳出内层循环
            }
            if(j<i) continue;          //进行外层循环
            System.out.print(i+"  ");
            count++;
```

```
        if(count%5==0) System.out.println();  // 一行输出 5 个数据
    }
    System.out.println();
    }
}
```

程序运行结果如图 1-14 所示。

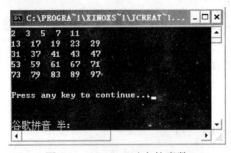

图 1-14　2～100 以内的素数

【相关知识及注意事项】

1. 选择语句

1）if 语句

格式如下：

```
if(布尔表达式)
    语句1
[else
    语句2]
```

其中：

（1）布尔表达式一般为关系表达式或逻辑表达式，其值为 true 或 false 。

（2）[ ] 所括的 else 子句部分是可选的，它必须和 if 成对出现。

（3）语句 1 和语句 2 可以是单条语句，也可以是复合语句。

（4）if 语句的执行过程为：若布尔表达式的值为真，则执行语句 1；否则执行语句 2。当不出现 else 子句且表达式值为 false 时，则不执行 if 中包含的语句。

现实生活中的各种条件是很复杂的，在一定的条件下，又需要满足其他的条件才能确定相应的操作。为此，Java 提供了 if 语句的嵌套功能，即一个 if 语句能够出现在另一个 if 语句或 if-else 语句里。

2）switch 语句

格式如下：

```
switch(布尔表达式){
    case 常量1:语句块1[break;]
    case 常量2:语句块2[break;]
    ......
    case 常量n:语句块n[break;]
    [default:语句块n+1]
}
```

其中：

（1）布尔表达式的值和 case 子句中常量值的类型必须一致。

（2）各 case 子句中的常量值不能相同。

（3）语句可以是单条语句，也可以是复合语句。

switch 语句的执行过程：首先对 switch 后面圆括号内表达式的值进行计算，然后从上至下找出与表达式的值相匹配的 case，以此作为入口，执行 switch 结构中后面的各语句块。若表达式的值与任何 case 均不匹配，则转向 default 后面的语句块执行。如果没有 default 部分，将不执行 switch 语句中的任何语句块，而直接转到 switch 语句后的语句执行。

使用 switch 语句，应注意以下几个问题：

（1）default 子句及其后的语句块 n+1 可以省略。

（2）case 子句和 default 子句出现的次序是任意的，也就是说 default 子句也可以位于 case 子句的前面，且 case 子句的次序也不要求按常量值的顺序排列。

（3）case 子句只起到一个标号的作用，用来查找匹配的入口，并从此开始执行其后面的语句块，对后面的 case 子句不再进行匹配。因此，在每个 case 分支后，用 break 语句来终止后面的 case 分支语句的执行。有一些特殊情况，多个不同的 case 值要执行一组相同的语句块，在这种情况下，可以不用 break 语句。

处理多种分支情况时，用 switch 语句代替 if 语句可以简化程序，使程序结构清晰明了，可读性增强。

2. 循环语句

1）while 语句

格式如下：

```
while(布尔表达式)  语句
```

while 语句的执行过程如下：首先计算表达式的值，若表达式的值为 true，执行语句，然后再次计算表达式的值，重复上述过程，直到表达式的值为 false，则退出循环。

while 语句的特点是先计算表达式的值，然后执行语句，因此当表达式的值一开始就为 false 时，则循环体将一次也不执行。

使用 while 语句，应注意以下几个问题：

（1）语句可以是单条语句，也可以是复合语句。

（2）为了避免产生"死循环"，循环控制变量要动态变化或在循环体中有使循环趋向于结束的语句。

2）do-while 语句

格式如下：

```
do {
    语句
}while(布尔表达式);
```

do-while 语句的执行过程如下：首先执行作为循环体的语句，然后计算表达式的值，当表达式的值为 true 时，再执行循环体中的语句，重复上述过程，直到表达式的值为 false 时，结束循环。

do-while 语句的特点是先执行循环体中的语句，然后计算表达式的值。因此即使一开始条件就不成立，循环体也至少执行一次。

使用 do-while 语句，应注意结尾处 while(布尔表达式)后的分号不能省略。

3）for 循环语句

格式如下：

```
for([表达式1];[表达式2];[表达式3]) 语句
```

表达式 1 通常用于变量的初始化，表达式 2 是一个布尔表达式，一般用来判断循环是否继续执行。表达式 3 通常用于更新循环控制变量的值。语句又称为循环体，是 for 语句重复执行的部分。

for 语句的执行过程如下：

（1）求解表达式 1。

（2）求解表达式 2，若表达式 2 的值为 true，执行语句；若表达式 2 的值为 false，退出循环。

（3）求解表达式 3，转②。

for 语句的特点是当表达式 2 的值一开始就为 false，则循环体将一次也不执行。使用 for 语句，要注意以下几个问题：

（1）语句可以是单条语句，也可以是复合语句。

（2）表达式 1、表达式 2、表达式 3 都可以省略，但作为分隔符的分号一定要保留。当省略表达式 2 时，相当于"无限循环"（循环条件总为 true），这时就需要在 for 语句的循环体中设置相应的语句，以结束循环。

（3）for 语句中的表达式 1 和表达式 3 可以是简单表达式，也可以是逗号表达式。

3．转向语句

1）break 语句

在 switch 语句中，break 语句用于终止 switch 语句的执行，使程序从 switch 语句的下一语句开始执行。

break 语句的另一种使用情况就是跳出它所指定的块，并从紧跟该块的第一条语句处执行。break 语句的语法格式为：

```
break [标号];
```

break 语句有两种形式：不带标号和带标号。标号是一个标识符，用于给程序块起一个名字。标号必须位于 break 语句所在的封闭语句开始处。

不带标号的 break 语句只能终止包含它的最小程序块，有时希望终止更外层的块，可使用带标号的 break 语句，它使得程序流程转到标号指定语句块的后面执行。

2）continue 语句

continue 语句只用于循环结构中，它的语法格式为：

```
continue [标号];
```

不带标号的 continue 语句的作用是终止当前循环结构的本轮循环，直接开始下一轮循环；带标号的 continue 语句的作用是把程序直接转到标号所指定的代码段的下一轮循环。

1.4 "选择法排序"实例

【实例说明】

本实例使用选择法对 N 个整数排序。程序运行结果如图 1-15 所示。

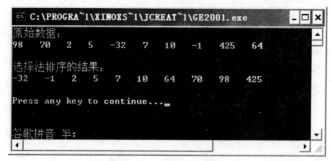

图 1-15　选择法排序

【实例目的】

（1）熟悉定义和初始化一维数组、二维数组的方法以及引用数组元素的方法。

（2）熟练掌握用数组进行简单选择排序的方法。

【技术要点】

简单选择排序的基本思想是：第一趟从所有的 n 个记录中，通过顺序比较各关键字的值，选取关键字值最小的记录与第一个记录交换；第二趟从剩余的 n-1 个记录中选取关键字值最小的记录与第二个记录交换；依次类推，第 i 趟排序是从剩余的 n-i+1 个记录中选取关键字值最小的记录，与第 i 个记录交换；经过 n-1 趟排序后，整个序列就成为有序序列。

【代码及分析】

```java
// sort.java
class SelectSort{
    static void sort(int arr1[]){
        int i,j,k,t;
        int len=arr1.length;
        for(i=0;i<len-1;i++) {
            k=i;
            for(j=i+1;j<len;j++)
                if( arr1[j]<arr1[k]) k=j;
            if(k>i){
                t=arr1[i];
                arr1[i]=arr1[k];
                arr1[k]=t;
            }
        }
    }
}
public class sort extends SelectSort{
    public static void main(String[] args){
        int arr[]={98,70,2,5,-32,7,10,-1,425,64};
        int len=arr.length;
        System.out.println("原始数据：");
```

```
for(int i=0;i<len;i++)
        System.out.print(arr[i]+"   ");
System.out.println("\n");
SelectSort.sort(arr);
System.out.println("选择法排序的结果：");
for(int i=0;i<len;i++)
        System.out.print(arr[i]+"   ");
System.out.println("\n");
    }
}
```

【应用扩展】

用一维数组求解 Fibonacci 数列前 32 项的求值，用二维数组求解杨辉三角形前 10 行的值。
解题思路提示如下：

1. 利用一维数组求 Fibonacci 数列前 n 项

该数列的初值及递推公式表示如下：

$F_1=1$ (n=1)

$F_2=1$ (n=2)

$F_n=F_{n-1}+F_{n-2}$ (n≥3)

2. 利用二维数组求杨辉三角形前 n 行的数据

杨辉三角形可以看作 n*n 方阵的下三角，各行的数值分布有如下规律：

（1）数组的第 1 列和对角线元素为 1。

（2）数组其余各元素是上一行同列和上一行前一列的两个元素之和。

程序源代码如下：

```java
public class ArrayDemo{
    public static void main(String[] args){
        int i;
        int Fibonacci[];
        Fibonacci=new int[32];
        //根据 Fibonacci 数列的算法计算数据，给一维数组赋值
        Fibonacci[0]=1;
        Fibonacci[1]=1;
        for(i=2;i<32;i++)
                Fibonacci[i]=Fibonacci[i-1]+Fibonacci[i-2];
        System.out.println("\t\t_____Fibonacci_____");
        //访问并输出一维数组的元素
        for(i=0;i<32;i++){
                System.out.print(Fibonacci[i]+"\t");
                if((i+1)%8==0) System.out.println("");
        }
        int[][] TriangleYH;
        TriangleYH=new int[10][10];
        //根据杨辉三角形算法计算数据，给二维数组赋值
        for( i=0;i<10;i++)
```

```
                for(int  j=0;j<=i;j++)
                        if(i==j||j==0)
                                TriangleYH[i][j]=1;
                        else
                        TriangleYH[i][j]=TriangleYH[i-1][j-1]+TriangleYH[i-1][j];
                System.out.println("\t\t_____Triangle of
                        Yanghui_____");
        //访问并输出二维数组的元素
        for( i=0;i<10;i++){
                for(int  j=0;j<=i;j++)
                        System.out.print(TriangleYH[i][j]+"\t");
                System.out.println("");
        }
    }
}
```

程序运行结果如图 1-16 所示。

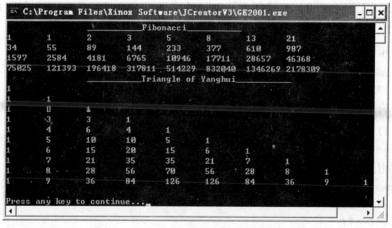

图 1-16　Fibonacci 数列和杨辉三角形求值

【相关知识及注意事项】

1. 声明数组和创建数组

　　数组是相同类型的数据按顺序组成的一种复合数据类型。可以通过数组名加数组下标来使用数组中的数据，下标从 0 开始。

　　1）声明数组

　　声明一个数组需要给出数组名和元素的数据类型。

　　声明一维数组有下列两种格式：

　　数组元素类型　数组名字[];

　　数组元素类型[]　数组名字;

　　声明二维数组有下列两种格式：

　　数组元素类型　数组名字[][];

　　数组元素类型[][]　数组名字;

数组元素类型可以是 Java 的任何一种类型。

例如，一维数组 Fibonacci 和二维数组 TriangleYH 的声明如下：

```
int Fibonacci[];
int[][] TriangleYH;
```

2）创建数组

声明数组仅仅是给出了数组名字和元素的数据类型，要想真正地使用数组还必须为它分配内存空间，即创建数组。在为数组分配内存空间时必须指明数组的长度。

为一维数组分配内存空间的格式如下：

数组名=new   数组元素类型[数组元素的个数]；

例如：

```
Fibonacci=new int[32];
```

为二维数组分配内存空间的格式如下：

数组名=new   数组元素类型[行数][列数]；

例如：

```
TriangleYH=new int[10][10];
```

Java 要求在编译时（即在源代码中）二维数组至少有一维的尺度已确定，其余维的尺度可以在以后分配。

声明数组和创建数组可以一起完成，例如：

```
int Fibonacci[]=new int[32];
```

2. 数组的初始化

创建数组后，系统会给每个数组元素一个默认的值，如 float 型是 0.0。在声明数组的同时也可以给数组的元素一个初始值，如：

```
int Fibonacci[]={1,1,2,3,5,8,13,21,34,55};
```

上述语句相当于：

```
int Fibonacci[]=new int[10];
sFibonacci[0]=1;
Fibonacci[1]=1;
Fibonacci[2]=2;
Fibonacci[3]=3;
Fibonacci[4]=5;
Fibonacci[5]=8;
Fibonacci[6]=13;
Fibonacci[7]=21;
Fibonacci[8]=34;
Fibonacci[9]=55;
```

在这种情况下，数组的存储空间不需要再用 new 运算符来分配。

3. 数组元素的使用

Java 中可以通过数组名加下标的方式使用数组元素。需要注意的是下标从 0 开始。

对一维数组元素的使用方式为：

数组名[下标]

Java 中，每个一维数组都有一个属性 length 指明它的长度。例如：a.length 指明数组 a 的长度。

对二维数组元素的使用方式为：

数组名[下标1][下标2]

例如：

```java
public class ArrayDemo{
    public static void main(String args[]){
        int a[]={100,200,300};
        int b[]={10,11,12,13,14,15,16};
        b=a;
        b[0]=123456;
        System.out.println("数组a:"+a[0]+","+a[1]+","+a[2]);
        System.out.println("数组b:"+b[0]+","+b[1]+","+b[2]);
        System.out.println("数组b的长度:"+b.length);
    }
}
```

程序运行结果如图 1-17 所示。

图 1-17　数组应用

1.5　"凯撒密码"实例

【实例说明】

　　凯撒密码是罗马时期凯撒创造的，用于加密通过信使传递的作战命令。它将字母表中的字母移动一定位置而实现加密。例如，如果向右移动 2 位，则字母 'A' 将变为 'C'，字母 'B' 将变为 'D'，…，字母 'X' 变成 'Z'，字母 'Y' 则变为 'A'。假如有个明文字符串 "Hello" 用这种方法加密的话，将变为密文 "Jgnnq"；如果要解密，则只要将字母向相反方向移动同样位数即可。如密文 "Jgnnq" 每个字母左移 2 位变为 "Hello"。这里，移动的位数 2 是加密和解密所用的密钥。本实例要求用 Java 语言编程来实现加密和解密这一过程，程序运行结果如图 1-18 所示。

图 1-18　加密解密问题

【实例目的】

熟悉并掌握字符串类的常用方法。

【技术要点】

首先，将要加密的内容和解密的内容看作为一个字符串，由于凯撒密码器的移位是针对字符的，因此需要将待处理字符串中的每个字符取出，然后针对每个字符分别加以移位，这就需要使用 String 类的相应方法。

【代码及分析】

```java
//文件 Caesar.java
class Caesar {
    String s;                          //要进行处理的加密或解密字符串
    int key;                           //字符移动的位数
    Caesar(String es, int n) {         //构造方法
        s=es;
        key=n;
    }
    public String process(){           //加密和解密方法
        String es="";
        for(int i=0;i<s.length();i++){
            char c=s.charAt(i);        //取字符串中每一位
            if(c>='a'&&c<='z'){        //是小写字母
                c+= key % 26;          //移动 key %26 位
                if(c<'a')c+= 26;       //向左越界
                if(c>'z')c -=26;       //向右越界
            }
            else if(c>='A'&&'c'<='Z'){ //是大写字母
                c+= key % 26;
                if(c<'A')c+= 26;
                if(c>'Z')c -=26;
            }
            es+=c;
        }
        return es;
    }
    public static void main(String args[]){
        String s="hello";
        Caesar  c=new Caesar(s,2);            //进行加密
        String str=c.process();
        System.out.println ("加密字符串为："+str);
        Caesar c1=new Caesar(str,-2);         //进行解密
        str=c1.process();
        System.out.println ("解密字符串为："+str);
    }
}
```

【应用扩展】

除 String 类外，还可以利用 StringBuffer 类处理字符串。例如：

```
class StringBufferDemo{
    public static void main(String args[ ]){
        StringBuffer str=new StringBuffer("62791720");
        str.insert(0,"010-");
        str.setCharAt(7 ,'8');
        str.setCharAt(str.length()-1,'7');
        System.out.println(str);
        str.append("-446");
        System.out.println(str);
        str.reverse();
        System.out.println(str);
    }
}
```

程序运行结果如图 1-19 所示。

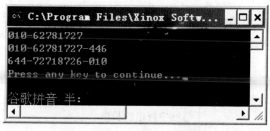

图 1-19　StringBuffer 类应用

【相关知识及注意事项】

　　Java 提供了两种具有不同操作方式的字符串类：String 类和 StringBuffer 类。它们都是 java.lang.Object 的子类。String 类创建的对象在操作中不能变动和修改字符串的内容，即 String 类用于处理不变字符串。也就是说对 String 类的对象只能进行查找和比较等操作，而对 StringBuffer 类的对象可以进行添加、插入和修改等操作，即 StringBuffer 类用于处理可变字符串。

　　1. String 类

　　1）创建字符串

　　（1）可以直接用字符串常量来初始化一个字符串。

　　例如：

```
String  str="abc";
```

　　（2）可以用字符数组来创建字符串。

　　例如：

```
char data[]={'a','b','c'};
String str=new String(data);//利用 String 构造方法来产生字符串
```

　　（3）创建一个空字符串。

例如：

```
String str=new String();
```

这三种方法均可创建字符串，但采用第一种方法较为方便。表1-5列出了 String 类的构造方法。

表 1-5　String 类构造方法

构造方法	主要功能
String()	没有参数的 String 构造方法
String(byte[]　bytes)	以 bytes 数组创建字符串
String(byte []bytes,int offset,int length)	取出 bytes 数组，从数组的第 offset 位置开始，以长度为 length 来创建字符串
String(char []chars)	利用字符数组来创建字符串
String(char []chars,int offset,int length)	取出字符数组，从数组的第 offset 位置开始，以长度为 length 来创建字符串
String(String　original)	利用初始字符串创建字符串对象

2）访问字符串

String 类也提供了相当多的方法来处理字符串，如字符串的连接、字符串的转换大小写等。表1-6列出了一些常用的方法。

表 1-6　String 类常用的方法

方法	主要功能
int length()	返回字符串的长度
char charAt(int index)	返回字符串中 index 位置上的字符
int indexOf (char ch)	返回字符 ch 在字符串中第一次出现的位置
int indexOf (char ch,int from)	返回字符 ch 在字符串中 from 以后第一次出现的位置
int lastIndexOf (char ch)	返回字符 ch 在字符串中最后一次出现的位置
int lastIndexOf (char ch,int from)	返回字符 ch 在字符串中 from 以前最后一次出现的位置
String substring(int begin)	返回从 begin 开始的字符串
String substring(int begin,int end)	用来得到字符串中指定范围内的子串
String contact(String str)	将当前字符串与 str 连接起来
String replace(char old,char new)	把串中出现的所有特定字符替换成指定字符以生成新串
String toUpperCase()	将字符串内的所有字符从小写改为大写
String toLowerCase()	将字符串内的所有字符从大写改为小写

3）比较字符串

（1）boolean equals(String str)和 boolean equalsIgnoreCase(String s)。

这两个方法都用来比较两个字符串的值是否相等，不同之处在于后者是忽略大小写的。

例如：

```
System.out.println("Java". equals ("JAVA "));       //输出的值应为 false
System.out.println("Java". equalsIgnoreCase ("JAVA")); //输出的值应为 true
```

注意：运算符"=="比较两个引用变量是否引用同一个实例，equals()和 equalsIgnoreCase()则比较两个字符串中对应的每个字符值是否相同。例如：

```
String s1="123";
String s2="123";
String s3=new String("123");        ,
String s4=new String("123");
System.out.println(s1==s2);              //输出的值应为 true
System.out.println(s3==s4);              //输出的值应为 false
System.out.println("123"=="123");        //输出的值应为 true
```

（2）int compareTo(String str)和 int compareToIgnore (String str)

比较两个字符串的大小，若调用方法的字符串比参数串大，则返回正整数，反之则返回负整数；若两个串相等，则返回 0。不同之处在于后者是忽略大小写的。

注意：

（1）若两个串对应位置上的字符均相同，仅长度不同，则方法的返回值为二者长度之差。例如：

```
System.out.println("Java".compareTo("JavaApplet"));      //输出结果为-6
```

（2）若两个串有不同的字符，则从左边起的第一个不同字符的 Unicode 码值之差就是两个字符串比较大小的结果。例如：

```
System.out.println("java".compareTo("Java"));                //输出结果为 32
```

（3）boolean endsWidth(String str)和 boolean startsWidth(String str)。

判断当前字符串是否以 str 字符串为后缀或是否以 str 字符串为前缀。例如知道每一地区的电话号码都是以一些特定数字串开始，如果想要区分不同地区的电话号码，则可用如下语句：

```
String  phone=User.getPhone();           //假设 User 为用户对象
if(phone. startsWidth("0536")){          //0536 为山东省潍坊市的区号
      …                                   //执行相关的操作
}
```

4）字符串连接

运算符"+"可用来实现字符串的连接。其他类型的数据与字符串进行"+"运算时，将自动转换成字符串。如：

```
String str = "Mark" + 1;
```

2．StringBuffer 类

String 类字符串的操作不是对原字符串进行的，而是对新生成的一个原字符串的拷贝进行的，其操作结果不影响原字符串。相反，StringBuffer 类字符串的操作是对原字符串本身进行的，操作之后原字符串的值发生了变化，变成操作后的新串。

表 1-7 列出了 StringBuffer 类常用的一些方法。

表 1-7　StringBuffer 类常用的方法

方法	主要功能
StringBuffer append(char c)	用来在已有字符串末尾添加一个字符 c
StringBuffer append(String str)	用来在已有字符串末尾添加一个字符串 str
StringBuffer deleteCharAt(int index)	删除字符串 index 位置上的字符

方法	主要功能
StringBuffer insert(int offset, char c)	用来在字符串的第 offset 位置处插入字符 c
StringBuffer insert(int offset, String str)	用来在字符串的第 offset 位置处插入字符串 str
StringBuffer replace(int m,int n, String str)	以字符串 str 取代串中的第 m 个到第 n 个字符
StringBuffer reverse()	将字符串反向排列
String　toString()	将缓冲区中的字符串转换成 String

注意：如果操作后的字符超出已分配的缓冲区，则系统会自动为它分配额外的空间。

本章小结

本章主要介绍了 Java 程序设计的语言基础。通过"一个简单的 Java 应用程序"实例，介绍了 Java 语言的特点、Java 程序的运行机制、Java 程序的分类和 Java 开发环境；通过"计算圆柱体的体积"实例，介绍了标识符和关键字、常量和变量、基本数据类型、运算符和表达式、简单语句；通过"九九乘法表"实例，介绍了选择语句和控制语句的使用；通过"选择法排序"实例，介绍了数组的创建和使用；通过"凯撒密码"实例，介绍了创建和使用 String 类和 StringBuffer 类字符串的方法。通过这些内容的学习，读者能够掌握编写简单程序的相关知识。

习题 1

一、选择题

1. Java 语言采用的 16 位代码格式是（　　）。

　　A. Unicode　　　　　B. ASCII　　　　　C. EBCDIC　　　　D. 十六进制

2. 下面无效的标识符为（　　）

　　A. A1234　　　　　B. _two　　　　　C. jdk1_3　　　　　D. 2_cugii

3. 以下哪个不是 Java 的原始数据类型？（　　）

　　A. int　　　　　B. boolean　　　　　C. float　　　　　D. String

4. int m[]={0,1,2,3,4,5,6}，下面哪条语句的结果与数组元素个数相同？（　　）

　　A. m.length　　　　B. m.length()　　　　C. m.length+1　　　D. m.length()+1

5. 设有如下定义：

```
int index=1;
String test[]=new String[3];
String foo=test[index];
```

则 foo 的值是（　　）。

　　A. " "　　　　　　　　　　　　　B. null

　　C. throw Exception　　　　　　　D. 不能编译

6. 如果声明如下两个字符串：

```
String word1=new String("happy");
String word2=new String("happy");
```
则 word1.equal(word2)的值为（　　　）。

    A．真　　　　　　　　　B．假　　　　　　　C．true　　　　　　D．false

7．Float 与 float 的区别是（　　　）。

    A．float 是一个基本类型而 Float 是一个类

    B．float 是一个类而 Float 是一个基本类型

    C．都是基本类型

    D．都是类

8．若 int A[][]={{51,28,32,12,34},{72,64,19,31}};

    则值为 19 的元素是（　　　）。

    A．a[1][3]　　　　　B．A[2][3]　　　　　C．A[0][2]　　　　D．A[1][2]

9．Java 应用程序和 Java Applet 有相似之处是因为它们都（　　　）。

    A．是用 javac 命令编译的

    B．是用 java 命令执行的

    C．在 HTML 文档中执行

    D．都拥有一个 main()方法

10．语句"int m[]=new int[34];"为（　　　）个整数保留了存储空间。

    A．0　　　　　　　　B．33　　　　　　　C．34　　　　　　　D．35

11．当编写一个 Java Applet 时，以（　　　）为扩展名将其保存。

    A．.app　　　　　　B．.html　　　　　　C．.java　　　　　D．.class

12．以下代码段执行后的输出结果为（　　　）。

```
int  x=3;
int  y=10;
System. out. println(y%x);
```
    A．3　　　　　　　　B．1　　　　　　　　C．0　　　　　　　　D．2

13．以下说法中，正确的是（　　　）。

    A．Java 是不区分大小写的，源文件名与程序类名不允许相同

    B．Java 语言是以方法为程序的基本单位

    C．Applet 是 Java 的一类特殊应用程序，它嵌入到 HTML 中，随主页发布到互联网上

    D．以"//"开始的为多行注释语句

14．当传递数组给方法时，方法接收（　　　）。

    A．数组的拷贝　　　　　　　　　　B．数组中第一个元素的拷贝

    C．数组的地址　　　　　　　　　　D．无

15．下列哪个选项不能填入划线处（　　　）。

```
_____
public  class  Interesting{
          //do sth

}
```
    A．import java.awt.*;　　　　　　　B．package mypackage;

C. class OtherClass{...}   D. public class MyClass{...}

16. 有以下方法的定义，该方法的返回类型是（   ）。

```
ReturnType method(byte x, double y)
{
    return (short)x/y*2;
}
```

A. byte   B. short   C. int   D. double

二、填空题

1. 每个 Java 应用程序可以包括许多方法，但必须有且只有一个＿＿＿＿＿＿＿＿＿＿方法。

2. Java 程序中最多只有一个＿＿＿＿＿＿＿＿类，其他类的个数不限。

3. Java 语言的各种数据类型之间提供两种转换：＿＿＿＿＿＿＿＿和强制转换。

4. else 子句不能单独作为语句使用，它必须和 if 子句配对使用，else 子句和 if 子句配对的原则是 else 子句总是与＿＿＿＿＿＿＿＿＿＿＿＿的 if 子句配对使用。

三、判断题

1. Java 的源代码中定义几个类，编译结果就生成几个以.class 为后缀的字节码文件。（   ）

2. Java 语言中，声明一个数组，数组名是一个变量，系统会分配一块内存给它，用来保存指向数组实体的地址。（   ）

3. 每个 Java Applet 均派生自 Applet 类，并且包含 main()方法。（   ）

四、简答题

1. 阅读如下程序，给出运行结果。

```java
public class Ex1_4_1{
    public static void main(String args[]){
        int i=1,j=10;
        do{
            if(i>j)continue;
            j--;
        }while(++i<6);
        System.out.println("i="+i+",j="+j);
    }
}
```

2. 阅读如下程序，给出运行结果。

```java
public class Ex1_4_2{
 public static void main(String args[]){
    String s1,s2;
    s1=new String("we are students");
    s2=new String("we are students");
    System.out.println(s1.equals(s2));
    System.out.println(s1==s2);
    String s3,s4;
```

```
        s3="how are you";
        s4="how are you";
        System.out.println(s3.equals(s4));
        System.out.println(s3==s4);
    }
}
```

3. 阅读如下程序，给出运行结果。

```
public class Ex1_4_3{
    public static void main(String args[ ]){
        for(int i=1;i<=4;i++)
        switch(i){
            case 1: System.out.print("a");
            case 2: System.out.print("b");  break;
            case 3: System.out.print("c");
            case 4: System.out.print("d");  break;
        }
    }
}
```

4. 阅读如下程序，给出运行结果。

```
public class Ex1_4_4{
    public static void main(String args[]){
            int a[]=new int[1];
            modify(a);
            System.out.println(a[0]);
    }
    public static void modify(int a[]){
            a[0]++;
    }
}
```

5. 阅读如下程序，按要求填空。

```
class Ex1_4_5{
    public static void main(String args[]){
        String s1=new String("you are a student"), s2=new String("how are you");
        if(_____){// 使用 equals 方法判断 s1 与 s2 是否相同
            System.out.println("s1 与 s2 相同");
        }
        else{
            System.out.println("s1 与 s2 不相同");
        }
        String s3=new String("22030219851022024");
        if(_____){   //判断 s3 的前缀是否是 "220302"
            System.out.println("吉林省的身份证");
        }
        String s4=new String("你"), s5=new String("我");
        if(_____){//按字典序 s4 大于 s5 的表达式
            System.out.println("按字典序 s4 大于 s5");
```

```
        }
        else{
                System.out.println("按字典序 s4 小于 s5");
        }
        int position=0;
        String path="c:\\java\\jsp\\A.java";
        position=_____;    //获取 path 中最后出现目录分隔符号的位置
        System.out.println("c:\\java\\jsp\\A.java 中最后出现\\的位置:"+position);
        String fileName=_____;  //获取 path 中的 "A.java" 子字符串
        System.out.println("c:\\java\\jsp\\A.java 中含有的文件名:"+fileName);
        String s6=new String("100"), s7=new String("123.678");
        int n1=_____ ;     //将 s6 转化成 int 型数据
        double n2=_____ ;  //将 s7 转化成 double 型数据
        double m=n1+n2;
        System.out.println(m);
        String s8=_____ ;  //String 调用 valueOf(int n)方法将 m 转化为字符串对象
        position=s8.indexOf(".");
        String temp=s8.substring(position+1);
        System.out.println("数字"+m+"有"+temp.length()+"位小数") ;
        String s9=new String("ABCDEF");
        char a[]=_____ ;   //将 s9 存放到数组 a 中。
        for(int i=a.length-1;i>=0;i--){
            System.out.print(" "+a[i]);
        }
    }
}
```

6. 阅读如下程序，按要求填空。

```
import javax.swing.JOptionPane;
public class CheckPalindrome{
  public static void main(String[] args) {
    String s = JOptionPane.showInputDialog("Enter a string:");
     // 提示用户输入字符串
    String output = "";                          // 声明并初始化输出字符串
    if (isPalindrome(s)) //字符串 s 是回文
      output = s + " is a palindrome";
    else
      output = s + " is not a palindrome";
    JOptionPane.showMessageDialog(null, output);      // 显示结果
  }
//判断字符串 s 是否是回文，是回文返回 true；否则返回 false
  public static boolean isPalindrome(String s) {
    int low = 0;           // 字符串中第一个字符的下标
    int high = s.length() - 1;   // 字符串中最后一个字符的下标
    while (low < high) {
        if (_____)      //使用 charAt 方法判断 low 与 high 位
                                           //置上的对应字符是否相等
```

```
            return false; // 不是回文串
        low++;
        high--;
    }
    return true;        // 是回文串
    }
}
```

五、程序设计题

1. 使用 java.util 包中的 Array 类的静态方法 public static void sort(double a[])或 public static void sort(double a[],int start,int end)将参数 a 指定的 double 型数组按升序排序。

2. 定义两个数组，首先将第一个数组中的元素复制到第二个数组中，然后将第二个数组进行从大到小的排序，最后将两个数组中的对应元素进行比较，试统计两个数组中对应位置上相同元素的个数。

3. 编写一个程序，将 2000 年到 3000 年之间的闰年年号显示出来。

4. 将小于 n 的所有个位数不等于 9 的素数在屏幕上打印出来，n 的具体值从键盘输入。要求：每行输出 10 个数，分行输出。

5. 求出 1 至 1000 之间的完全平方数。完全平方数是指能够表示成另一个整数的平方的整数。要求每行输出显示 8 个。

6. 求如下表达式的值：

$$1 - \frac{1}{2} + \frac{1}{3} - \frac{1}{4} + \cdots - \frac{1}{100}$$

第 2 章　类、对象和接口

教学目标与要求：本章主要介绍 Java 语言面向对象程序设计的基础理论和概念。通过对本章的学习，读者应该掌握以下内容：

- 类的创建
- 对象的创建和使用
- 继承和多态的概念及其实现
- 访问控制
- 接口
- 内部类
- 包

教学重点与难点：类的创建；类的继承和多态性的相关概念及其在 Java 语言中的实现；接口的概念及应用。

2.1 "地址簿管理"实例

【实例说明】

实现一个地址簿管理程序。要求具有增加一个地址条目、删除一个地址条目和查找一个地址条目等功能。程序给出一个合适的操作界面方便用户操作，比如可以考虑实现一个简单的菜单。运行界面如图 2-1 所示。

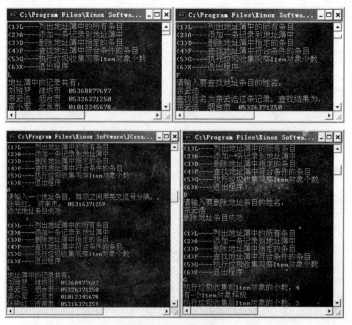

图 2-1　地址簿管理

【实例目的】

（1）学习并掌握面向对象程序设计的一般过程，即如何从实际问题发现对象、抽象出类、进行类的设计和构造。

（2）学习并掌握面向对象中的类和对象的定义和使用方法，并在此过程中体会类、对象的概念。

【技术要点】

从面向对象的观点出发，首先要发现对象，确定如下几个类：

（1）地址条目可以作为一个类 Item，包括姓名、住址、电话等成员变量。另外，为了对生成的 Item 对象进行计数，可以定义一个类变量存储计数信息。对于类中的属性一般定义为私有的，应该通过相应的方法进行访问和修改，不赞成直接通过成员变量名去访问，所以对于 Item 类需要定义相应的访问和修改属性的方法。具体如下：

```
class Item{
    private String name;                        //姓名
    private String address;                     //住址
    private String telephone;                   //电话
    private static int itemCount=0;             //item 对象生成的个数
    //属性设置方法
    public void setName(String name){}
    public void setAddress(String address){}
    public void setTelephone(String telephone){}
    //属性获取方法
    public String getName(){}
    public String getAddress(){}
    public String getTelephone(){}
    public static int getItemCount(){}
}
```

（2）设计一个地址簿类 AddressList，成员变量是地址条目，成员方法有增加一个地址条目、查找一个地址条目、删除一个地址条目、显示所有地址条目等。地址簿中的条目可以使用对象数组存放，这里就是 Item 对象数组。具体如下：

```
class AddressList{
    private Item itemList[]=new Item[100];     //地址条目数组
    private int total;
    AddressList(){}                             //构造方法
    public int getTotal(){}
    public void addItem(Item aItem){}          //添加的地址条目直接加入数组的尾部
    public void removeItem(String aName){}     //删除一个地址条目
    public Item findItem(String aName ){}      //按照姓名查找一个地址条目
}
```

（3）设计一个类对整个程序进行测试。AddressBook 类是用来调试程序的，在类的 main() 方法中实例化 AddressList 类，并且实现一个简单的菜单操作，用户可以输入不同的选项（区分字母的大小写），执行不同的操作，例如，输入字母 A 可以添加地址条目。具体如下：

```
public class AddressBook{//AddressBook 类的定义
   public static void main(String args[]){
   AddressList addressList=new AddressList();
   String input=null;
   do{
      System.out.println("(1)L----列出地址簿中的所有条目");
      System.out.println("(2)A----添加一条记录到地址簿中");
      System.out.println("(3)D----删除地址簿中指定的条目");
      System.out.println("(4)F----查找地址簿中符合条件的条目");
      System.out.println("(5)G----执行垃圾收集观察 Item 对象个数");
      System.out.println("(6)X----退出程序");
      //可以输入不同的选项执行不同的操作
                   ...
   }while(input.compareTo("X")!=0);
   }
}
```

【代码及分析】

```
import java.util.*;
import java.io.*;
class Item{                            //Item 类的定义
   private String name;
   private String address;
   private String telephone;
   private static int itemCount=0;         //item 对象生成的个数
   Item(String name,String address,String telephone){
      this.name=name;
      this.address=address;
      this.telephone=telephone;
      itemCount++;
   }
   Item(){
      name=null;
      address=null;
      telephone=null;
      itemCount++;
   }
   Item(Item aItem){
      name=aItem.name;
      address=aItem.address;
      telephone=aItem.telephone;
      itemCount++;
   }
   public void setName(String name){
      this.name=name;
   }
```

```java
    public void setAddress(String address){
        this.address=address;
    }
    public void setTelephone(String telephone){
        this.telephone=telephone;
    }
    public String getName(){
        return name;
    }
    public String getAddress(){
        return address;
    }
    public String getTelephone(){
        return telephone;
    }
    public static int getItemCount(){
        return itemCount;
    }
    public String toString(){
        return name +"  "+ address +"  "+ telephone;
    }
    protected void finalize(){
        //当有一个item 对象释放时会执行该方法，此时将 itemCount 减1
        System.out.println ("有一个 Item 对象释放");
        itemCount--;
    }
}

class AddressList{// AddressList 类定义
    private Item itemList[]=new Item[100];
    private int total;
    AddressList(){
        itemList[0]= new Item ("刘雅梦"," 潍坊市 "," 05368877697");
        itemList[1]= new Item ("宗云浩"," 烟台市 "," 05326371250");
        itemList[2]= new Item ("胥小军"," 北京市 "," 01012345678");
        total=3;
    }
    public int getTotal(){
        return total;
    }
    public void addItem(Item aItem){//添加的条目直接加入数组的尾部
        itemList[total]= new Item(aItem);
        total++;
    }
    public void removeItem(String aName){
        int k =-1;
        //删除条目的依据是姓名是否相等
```

```
        for(int i=0; i<total; i++){
            if(itemList[i].getName().compareTo(aName )==0)
                k=i;
        }
        //把第 k +1 个条目移动到第 k 个位置，以此类推
        if(k!=-1){
        for(int i=k; i<total-1; i++)
            itemList[i]=itemList[i+1];
        total--;
        itemList[total]= null; //释放被删除的地址条目
        }
        else
        System.out.println ("未查找到匹配条目");
        }
    public Item findItem(String aName ){
        //查找条目以姓名是否相等为依据
        int i,k;
        for(i=0; i<total; i++){
            if(itemList[i].getName().compareTo(aName )==0){
                k=i;
                break;
            }
        }
        if (i<total)
            return new Item(itemList[i]);
        else
            return new Item();
        }
    public String toString(){
        String str="";
        for(int i=0; i<total; i++){
            str=str + itemList[i].toString() +"\n";
        }
        return str;
    }
}
public class AddressBook{//AddressBook 类的定义
    public static void main(String args[]){
    AddressList addressList=new AddressList();
    Scanner  reader=new Scanner(System.in);
    String input=null;
    do{
        System.out.println("(1)L----列出地址簿中的所有条目");
        System.out.println("(2)A----添加一条记录到地址簿中");
        System.out.println("(3)D----删除地址簿中指定的条目");
        System.out.println("(4)F----查找地址簿中符合条件的条目");
        System.out.println("(5)G----执行垃圾收集观察 Item 对象个数");
```

```
    System.out.println("(6)X----退出程序");
    if(reader.hasNextLine())input=reader.nextLine();
    if(input.compareTo("L")==0){
       System.out.println("地址簿中的记录共有：");
       System.out.println(addressList.toString());
    }
    else if(input.compareTo("A")==0){
       System.out.println ("请输入一个地址条目，每项之间用英文逗号分隔：,");
       if(reader.hasNextLine())input=reader.nextLine();
       //以逗号作为分隔符，把输入的字符串分为若干个字符串存放在字符数组 additem[]中
       String[] additem=input.split(",");
       if(additem.length==3){
          addressList.addItem(new Item(additem[0],additem [1] ,additem[2]));
          System.out.println ("添加地址条目成功\n");
       }
       else
          System.out.println ("输入的地址条目有错误，应该输入姓名、地址和电话");
    }
    else if(input.compareTo("D")== 0){
       System.out.println ("请输入要删除地址条目的姓名：");
       if(reader.hasNextLine())
       input=reader.nextLine();
       addressList.removeItem(input);
       System.out.println ("删除地址条目成功\n");
    }
    else if(input.compareTo("F")==0){
       System.out.println("请输入要查找地址条目的姓名：");
       if(reader.hasNextLine())
       input=reader.nextLine();
       Item item=addressList.findItem(input);
       System.out.println ("查找姓名为"+ input +"这条记录，查找结果为：");
       System.out.println(item.toString());
    }
    else if(input.compareTo("G")==0){
       System.out.println("执行垃圾收集前 Item 对象的个数："+Item.getItemCount());
       //强制执行垃圾收集，观察 Item 类中 itemcount 值的变化
       java.lang.System.gc();
       System.out.println("执行垃圾收集后 Item 对象的个数："+ Item.getItemCount());
    }
    }while(input.compareTo("X")!=0);
  }
}
```

【应用扩展】

定义一个学生类 Student，利用该类建立了 2 个对象，并输出学生信息，显示学生总数。利用 class 定义类，利用 new 建立对象。学生总数需要定义成静态成员，因为静态成员属于类

变量，不属于某个具体对象。例如：

```
class Student{
    private int no;                    //学号
    private String name;               //性名
    private char sex;                  //性别
    private int age;                   //年龄
    public static int count=0;         //静态成员
    public Student(int no,String name,char sex,int age){    //构造方法
        this.no=no;
        this.name=name;
        this.sex=sex;
        this.age=age;
        count++;
    }
    public void show(){            //显示学生信息的方法
        System.out.println("no:"+no);
        System.out.println("name:"+name);
        System.out.println("sex:"+sex);
        System.out.println("age:"+age);
    }
}
public class StudentDemo{
    public static void main(String args[]) {
        Student a=new Student(1,"Wang",'f',23);        //建立对象
        Student b=new Student(2,"zhang",'m',21);       //建立对象
        a.show();      //显示
        b.show();      //显示
        System.out.println("count:"+Student.count); //显示学生数
    }
}
```

【相关知识及注意事项】

1. 类的创建

类是组成 Java 程序的基本要素，也是 Java 中重要的引用数据类型。类封装了一类对象的状态属性和行为方法，是类对象的原型。创建一个类，就是创建一种新的数据类型，即引用数据类型。

一个完整的类定义基本格式为：

[修饰符] class 类名 [extends SuperclassName] [implements interfaceNameList] {
    …//成员变量声明
    …//成员方法声明
}

其中，修饰符可以是 public、abstract 和 final，public 关键字声明类可以在其他任何的类中使用；abstract 关键字声明类不能被实例化；final 关键字声明类不能被继承，即没有子类。

class 关键字，用来定义类，类名必须是合法的 Java 标识符。

extends 关键字，用来说明该类是 SuperclassName 类的子类，SuperclassName 是该类的父类的名字。

implements 关键字，用来声明本类要实现的一个或多个接口，interfaceNameList 是本类实现的接口的名字列表，它们都是以逗号分隔的。

两个大括号以及之间的内容是类体。一个类的状态属性由它的成员变量给出，类的行为由它的成员方法给出。

1）成员变量

一个类的状态属性是由它的成员变量给出的，可以在类体中声明一个类的成员变量。在类体中，成员变量声明部分所声明的变量被称为类的成员变量。成员变量声明的一般格式为：

[修饰符] 类型符 成员变量名[=初始值];

其中，修饰符可以是 private、protected、public 或缺省。

通常使用关键字 private 来声明成员变量，使得这些变量仅适用于每个类实例中的代码，同时这种方式也符合类的封装性。

类型可以是简单类型，也可以是类、接口、数组等复合类型。

在同一个类中，各成员变量不能同名。

例如，地址条目类 Item 中的成员变量声明如下：

```
class Item{
    private String name;              //姓名
    private String address;           //住址
    private String telephone;         //电话
}
```

成员变量与局部变量的区别如下：

在方法体中声明的变量和方法中的参数被称为局部变量。局部变量的作用域是它所在的方法或语句块，在程序调用方法（进入语句块）时，局部变量才被创建并使用，随着方法（语句块）的退出，局部变量将被销毁。局部变量要先定义赋值，然后再使用。

成员变量在类的定义中声明，在创建对象的同时创建有关的成员变量，成员变量创建后系统自动对其进行默认初始化或显式初始化。成员变量依附于对象的存在而存在，具有与对象相同的生存期和作用域。

注意：方法中的局部变量不能用修饰符修饰。若在一个方法中声明局部变量用了修饰符，则编译会产生错误。

2）成员方法

对象的行为是由它的方法来实现的。一个对象可以通过调用另一个对象的方法来访问该对象。在 Java 中创建一个类时，可以在类的成员变量声明之后再声明类的成员方法。

（1）方法的声明。在一个类中，方法声明的格式如下：

```
[修饰符] 类型符 方法名([参数表]) [ throws 异常名]{
    …
    return (表达式);
}
```

其中，类型即方法返回值的类型，可以是基本类型，也可以是复合类型。若方法类型为 void 类型，语句"return (表达式);"可以省略，也可以替换为"return ;"。方法名称为 Java 标识符。

例如，在地址簿管理程序中，Item 类中的 setName(String name)、setAddress(String address)、setTelephone(String telephone)方法的参数都是 String 类型，而 getName()、getAddress()、getTelephone()方法没有任何参数，返回 String 类型值。具体定义如下：

```
class Item{
    …//成员变量声明
    public void setName(String name){
        this.name=name;
    }
    public void setAddress(String address){
        this.address=address;
    }
    public void setTelephone(String telephone){
        this.telephone=telephone;
    }
    public String getName(){
        return name;
    }
    public String getAddress(){
        return address;
    }
    public String getTelephone(){
        return telephone;
    }
}
```

（2）方法的调用。在程序中可以调用已经声明的方法，分如下两种情况：若方法有返回值，则将方法的调用作为一个数值来处理，数值类型与返回值类型一致。有时也可以直接使用此方法的调用，而不再另行设置一个变量来存储返回值。若方法没有返回值，可直接调用。

（3）方法调用时参数的传递。方法声明时，参数表中的参数称为形式参数；调用方法时，参数表中的参数称为实际参数；实际参数可以是表达式。

方法的参数传递，依照参数类型分为值传递和引用传递。值传递并不会改变实际参数的数值，因为所传递的是实际参数的一个副本，所以在方法体中形式参数值的改变并不会影响实际参数的值。引用传递，由于引用变量中存储的是对象的地址，因此形式参数与实际参数指向同一对象，通过形参可以改变实际参数所指对象中的成员变量。

2. 方法的重载

多态性是面向对象技术的一个重要特征。具体来说，多态性是指类中同一函数名对应多个具有相似功能的不同函数，可以使用相同的调用方式来调用这些具有不同功能的同名函数。在 Java 语言中，提供了两种多态机制：方法的重载和方法的重写（或覆盖）。

在同一个类中定义了多个同名而内容不同的成员方法，称这些方法是重载的方法。重载的方法主要通过参数列表中参数的个数、参数的类型和参数的顺序进行区分。在编译时，Java 编译器检查每个方法所用的参数数目和类型，然后调用正确的方法。

对于重载的方法，方法名称相同，返回值的类型可以不同，但返回值不能作为区分不同方法的唯一条件。重载的方法必须至少满足下列条件中的一项：参数的类型不同、参数的个数不同或参数的排列顺序不同。

例如，下面定义了一个 AddOverridden 类，利用其重载的成员方法 add 可以求解两个整数、三个整数、两个实数、三个实数的和。

```
class AddOverridden{
    int add(int a,int b){                         //两个整数的求和
        return (a+b);
    }
    int add(int a,int b,int c){                   //三个整数的求和
        return (a+b+c);
    }
    double add(double a,double b){                //两个实数的求和
        return (a+b);
    }
    double add(double a,double b,double c){  //三个实数的求和
        return (a+b+c);
    }
}
```

3. 构造方法

在 Java 中，当一个对象被创建时，它的成员变量初始化可以由一个构造方法完成。

1）构造方法的声明

构造方法是一种特殊的类方法，用来初始化该类的对象。构造方法具有和类名相同的名称，而且没有返回类型（注意不同于 void 返回类型）。构造方法声明的一般格式为：

```
[public] 类名([参数表]) {
    …
}
```

一般构造方法声明为 public 访问权限。如果声明为 private 型，就不能创建该类的实例，因为构造方法在该类的外部不能被调用。构造方法一般不能显式地直接调用，在创建一个类的对象时，系统自动地调用该类的构造方法将新对象初始化。

构造方法是类的一种特殊方法，它的特殊性主要体现在如下几个方面：

（1）构造方法的方法名与类名相同。

（2）构造方法没有返回类型。

（3）构造方法的任务是在创建对象时初始化其内部状态。

（4）构造方法不能像一般方法那样用对象显式地直接调用，而是用 new 关键字调用构造方法。

（5）若无定义，系统将默认一个无参构造方法。

2）构造方法的重载

构造方法可以带参数，也可以重载。构造方法的重载和类中其他方法的重载要求是一样的，即方法名一样，但是参数不同。编译器会根据参数表中参数的数目及类型区分这些构造方法，并决定要使用哪个构造方法初始化对象。

例如，对于类 Item 需要定义构造方法，为了满足多种不同情况的初始化，可以定义如下三个构造方法，很显然，这需要使用方法的重载。

```
Item(String name,String address,String telephone){//初始化类的三个成员变量
```

```
      this.name=name;
      this.address=address;
      this.telephone=telephone;
      itemCount++;
   }
   Item(){                                 //所创建的对象信息无法确定
      name=null;
      address=null;
      telephone=null;
      itemCount++;
   }
   Item(Item aItem){                       //参数是 Item 对象
      name=aItem.name;
      address=aItem.address;
      telephone=aItem.telephone;
      itemCount++;
   }
```

3）默认的构造方法

如果在一个类中没有定义构造方法，系统将提供一个默认的构造方法。该构造方法没有形式参数，也没有任何具体语句，不完成任何操作，但在创建一个新对象时，如果自定义类没有构造方法，则使用此默认构造方法对新对象进行初始化。

默认的构造方法是没有任何参数的构造方法。如果用户自行设计了一个没有参数的构造方法，则在创建对象时会调用自行设计的构造方法，而不会调用默认的构造方法。

注意：在用户已经定义了有参构造方法的情况下，又想使用无参构造方法，就必须自己在类中手工加上这个无参的构造方法。

4. 对象

类是创建对象的模板。当使用一个类创建了一个对象时，也就是说给出了这个类的一个实例。

1）对象的声明和创建

格式如下：

类名　引用变量名；　　　　　　　　//声明对象

引用变量名=new　类名([参数表])；　　//创建对象

对象的声明并不为对象分配内存空间。new 运算符使系统为对象分配内存空间并且实例化一个对象。new 运算符调用类的构造方法，返回该对象的一个引用。用 new 运算符可以为一个类实例化多个不同的对象。这些对象占据不同的存储空间，改变其中一个对象的属性值，不会影响其他对象的属性值。

2）对象的使用

对象的使用包括使用对象的成员变量和成员方法，通过运算符"."可以实现对成员变量和成员方法的调用，访问对象的成员变量的格式为：

引用变量名.成员变量名

对象名表示是一个已经存在的对象，或能够生成对象的表达式。

访问对象的成员方法的格式为：

引用变量名.成员方法名([参数表])

例如：

```
//声明和创建 AddressList 类的对象 addressList
AddressList addressList=new AddressList();
//访问对象的方法 addItem ()
addressList.addItem(new Item(additem[0],additem [1],additem[2]));
```

3）对象的销毁

Java 运行时，系统通过自动垃圾回收机制周期性地释放无用对象所使用的内存，完成对象的清除工作。在对象作为垃圾被回收前，Java 运行系统会自动调用对象的 finalize()方法，使它可以清除自己所使用的资源。

5．static 关键字

在 Java 类中声明属性和方法时，可使用关键字 static 作为修饰符。static 修饰的变量或方法由整个类共享，称为类变量和类方法。类变量和类方法可不必创建该类对象而直接用类名加"．"调用。

1）实例变量和类变量

定义在类内、方法外的变量是成员变量，其中使用 static 修饰的成员变量是静态变量，也称为类变量，没有用 static 修饰的成员变量是实例变量。

例如：Item 类的成员变量 name、address、telephone 是实例变量，而 itemCount 是类变量。

```
class Item{
    private String name;            //姓名
    private String address;         //住址
    private String telephone;       //电话
    private static int itemCount=0; //item 对象生成的个数
}
```

类变量和实例变量有什么区别呢？一个类通过使用new运算符可以创建多个不同的对象，不同对象的实例变量将被分配不同的内存空间，如果类中的成员变量有类变量，那么所有对象的这个类变量都分配相同的一处内存，改变其中一个对象的这个类变量，会影响其他对象的这个类变量。也就是说对象共享类变量。

由于类变量是与类相关联的数据变量，也就是说，类变量是和该类创建的所有对象相关联的变量，改变其中一个对象的这个类变量就同时改变了其他对象的这个类变量。因此，类变量不仅可以通过某个对象访问，也可以直接通过类名访问。实例变量仅仅是和相应的对象关联的变量，也就是说，不同对象的实例变量互不相同，即分配不同的内存空间，改变其中一个对象的实例变量不会影响其他对象的这个实例变量。实例变量可以通过对象访问，不能使用类名访问。

实例变量和类变量的作用域是类。

2）实例方法和类方法

类中的方法分为实例方法和类方法两种，用 static 修饰的是类方法。当一个类创建了一个对象后，通过这个对象就可以调用该类的方法。

实例方法和类方法的区别如下：

（1）类方法只能对类变量操作，不能对实例变量操作。实例方法既能对类变量进行操作，又能对实例变量进行操作。

（2）在类方法内部也不可以调用其他的实例方法

（3）在类方法内部也不能使用 this 关键字

例如，类 Item 中实例变量和类变量、实例方法和类方法的定义如下：

```java
class Item{
    private String name;
    private String address;
    private String telephone;
    private static int itemCount=0;          //item 对象生成的个数
    public static int getItemCount(){        //类方法只能操作类变量，而不能操作实例变量
        return itemCount;
    }
    public String toString(){                //实例方法可以操作实例变量
        return name +""+ address +""+ telephone;
    }
    protected void finalize(){
        //当有一个 item 对象释放时会执行该方法，此时将 itemCount 减 1
        System.out.println ("有一个 Item 对象释放");
        itemCount--;                         //实例方法也可以操作类变量
    }
}
```

6. this 关键字

this 表示的是当前类的当前对象本身，更准确地说，this 代表了当前对象的一个引用。对象的引用可以理解为对象的一个别名，通过引用可以顺利地访问到该对象，包括访问、修改对象的成员变量、调用对象的方法。一个对象可以使用若干个引用，this 就是其中之一。利用 this 可调用当前对象的方法或使用当前对象的成员变量。

this 关键字可以出现在实例方法和构造方法中，但不可以出现在类方法中。当 this 关键字出现在类的构造方法中时，代表使用该构造方法所创建的对象。当 this 关键字出现在类的实例方法中时，代表正在调用该方法的当前对象。

实例方法可以操作类的成员变量，当实例成员变量在实例方法中出现时，默认的格式为：

this.成员变量

当 static 成员变量在实例方法中出现时，默认的格式为：

类名.成员变量

通常情况下，可以省略实例成员变量名字前面的"this."以及 static 变量前面的"类名."。但是，当实例成员变量的名字和局部变量的名字相同时，成员变量前面的"this."或"类名."就不可以省略。

类的实例方法可以调用类的其他方法，对于实例方法调用的默认格式为：

this.方法([参数表]);

对于类方法调用的默认格式为：

类名.方法([参数表]);

当有重载的构造方法时，this 关键字还用来引用同类的其他构造方法，其使用形式如下：

this([参数表]);

例如，设有如下程序段：

```
class A{
    int a,b;
    public A(int a){
        this.a=a;                        // this.a 访问当前对象的成员变量
    }
    public A(int a,int b){
        this(a);                         //引用同类的其他构造方法
        this.b=b;                        // this.b 访问当前对象的成员变量
    }
    public int add(){
        return a+b;
    }
    public void display(){
      System.out.println("a="+a+",b="+b);
      System.out.println("a+b="+this.add());   // this.add()访问当前对象的成员
                                               //方法,此处的 this 可以省略
    }
}
public class ThisDemo{
    public static void main(String[]args){
        A a=new A(15,8);
        a.display();
    }
}
```

程序运行结果为:

```
a=15,b=8
a+b=23
```

注意: 当有重载的构造方法时,调用同类的其他构造方法,必须使用 this 关键字,并且必须是方法的第一个语句,否则,编译时将出现错误。

2.2　"矩形圆形类构造"实例

【实例说明】

本实例设计一个应用程序,创建一个包 shape,其中包含接口 shapes 和类 locate、rectangle、circle。在接口 shapes 中有两个抽象方法,分别求图形的面积和周长。类 locate 实现图形的定位。矩形类 rectangle 和圆形类 circle 继承 locate 类且实现 shapes 接口。程序运行界面如图 2-2 所示。

图 2-2　矩形圆形类

【实例目的】

（1）学习并掌握面向对象程序设计的一般过程。

（2）学习并掌握类和对象的定义和使用方法，并在此过程中体会类、对象、继承和封装的概念。

（3）学习并掌握接口的定义和使用方法，并理解接口的作用。

（4）学习并掌握包的创建和引入方法及使用包的好处。

【技术要点】

创建一个包 shape，其中包含接口 shapes 和类 locate、rectangle、circle。

（1）创建一个接口 shapes，添加 area()和 circulms()等方法用来计算图形的面积和周长。把程序保存为 shapes.java。

（2）创建一个类 locate，具有 x 和 y 两个成员变量，添加一个给其成员赋值的构造方法。把程序保存为 locate.java。

（3）创建一个矩形类 rectangle，继承 locate 类且实现 shapes 接口，具有 width 和 height 两个新成员变量，添加一个给其成员赋值的构造方法，实现接口中的 area()和 circulms()方法。把程序保存为 rectangle.java。

（4）创建一个圆形类 circle，继承 locate 类且实现 shapes 接口，具有 radius 新成员变量，添加一个给其成员赋值的构造方法，实现接口中的 area()和 circulms()方法。把程序保存为 circle.java。

创建一个包 mypackage，其中包含类 PackageDemo，该类是程序的入口类。

【代码及分析】

```
//文件 shapes.java
package shape;                          //创建包 shape
public interface shapes{
    abstract double area();
    abstract double circulms();
}
//文件 locate.java
package shape;                          //创建包 shape
class locate{
public int x,y;
public locate(int x,int y){
        this.x=x;
        this.y=y;
}
}
//文件 rectangle.java
package shape;                          //创建包 shape
public class rectangle extends locate implements shapes{
public int width,height;
```

```
public double area(){                    //实现接口的 area()方法
        return width*height;
}
public double circulms(){                //实现接口的 circulms ()方法
        return 2*(width+height);
}
public rectangle(int x,int y,int w,int h){
        super(x,y);
        width=w;
        height=h;
}
}
//文件 circle.java
package shape;                           //创建包 shape
public class circle extends locate implements shapes{
public double radius;
public double area(){                    //实现接口的 area()方法
        return Math.PI*radius*radius;
}
public double circulms(){                //实现接口的 circulms ()方法
        return 2*Math.PI*radius;
}
public circle(int x,int y,double r){
        super(x,y);
        radius=r;
}
}
//文件 PackageDemo.java
package mypackage;                       //创建包 mypackage
import shape.*;                          //引入 shape 包中的所有接口和类
public class PackageDemo{
public static void main(String []args){
        rectangle rect=new rectangle(50,100,20,10);
        circle cir=new circle(20,30,10);
        System.out.println("Rectangle Locate ( "+rect.x+" ,"+rect.y+" )");
        System.out.println("Rectangle Area = "+rect.area());
        System.out.println("Rectangle Circulms= "+rect.circulms());
        System.out.println("Circle Locate ( "+cir.x+" ,"+cir.y+" )");
        System.out.println("Circle Area = "+cir.area());
        System.out.println("Circle Circulms= "+cir.circulms());
}
}
```

【应用扩展】

接口的回调是指可以把实现某一接口的类创建的对象的引用赋给该接口声明的接口变量，该接口变量就可以调用被类实现的接口中的方法。

使用接口的回调技术，计算货车装载货物的重量。货物包括电视机、计算机和洗衣机。

```java
//Road.java
interface ComputerWeight{
    public double computeWeight();
}
class Television implements ComputerWeight{        //电视机
    //实现ComputerWeight()方法
    public double computeWeight(){
        return 45.5;
    }
}
class Computer implements ComputerWeight{          //计算机
    //实现ComputerWeight()方法
    public double computeWeight(){
        return 65.5;
    }
}
class WashMachine implements ComputerWeight{       //洗衣机
    //实现ComputerWeight()方法
    public double computeWeight(){
        return 145;
    }
}
class Car{
    ComputerWeight[] goods;
    double totalWeights=0;
    Car(ComputerWeight[] goods){
        this.goods=goods;
    }
    public double getTotalWeights(){
        totalWeights=0;
        //计算totalWeights
        for(int k=0;k<goods.length;k++) {
            totalWeights=totalWeights+goods[k].computeWeight();
            //接口的回调
        }
        return totalWeights;
    }
}
public class Road{
    public static void main(String args[]){
        ComputerWeight[] goodsOne=new ComputerWeight[50],
                        goodsTwo=new ComputerWeight[22] ;
        for(int i=0;i<goodsOne.length;i++){
            if(i%3==0)
                goodsOne[i]=new Television();
```

```
        else if(i%3==1)
            goodsOne[i]=new Computer();
        else if(i%3==2)
            goodsOne[i]=new WashMachine();
    }
    for(int i=0;i<goodsTwo.length;i++){
        if(i%3==0)
            goodsTwo[i]=new Television();
        else if(i%3==1)
            goodsTwo[i]=new Computer();
        else if(i%3==2)
            goodsTwo[i]=new WashMachine();
    }
    Car  大货车=new Car(goodsOne);
    System.out.println("大货车装载的货物重量:"+大货车.getTotalWeights());
    Car  小货车=new Car(goodsTwo);
    System.out.println("小货车装载的货物重量:"+小货车.getTotalWeights());
    }
}
```

【相关知识及注意事项】

1. 继承

Java 通过继承可以实现代码的复用。Java 语言中，所有的类都是通过直接或间接地继承 java.lang.Object 类得到的。被继承的类称为父类或基类，继承而得到的类称为子类，基类包括所有直接或间接被继承的类。子类继承基类的属性和方法，同时也可以修改基类的属性和方法，并增加自己新的属性和方法。但 Java 不支持多重继承，即子类只能有一个直接父类。

1）子类的定义

创建子类的一般格式如下：

```
class 子类名 extends 父类名 { ... }
```

子类名为 Java 标识符，子类为父类的直接子类，如果父类又继承了某个类，则子类存在间接父类。子类可以继承所有基类的内容。如果不出现 extends 子句，则该类的基类为 java.lang.Object，子类可以继承基类中访问权限为 public、protected 的成员变量和方法，但不能继承访问权限为 private 的成员变量和方法。

2）子类的构造方法

子类的对象中既包含从父类继承来的实例变量（在 Java 中也称为域），也包含它新定义的实例变量，为了构造一个子类自己的对象，必须对所有的这些变量进行正确的初始化。子类的构造方法可以用来初始化新定义的实例变量，但需要委托父类的构造方法来正确初始化子类中从父类继承下来的实例变量。因此，子类的构造方法必须显式或隐式地调用父类的构造方法。

注意：子类不能继承父类的构造方法，因此，子类如果想显式地使用父类的构造方法，必须在子类的构造方法的第一条语句中使用关键字 super 来完成此功能。

super 的语法格式为：

```
super(参数);
```
其含义是调用父类中的某一个构造方法。

定义子类的构造方法后，就可以创建子类对象，但此时应注意子类及父类构造方法的调用顺序。当用子类的构造方法创建一个子类的对象时，子类的构造方法总是先调用父类的某个构造方法，如果子类的构造方法没有用 super() 调用方式指明使用父类的哪个构造方法，则子类就调用父类的不带参数的构造方法，即对父类的构造方法进行隐式调用。如果子类自己也没有显式定义构造方法，那么编译器会为子类定义一个默认的构造方法，在生成派生类对象时，仍然先调用父类的构造方法。

注意： 如果父类中只定义了有参数的构造方法，而在子类的构造方法里又没有用 super() 来调用父类中特定的构造方法，则编译时将发生错误，因为在父类中找不到"没有参数的构造方法"可执行。

3）子类的继承性

（1）子类和父类在同一包中的继承性。如果子类和父类在同一个包中，那么，子类自然地继承了其父类中不是 private 的成员变量作为自己的成员变量，并且也自然地继承了父类中不是 private 的方法作为自己的方法，继承的成员或方法的访问权限保持不变。

（2）子类和父类不在同一包中的继承性。如果子类和父类不在同一个包中，那么，子类继承了父类的 protected、public 成员变量作为子类的成员变量，并且继承了父类的 protected、public 方法为子类的方法，继承的成员或方法的访问权限保持不变。如果子类和父类不在同一个包里，子类不能继承父类的没有用任何修饰符修饰的变量和方法。

4）方法的覆盖和成员变量的隐藏

在类继承时，既可以为这个类添加新的成员，也可以对存在的成员进行重新定义。

（1）方法的覆盖。如果子类中定义方法所用的名称、返回类型和参数表与父类中方法所使用的完全一样，但具体实现不同，则称子类方法覆盖了父类中的方法。这种多态称为方法重写，也称为方法覆盖。

对于子类的一个对象，如果子类重写了基的方法，则运行时系统调用子类重写的方法；如果子类继承了基类的方法（未重写），那么子类创建的对象也可以调用这个方法，只不过方法产生的行为和父类的相同而已。

例如：

```java
class A{
    void display(){
        System.out.println("A's method display() called!");
    }
    void print(){
        System.out.println("A's method print() called!");
    }
}
class B extends A{
    void display(){
        System.out.println("B's method display() called!");
    }
}
```

```
public class OverRiddenDemo1{
    public static void main(String args[]){
        A a1=new A();
        a1.display();
        a1.print();
        A a2=new B();
        a2.display();
        a2.print();
    }
}
```

上述程序的运行结果为：

```
A's method display() called!
A's method print() called!
B's method display() called!"
A's method print() called!
```

某些情况下，当覆盖一个方法时，实际目的不是要完全更换现有的行为，而是要在某种程度上扩展现有行为。

注意：方法重写时一定要保证方法的名字、参数个数和参数类型同父类的某个方法完全相同，只有这样，子类继承的这个方法才被重定义。如果子类在准备隐藏继承的方法时，参数个数或参数类型与父类的方法不尽相同，实际上就没有重新定义继承的方法，这时子类中就出现两个方法具有相同的名字。

（2）成员变量的隐藏。子类可以隐藏继承的成员变量，当在子类中定义和父类中同名的成员变量时，子类就隐藏了继承的成员变量，即子类对象以及子类自己声明定义的方法操作的是子类中新定义的和父类中同名的成员变量。

例如：

```
class A{
    protected double x=22.5;
}
class B extends A{
    double x=0.0;                          //隐藏了父类的变量 x
    void print(){
        x=x+50;
        System.out.println(x);
    }
}
public class OverRiddenDemo2{
    public static void main(String args[]){
        B a1=new B();
        a1.x-=50;
        a1.print();
        A a2=new B();
        System.out.println(a2.x);
    }
}
```

上述程序的运行结果为：

```
0.0
22.5
```

子类通过成员变量的隐藏和方法的覆盖或重写可以将基类的属性和行为改变为自身的属性和行为。

2. super 关键字

super 表示当前对象的直接基类对象的引用，Java 中通过 super 来实现对父类成员的访问。在子类中用 super 关键字就可直接访问其父类，而不用在子类中创建其直接父类的对象，使得父类与子类的关系更为紧密。

简单地说，super 关键字有两种用法：一种用法是子类使用 super() 调用父类的构造方法，另一种用法是子类使用 super 调用被子类隐藏的成员变量和被子类覆盖的方法。

例如，设有如下程序段：

```
class A{
    int x,y;
    public A(int x,int y){
        this.x=x;                          // this.x 访问当前对象的成员变量
        this.y=y;                          // this.y 访问当前对象的成员变量
    }
    public void display(){
        System.out.println("In class A: x="+x+" , y="+y);
    }
}
class B extends A{
    int a,b;
    public B(int x,int y,int a,int b){
        super(x,y);                        //调用基类的构造方法
        this.a=a;                          // this.a 访问当前对象的成员变量
        this.b=b;                          // this.b 访问当前对象的成员变量
    }
    public void display(){
        super.display();                   //调用基类被重写的成员方法
        System.out.println("In class B: a="+a+" , b="+b);
    }
}
public class SuperDemo{
    public static void main(String[]args){
        B a=new B(10,20,30,40);
        a.display();
    }
}
```

程序运行结果为：

```
In class A: x=10,y=20
In class B: a=30,b=40
```

3. 抽象类

抽象类体现了数据抽象的思想，是实现程序多态性的一种手段。定义抽象类的目的是提

供可由其子类共享的一般形式，子类可以根据自身需要扩展抽象类。

Java 语言中，用 abstract 关键字来修饰一个类时，这个类叫做抽象类，用 abstract 关键字来修饰一个方法时，这个方法叫做抽象方法。格式如下：

```
abstract   class   抽象类名{...}           //抽象类
```

抽象类中可以包含抽象方法，对抽象方法只需声明，而不需要具体的内容，格式如下：

```
abstract    类型符    方法名([参数表]);      //抽象方法
```

抽象类不一定要包含抽象方法。若类中包含了抽象方法，则该类必须被定义为抽象类。抽象类不能被实例化。抽象类可以包含非抽象的方法。继承抽象类的类必须实现抽象类的抽象方法，否则，也必须定义成抽象类。

4. 接口

Java 中的接口是特殊的抽象类，是一些抽象方法和常量的集合，其主要作用是使得处于不同层次上以至于互不相干的类能够执行相同的操作、引用相同的值，而且可以同时实现来自不同类的多个方法。

由于类的继承只能实现单一的继承，这样就使得子类的结构越来越复杂，降低了面向对象的程序设计的性能。而接口解决了这一问题。接口可实现多重继承，即一个接口允许从几个接口继承而来。

1）接口的定义

用关键字 interface 可以定义一个接口。接口定义的格式如下：

```
[public] interface 接口名 [extends 父类接口名] {
        //常量定义
        //方法声明

    }
```

如果缺少 public 修饰符，则该接口只能被与它在同一个包中的类实现。extends 子句与类声明的 extends 子句基本相同，不同的是一个接口可有多个父接口，用逗号隔开，而一个类只能有一个父类。

常量定义的格式为：

类型符　常量名=表达式;　//该常量被实现该接口的多个类共享，具有 public、final、static 的属性

方法声明的格式为：

类型符　方法名([参数表]);　//具有 public 和 abstract 属性

2）接口的实现

接口中只包含抽象方法，因此不能像一般类使用 new 运算符那样直接产生对象。用户必须利用接口的特性来打造一个类，再用它来创建对象。利用接口打造新类的过程，称为接口的实现。接口实现的一般语法格式为：

```
class  类名  implements  接口名称{      //接口的实现
    …                                   //类体
    }
```

在类体中可以使用接口中定义的常量，而且必须实现接口中定义的所有方法。注意：一个类可以实现多个接口，多个接口名之间用逗号分隔。

在类实现一个接口时，如果接口中的某个抽象方法在类中没有具体实现，则该类是一个抽象类，不能生成该类的对象。

接口与抽象类的不同之处在于：接口的数据成员必须被初始化，接口中的方法必须全部

声明为抽象方法。

3）接口的继承

接口也可以通过关键字 extends 继承其他接口。子接口将继承父接口中所有的常量和抽象方法。此时，子接口的实现类不仅要实现子接口的抽象方法，而且需要实现父接口的所有抽象方法。

5．修饰符

修饰符提供了对类、成员变量以及成员方法的访问控制。Java 修饰符如表 2-1 所示。

表 2-1　Java 修饰符

修饰符	类	变量	方法	接口	说明
缺省	√	√	√	√	可被同一包中的类访问
public	√	√	√	√	可被其他包中的类访问
final	√	√	√		类不能被其他类扩展或继承，方法不能被重写或覆盖，变量就等于是常量
abstract	√		√	√	类必须被扩展，方法必须被覆盖
private		√	√		方法或变量只能在此类中被访问
protected		√	√		方法或变量能被同一包中的类访问，以及被其他包中该类的子类访问
static		√	√		定义成类变量及类方法

说明：

（1）final 关键字。final 关键字可以修饰类、成员变量和方法中的参数。final 类不能被继承，即不能有子类。如果一个方法被修饰为 final 方法，则这个方法不能被重写。如果一个成员变量被 final 修饰，就是常量，常量必须赋给初值，而且不能发生变化。如果方法的参数被 final 修饰，该参数的值不能被改变。

（2）abstract 关键字。用关键字 abstract 修饰的类称为抽象类，用关键字 abstract 修饰的方法称为抽象方法。抽象类中可以有抽象方法，对于抽象方法只允许声明，不允许实现，而且不允许使用 final 修饰抽象方法。抽象类不允许用 new 运算符创建对象。

注意：抽象类中可以没有抽象方法。

6．包

包是一种将相关类、接口或其他包组织起来的集合体。目的是为了将包含类代码的文件组织起来，易于查找和使用。包不仅能包含类和接口，还能包含其他包，形成多层次的包空间。包还有助于避免命名冲突。当使用很多类时，确保类和方法名称的唯一性是非常困难的。包形成层次命名空间，缩小了名称冲突的范围，易于管理名称。

一个包事实上就是一个文件夹。包像目录一样可以有多层次结构，而各层之间以 "."分隔。

1）包的创建

创建一个包的方法很简单，在 Java 中通过 package 语句创建包。package 语句作为 Java 源文件的第一条语句，指明该源文件定义的类所在的包。package 语句的一般格式为：

```
package 包名;
```

利用这个语句可以创建一个具有指定名字的包，当前 Java 源文件中的所有类都被放在这个包中。

在 Java 程序中，package 语句必须是程序的第一个非注释、非空白行且行首无空格的语句，用来说明类和接口所属的包。

例如：

```
package mypackage1;
package mypackage1. mypackage2;
```

创建包就是在当前文件夹下创建一个子文件夹，存放这个包中包含的所有类的.class 文件。"package mypackage1. mypackage2;" 语句中的符号 "." 代表目录分隔符，说明这个语句创建两个文件夹：第一个是当前文件夹下的子文件夹 mypackage1，第二个是 mypackage1 文件夹下的 mypackage2 文件夹，当前包中的所有类文件就存在这个文件夹下。

若源文件中未使用 package 语句，则该源文件中的接口和类位于 Java 的默认包中。在默认包中，类之间可以相互使用 public、protected 或默认访问权限的成员变量和成员方法。默认包中的类不能被其他包中的类引用。

注意：

（1）程序中如果有 package 语句，该语句一定是源文件中的第一条可执行语句，它的前面只能有注释或空行。一个文件中最多只能有一条 package 语句。

（2）不管有几个类，分成几个文件，只要在每个文件前面加上同一个包的声明，便可将它们归属于同一个包。

（3）使用 package 语句说明一个包时，该包的层次结构必须与文件目录的层次相同。否则，在编译时可能出现查找不到包的问题。

2）包的引用

将类组织成包的目的是为了更好地利用包中的类。一般情况下，一个类只能引用与它在同一个包中的类，如果需要使用其他包中的 public 类，则可以通过加 import 这个关键词来引入。在一个 Java 源文件中可以有多个 import 语句，它们必须写在 package 语句和源文件中类或接口的定义之间。

import 语句的格式如下：

```
import 包名 . 类名 ;        //引入包中某个类
import 包名 . * ;          //引入整个包中所有的类及接口
```

例如：

```
import java.awt.Color;      //把 java.awt 包中的 Color 类引入进来
import.java.awt.*;          //把 java.awt 包中所有的类及接口引入进来
```

注意：

（1）在类定义之前加上 public 修饰符，是为了让其他 package 里的类也可以使用此类里的成员。如果省略了 public 修饰符，则只能让同一个 package 里的类来使用。

（2）Java 语言的 java.lang 包是编译器自动引入的。因此，编程时使用该包中的类，可省去 import 语句。但使用其他包中的类，必须用 import 语句引入。

3）常用的 Java 标准包

java.lang 包是 Java 的核心包，包含基本的数据类型、基本的数学函数类、字符串类、线程类以及异常处理类等。表 2-2 列出了 Java 常用包及包中主要的类。

表 2-2　Java 常用包及其类

包名称	包中主要的类
java.lang	Object、String、Thread 等核心类与接口，此包会自动引入
java.applet	Applet 类，该类是所有小应用程序的基类
java.awt	图形类、组成类、容器类、排列类、几何类、事件类、工具类
java.io	与输入/输出相关的类
java.net	与网络相关的类和接口
java.util	日期类、堆栈类、随机数类、向量类
java.security	包含 java.security.acl 和 java.security.interfaces 子类库
javax.swing	具有完全的用户界面组件集合，是在 AWT 基础上的扩展

4）Java 程序的基本结构

Java 程序的基本结构包括：

（1）package 语句，即包的创建语句（可选）。

（2）任意数量的 import 语句（可选）。

（3）类或接口声明。

这三个要素必须以上述顺序出现。即任何 import 语句出现在所有类定义之前。如果使用包声明，则包声明必须出现在类和 import 语句之前。

2.3　"匿名类"实例

【实例说明】

本实例设计一个应用程序，直接使用匿名类创建对象。

【实例目的】

（1）学习并掌握面向对象程序设计的一般过程。

（2）学习并掌握类和对象的定义和使用方法，并在此过程中体会类、对象和封装的概念。

（3）学习并掌握接口的定义和使用方法，并理解接口的作用。

【技术要点】

如果匿名类继承了类的方法，匿名类对象就调用继承的方法；如果匿名类重写了父类的方法，匿名类对象就调用重写的方法。

【代码及分析】

```
class Cubic {
    double getCubic(int n){
        return 0;
    }
```

```
    }
abstract class Sqrt{            //抽象类
            public abstract double getSqrt(int x);
}
class A{
    void fun(Cubic cubic){
        double result=cubic.getCubic(3);
        System.out.println(result);    //输出 27
    }
}
public class FtpDemo{
    public static void main(String args[]){
        A a=new A();
        a.fun(new Cubic(){    //使用匿名类创建对象,并将该对象传递给方法 fun()的参数 Cubic
            double getCubic(int n){    //匿名类重写了方法 getCubic
                return n*n*n;
            }
          }
        );
        Sqrt ss=new Sqrt(){    //使用匿名类创建对象
            public double getSqrt(int x){
                return Math.sqrt(x);
            }
        };
        double m=ss.getSqrt(5);    //输出 2.23606797749979
        System.out.println(m);
    }
}
```

程序运行结果如图 2-3 所示。

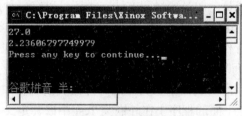

图 2-3　匿名类应用

【应用扩展】

Java 允许直接用接口名和一个类体创建一个匿名类对象。下面的代码就是实现了用接口 Cubic 或接口 Sqrt 创建匿名类对象。

```
interface Cubic {
    double getCubic(int n);
}
interface  Sqrt{
```

```
        public double getSqrt(int x);
    }
    class A{
        void f(Cubic cubic){
                double result=cubic.getCubic(3);
                System.out.println(result);
        }
    }
    public class Ftp{
        public static void main(String args[]){
            A a=new A();
            a.f(new Cubic(){
                public double getCubic(int n){
                    return n*n*n;
                }
            }
            );
        Sqrt ss=new Sqrt(){
            public double getSqrt(int x) {
                return Math.sqrt(x);
            }
        };
        double m=ss.getSqrt(5);
        System.out.println(m);
    }
}
```

【相关知识及注意事项】

1. 内部类

类可以有两种重要的成员：成员变量和方法，类还可以有一种成员：内部类。Java 支持在一个类中声明另一个类，这样的类称为内部类，而包含内部类的类称为内部类的外嵌类。

一个类可以把内部类看作是自己的成员。内部类的外嵌类的成员变量在内部类中仍然有效，内部类中的方法也可以调用外嵌类的方法。

内部类的类体中不可以声明类变量和类方法。外嵌类的类体中可以用内部类声明对象，作为外嵌类的成员。例如，下面的程序中在外嵌类 Test 中嵌套定义了一个内部类 Inner。

```
class Test{
    int dataOuter = 1;
    static int dataOuterStatic = 2;
    class Inner{              //内部类 Inner
        int data;
        static final int dataStatic = 4;
        public Inner( ){
            data = 3;
        } // Inner 构造方法结束
        public void mb_method( ){
```

```
            System.out.println( "dataOuter=" + dataOuter );
            System.out.println( "dataOuterStatic="
                + dataOuterStatic );
            System.out.println( "data=" + data );
            System.out.println( "dataStatic=" + dataStatic );
            mb_methodOuter( );
        } // 方法 mb_method 结束
        // 内部类 Inner 结束
    }
    public void mb_methodOuter( ){
        System.out.println( "mb_methodOuter" );
    } // 方法 mb_methodOuter 结束
} // 类 Test 结束

public class InnerTest{
    public static void main(String args[ ]){
        Test a = new Test( );
        Test.Inner b = a.new Inner( );    //由外嵌类对象创建内部类对象
        b.mb_method( );
    } // 方法 main 结束
} // 类 InnerTest 结束
```

程序运行结果如图 2-4 所示。

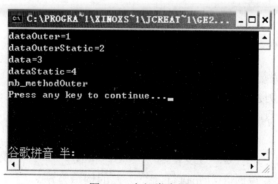

图 2-4　内部类应用

2. 匿名类

在使用类创建对象时，程序允许把类体与对象的创建组合在一起，也就是说，类创建对象时，除了构造方法还有类体，此类体被认为是该类去掉类声明后的类体，称为匿名类。

不可以用匿名类声明对象，但可以直接用匿名类创建一个对象。例如，假设 Shape 是类，下面的代码就是用匿名类 Shape 创建对象。

```
new  Shape(){匿名类的类体}
```

使用匿名类时，必须是在某个类中直接用匿名类创建对象，因此匿名类一定是内部类。匿名类可以访问外嵌类中的成员变量和方法，匿名类的类体中不可以声明 static 成员变量和 static 方法。

匿名类的主要用途就是向方法的参数传值。匿名类常用于事件处理时，简化事件监听器及事件处理者的声明。例如，下面的代码使用匿名类创建对象，并将该对象传递给方法 addWindowListener()。

```
frame.addWindowListener(new WindowAdapter(){
        //使用匿名类创建对象，并将该对象传递给方法 addWindowListener()
        public void windowClosing(WindowEvent e){
           System.exit(0);
        }
});
```

本章小结

　　本章主要介绍了 Java 语言面向对象程序设计的基础理论和概念。通过"地址簿管理"实例，介绍 Java 语言面向对象程序设计中的类定义和使用方法；通过"矩形圆形类构造"实例，介绍类的继承，抽象类、接口的概念、声明、实现等，并且介绍了多态性这个面向对象技术的基本特征在 Java 语言中的实现，还介绍了包的创建和使用方法、Java 程序的基本结构等；通过"匿名类"实例，介绍内部类和匿名类的使用方法。

　　本章是 Java 语言学习中最重要的理论和基础，需要牢固掌握，是后面各章学习的必备知识。

习题 2

一、选择题

1. static 方法（　　）。
   A. 可以访问实例变量　　　　　　　　　B. 可以使用 this 关键字
   C. 可以访问实例方法　　　　　　　　　D. 直接用类名称来调用
2. 当子类方法与父类方法同名且参数类型及个数都相同时，表示子类方法（　　）父类方法。
   A. 重写或覆盖　　　　B. 过度使用　　　　C. 重载　　　　D. 过度代替
3. 当创建一个子类对象时，首先执行（　　）的构造方法。
   A. 子类　　　　　　　B. 父类　　　　　　C. 扩展的类　　　　D. 派生的类
4. 对于一个接口，下面的说法正确的是（　　）。
   A. 所有的变量必须是公有的　　　　　　B. 所有的变量必须是私有的
   C. 所有的方法必须是空的　　　　　　　D. 所有的方法必须是抽象的
5. 假定子类 Doll 继承了父类 Toy，且两类都有一个 public void play()方法。下面哪一条语句可以从 Doll 类中调用属于 Toy 类的 play()方法？（　　）
   A. play()　　　　　B. this.paly()　　　　C. super.play()　　　D. Doll.play()
6. 出现在 Java 程序类定义外面的语句，包含（　　）语句。
   A. while　　　　　　B. System　　　　　C. package　　　　D. 以上都是
7. 对于继承，说法正确的的（　　）。
   A. 子类能继承父类的所有方法及其访问属性

B．子类只能继承父类的 public 方法及其访问属性

C．子类能继承父类的非私有方法及其访问属性

D．子类只能继承父类的方法，而不能继承方法的访问属性

8．下面是 public void example(){...}的重载函数的是（　　　）。

A．public String example(){...}

B．public int example(){...}

C．public void example2(){...}

D．public int example (int m, float f){...}

9．下列对接口的说法，正确的是（　　　）。

A．接口与抽象类是相同的概念

B．一个接口可以继承其他接口中的变量

C．接口之间不能有继承关系

D．一个类可以实现多个接口

10．设 student 类的 setid()方法有一个整型参数，给 id 赋值。若创建了一个名为 scholar 的含有 20 个 student 对象的数组，则下面哪条语句正确地为第一个对象赋了一个 id 号？（　　　）

A．student[0].setid(1234);　　　　　　B．scholar[0].setid(1234);

C．student.setid[0](1234);　　　　　　D．scholar.setid[0](1234);

11．下列类定义中，（　　　）是合法的抽象类定义。

A．class A{abstract void fun1();}

B．abstract　A{ abstract void fun1();}

C．abstract class A{abstract void fun1();}

D．abstract class A{abstract void fun1(){...}}

12．下列方法中，哪种类型的方法可以被声明为抽象方法？（　　　）

A．构造方法　　　　B．静态方法　　　　C．私有方法　　　D．以上都不是

13．下列哪个类的声明是正确的？（　　　）

A．abstract final class HI{}　　　　　　B．abstract private m ve(){}

C．protected private number;　　　　　　D．public abstract class Car{}

二、填空题

1．Object 类是 Java 所有类的＿＿＿＿＿＿＿＿。

2．在一个类的内部嵌套定义的类称为＿＿＿＿＿＿＿＿。

3．new 是＿＿＿＿＿＿＿＿对象的操作符。

4．接口是含有抽象方法或＿＿＿＿＿＿＿＿的一种特殊的抽象类。

5．请在划线处填写适当的内容，使下面的程序能正常运行。

```
interface ShowMessage{
   void showTradeMark();
}
class TV implements ShowMessage{
 public void _____{
    System.out.println("我是电视机");
```

```
    }
  }
class PC _____ShowMessage{
public void _____{
  System.out.println("我是电脑");
  }
}
public class Example {
  public static void main(String args[]){
        ShowMessage sm;
        sm=new _____;
        sm.showTradeMark();                //显示我是电视机
        sm=new _____;
        sm.showTradeMark();                //显示我是电脑
        }
}
```

三、判断题

1. 构造方法用于创建类的实例对象，构造方法名应与类名相同，返回类型为 void。（　　）

2. 有 abstract 方法的类是抽象类，但抽象类中可以没有 abstract 方法。（　　）

3. Java 中类和接口的继承都可以是多重继承。（　　）

4. 重载是指方法名称相同，根据参数个数的不同，或参数类型的不同来设计不同的功能。（　　）

5. Java 语言中，所有类或接口的父类名称是 Frame。（　　）

6. 父类的变量不能访问子类的成员，子类的变量也不能访问父类的成员。（　　）

7. 在抽象类中可以定义构造方法。（　　）

8. 方法覆盖是指定义多个名称相同，但参数个数不同或参数类型不同的方法。（　　）

9. 如果类之前省略了 public 修饰符，则此类只能让同一文件中的类访问。（　　）

10. Java 程序若创建新的类对象用关键字 new，若回收无用的类对象使用关键字 free。（　　）

11. 子类可以继承父类的方法，也可以重写或覆盖父类的方法。（　　）

四、简答题

1. 指出下面程序的错误。

```
class A{
    public int getNumber(int a ){
        return a+1;
    }
}
class B extends A{
    public int getNumber(int a,char c){
        return a+2;
    }
```

```
public static void main(String args[]){
    B b=new B();
    System.out.println(getNumber(0));
}
}
```

2. 阅读如下程序，给出运行结果。

```
class A{
    protected double x=10,y=12.56;
    public void speak(){
        System.out.println("I love NBA");
    }
    public void cry()      {
        y=x+y;
        System.out.println("y="+(float)y);
    }
}
class B extends A{
    int y=100,z;
    public void speak(){
        z=2*y;
        System.out.println("I love This Game");
        System.out.println("y="+y+",z="+z);
    }
}
class Example{
    public static void main(String args[]){
        B b=new B();
        b.cry();
        b.speak();
    }
}
```

3. 阅读如下程序，给出运行结果。

```
class SuperClass{
    private long id=0L;
    public SuperClass(long id){
        this.id=id;
        System.out.println("定义 SuperClass 的构造方法");
    }
    public long getId(){
        return id;
    }
    public void setId(long id)      {
        this.id=id;
    }
    public void doSth(){
        System.out.println("调用 SuperClass 的 doSth()方法");
```

```
        }
    }
public class SubClass extends SuperClass{
        private String name="";
        public SubClass(long id,String name){
                super(id);
                this.name=name;
            System.out.println("定义 SubClass 的构造方法");
        }
        public String getName(){
                return name;
        }
        public void setName(String name){
                this.name=name;
        }
        public void doSth(){
                super.doSth();
                System.out.println("调用 SubClass 的 doSth()方法");
        }
        public static void main(String args[]){
                SubClass sc=new SubClass(1000L,"Zidane");
                sc.doSth();
        }
    }
```

4. 阅读如下程序，给出运行结果。

```
class Point{
int x,y;
public Point(int x,int y){
        this.x=x;
        this.y=y;
}
Point move(int hx,int hy){
        Point p=new Point(0,0);
        p.x+=hx;
        p.y+=hy;
        return p;
}
}
public class ReturnClassDemo{
public static void main(String args[]){
        Point p1=new Point(0,0);
        System.out.println("point1:("+p1.x+","+p1.y+")");
        Point p2;
        p2=p1.move(80,100);
        System.out.println("point2:("+p2.x+","+p2.y+")");
}
}
```

5．阅读如下程序，给出运行结果。

```java
class EX2_4_5{
    private static int size=2;                    //定义外嵌类的局部变量
    public class Inner{                           //声明内部类
        private int size=1;
        public void doSomething(int size){
            size++;                               //访问局部变量
            this.size++;                          //访问内部类的成员变量
            EX2_4_5.size++;                       //访问外嵌类的成员变量
            System.out.println(size+" "+this.size+" "+EX2_4_5.size);
        }
    }
    public void taskInner(){
        Inner k=new Inner();
        k.doSomething(8);
    }
    public static void main(String args[]){
        EX2_4_5 i=new EX2_4_5();
        i.taskInner();
    }
}
```

五、程序设计题

1．编写一个类 A，该类创建的对象可以调用方法 f()输出小写英文字母表，然后再编写一个该类的子类 B，要求子类 B 必须继承 A 类的方法 f()（不允许重写），子类创建的对象不仅可以调用方法 f()输出小写英文字母表，而且调用子类新增的方法 g()输出大写英文字母表。

2．编写　个类，该类有一个方法 public int f(int a ,int b)，该方法返回 a 和 b 的最大公约数。然后再编写一个该类的子类，要求子类重写方法 f()，而且重写的方法将返回 a 和 b 的最小公倍数。要求在重写的方法的方法体中首先调用被隐藏的方法返回 a 和 b 的最大公约数 m，然后将乘积（a*b)/m 返回。要求在应用程序的主类中分别使用父类和子类创建对象，并分别调用方法 f()计算两个正整数的最大公约数和最小公倍数。

3．编写一个 Java 应用程序，该程序中有 3 个类：Trangle、Ladder 和 Circle，分别用来刻画"三角形"、"梯形"和"圆形"。具体要求如下：

（1）Trangle 类具有类型为 double 的三个边，以及周长、面积属性，Trangle 类具有返回周长、面积以及修改三个边的功能。另外，Trangle 类还具有一个 boolean 型的属性，该属性用来判断三个数能否构成一个三角形。

（2）Ladder 类具有类型为 double 的上底、下底、高、面积属性，具有返回面积的功能。

（3）Circle 类具有类型为 double 的半径、周长和面积属性，具有返回周长、面积的功能。

第 3 章　Swing 图形用户界面程序设计

教学目标与要求：本章主要学习创建图形用户界面，特别地，将讨论构成用户界面的各种 GUI 组件，学习如何使它们工作起来。通过对本章的学习，读者应该掌握以下内容：

- Java 图形用户界面
- 窗口的创建
- 组件的添加
- Swing 常用组件
- 布局管理器
- Java 的事件处理机制

教学重点与难点：掌握根据设计需要灵活使用各类 Swing 组件及其事件响应机制，设计可以交互的动态页面。

3.1　"启动界面"实例

【实例说明】

本实例建立一个启动界面程序，运行效果如图 3-1 所示。当程序运行时，启动界面显示奥运吉祥物福娃，并且贝贝、晶晶、欢欢、迎迎、妮妮五个福娃动态变换，轮流出现，同时进度条自动开始走动，时间为 100 秒，自动计时，当进度条到头，同时倒数计时器到达 0 时，关闭窗口，进入主窗口。

BEGAINING...... 50

正在加载程序......

图 3-1　简单启动界面

【实例目的】

（1）学习并掌握如何创建窗口以及如何向窗口中添加组件。

（2）学习并掌握 Java 中的 JWindow、JProgressBar、JPanel 等组件的使用方法。

（3）学习并掌握图形用户界面创建的一般步骤。

【技术要点】

启动界面窗口没有标题栏，可以通过继承 JWindow 来实现。窗口上用 JLabel 来显示图像；用 JProgressBar 建立进度条；通过 Timer 对象进行计时，实现进度条的走动。Timer 组件可以使程序在一段时间内依次执行指定的操作，这在动画的展示上非常有用。

【代码及分析】

```java
//文件 SplashWindow.java
import java.awt.*;
import java.awt.event.*;
import javax.swing.*;
class SplashWindow extends JWindow implements ActionListener{
    JLabel back=new JLabel(new ImageIcon("fw.gif"),JLabel.CENTER);
    JLabel begain=new JLabel("BEGAINING......");
    JLabel txtTime=new JLabel();
    JProgressBar progressBar=new JProgressBar(1,100);
    Timer timer;
    JPanel p1=new JPanel();
    JPanel p2=new JPanel();
    int n=100;
    public SplashWindow(){
        progressBar.setStringPainted(true);
        progressBar.setString("正在加载程序......");
        Container contentPane=getContentPane();
        contentPane.setLayout(null);
        setSize(200,200);
        toFront();
        setLocation(200,200);
        back.setBounds(10,20,200,100);
        p1.setBounds(10,140,200,20);
        p2.setBounds(10,160,200,40);
        setVisible(true);
        p1.add(begain);
        p1.add(txtTime);
        p2.add(progressBar);
        contentPane.add(back);
        contentPane.add(p1);
        contentPane.add(p2);
        timer=new javax.swing.Timer(100,this);  //创建一个计时器
        timer.addActionListener(this);
        timer.start();
    }
    public void actionPerformed(ActionEvent e){
```

```
    if(--n>0){
        progressBar.setValue(100-n);
        txtTime.setText(Integer.toString(n));
        timer.restart();                //启动计时器
    }
    else{
        timer.stop();                   //停止计时器
        dispose();
    }
}
public static void main(String args[]){
    SplashWindow splashWindow=new SplashWindow();
}
}
```

【应用扩展】

显示启动窗口时,可以使窗口居于屏幕中心。为此,将程序中的语句"setLocation(200,200);"替换为如下部分:

```
Dimension screen=Toolkit.getDefaultToolkit().getScreenSize();  //取出屏幕大小
setLocation((screen.width-400)/2,(screen.height-400)/2);        //使界面居中
```

【相关知识及注意事项】

1. Swing 和 AWT

在 Java 中用来设计 GUI 的组件和容器有两种,一种是早期版本的 AWT 组件,在 java.awt 包里,包括 Button、CheckBox、ScrollBar 等,这些组件都是 Component 类的子类。另一种是较新的 Swing 组件,其名称是在原来的 AWT 组件名称前加 J,例如 JButton、JCheckBox、JScrollBar 等,这些组件都是 JComponent 类的子类。

Swing 是 Java 窗口程序不可或缺的包,有别于以往 AWT 包没有弹性、缺乏效率的缺点,Swing 可以提供更丰富的视觉感受。最简单的 Swing 组件也能提供远比 AWT 组件优越的性能,例如 Swing 的按钮和标签可以显示图形,可以轻松为其添加或改变边框,Swing 组件也不一定是矩形的,例如按钮可以是圆形的,而且在程序运行过程中可以动态改变其形状;AWT 组件则无法完成这些任务。因此,人们越来越多地使用 Swing 组件构建图形用户界面,本章所有实例都是利用 Swing 组件完成的,也将重点介绍 Swing 的内容。

2. Swing 容器

1)Swing 组件的功能划分

Swing 组件从功能上可分为:

(1)顶层容器:JFrame、JApplet、JDialog 和 JWindow。

(2)中间层容器:面板(Jpanel)、JScrollPane、JSplitPane、JTabbedPane 和 JToolBar。

(3)特殊容器:在 GUI 上起特殊作用的中间层,如 JInternalFrame、JLayeredPane、JRootPane。

(4)基本控件:实现人机交互的组件,如 JButton、JRadioButton、JComboBox、JCheckBox、

JList、JMenu、JSlider。

（5）不可编辑组件：向用户显示不可编辑信息的组件，如 JLabel 和 JProgressBar。

（6）可编辑组件：向用户显示能被编辑的格式化信息的组件，如 JTextField 和 JTextArea。

2）Swing 容器的层次结构

（1）根面板 JRootPane。根面板 JRootPane 是顶层容器中所包含的最内层，不能在根面板上加入任何的组件，因为它是一个虚拟的容器，通常无法在这一层进行操作与处理。需要注意的是，只有顶层容器才有根面板，其他中间层容器没有根面板。

（2）层次面板 JLayeredPane。层次面板用于管理菜单栏（JMenuBar）和内容面板（JcontentPane），可以对加入在层次面板中的对象设定其层次，而不会被内容面板中的对象屏蔽。

（3）内容面板 JContentPane。与 AWT 组件不同，Swing 组件不能直接添加到顶层容器中，必须添加到顶层 Swing 容器的内容面板上，并设置布局策略。一般在程序中必须用 getContentPane()方法来获取内容面板，然后将其加到这一层中。

（4）玻璃面板 JGlassPane。在玻璃面板这一层次上主要用来产生绘图效果，以及触发窗口程序的各种事件。

3）向 Swing 容器中添加组件

Swing 窗体中的所有容器都可以用来容纳其他组件，但除了 JPanel 外，其他容器不允许把组件直接添加进去，而是通过如下两种方式添加组件到其内容面板中：

（1）通过 getContentPane()方法获得容器的内容面板，再对其添加组件。如：

```
容器.getContentPane().add(组件);
```

（2）建立一个 JPanel 中间容器，把组件添加到 JPanel 中，再用 setContentPane()方法将 JPanel 替换内容面板。如：

```
JPanel contentPane=new JPanel();
把其他组件添加到 JPanel 中
容器.setContentPane(contentPane);
```

3. 无边框窗口 JWindow

JWindow 是一种顶层容器，可以显示在用户桌面上的任何位置。它没有标题栏、窗口按钮或者其他与 JFrame 关联的修饰。JWindow 的常用方法如表 3-1 所示。

表 3-1　JWindow 的常用方法

方法	主要功能
JWindow()	创建未指定所有者的窗口
JWindow(Frame owner)	使用指定的所有者框架创建窗口
JWindow(GraphicsConfiguration gc)	使用屏幕设备的指定 GraphicsConfiguration 创建窗口
void setSize(int width, int height)	设置窗口的大小，使其宽度为 width，高度为 height
void setLocation(int x,int y)	设定窗口左上角的初始位置坐标为(x,y)
void setVisible(boolean v)	设置窗体是否可见，若 v 为 true 则可见，若 v 为 false 则不可见
void toFront()	如果此窗口是可见的，则将此窗口置于前端，并可以将其设为焦点窗口

下面通过一个实例来演示如何使用 JWindow 类，运行结果如图 3-2 所示。

```
import java.awt.*;
import javax.swing.*;
public class EX3_1 {
    public static void main(String args[]){
        JWindow win=new JWindow();                              //构造无边框窗口
        JLabel lb=new JLabel("欢迎进入 Java 世界！",JLabel.CENTER);    //构造标签组件
        lb.setForeground(Color.red);                           //设置标签中的字体颜色
        lb.setFont(new Font("楷体",Font.ITALIC+Font.BOLD,20));
        //设置标签中的字体样式
        win.getContentPane().add(lb);                          //将标签组件添加到内容窗格
        win.setLocation(200,200);                              //设置界面的显示位置
        win.setSize(200,220);                                  //设置界面大小
        win.setVisible(true);                                  //设置对象可见
        win.toFront();
    }
}
```

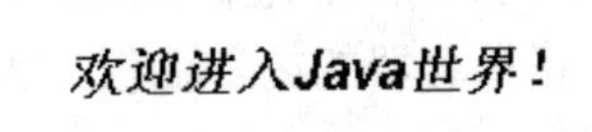

欢迎进入Java世界！

图 3-2　简单窗口的演示

4. 标签 JLabel 和进度条 JProgressBar

1）标签 JLabel

标签既可以显示文本也可以显示图像。标签不能接收键盘的信息输入，只能查看其内容而不能修改，它本身不响应任何事件，也不能获得键盘焦点。JLabel 的常用方法如表 3-2 所示。

表 3-2　JLabel 的常用方法

方法	主要功能
JLabel()	创建无图像并且其标题为空字符串的 JLabel
JLabel(Icon image)	创建具有指定图像的 JLabel 实例
JLabel(Icon image,int alignment)	创建具有指定图像和对齐方式的 JLabel 实例
JLabel(String　text)	创建具有指定文本的 JLabel 实例
JLabel(String　text,int alignment)	创建具有指定文本和对齐方式的 JLabel 实例
String getText()	返回 JLabel 中的标题
void setText(String txt)	设定 JLabel 中的标题为 txt
void setToolTipText(String txt)	设定当光标落在 JLabel 上时显示的文字为 txt

续表

方法	主要功能
void setHorizontalAlignment(int align)	设定对齐方式为 align
Icon getIcon()	返回 JLabel 中的图标
void setIcon(Icon icon)	设定 JLabel 中的图标为 icon
int getIconTextGap()	返回 JLabel 中的标题与图标的距离（像素）
void setIconTextGap(int gap)	设定 JLabel 中的标题与图标的距离（像素）

说明，JLabel 的对齐方式有 3 种：

```
JLabel.LEFT          //左对齐
JLabel.CENTER        //居中对齐
JLabel.RIGHT         //右对齐
```

例如，下面的代码段创建两个标签，其对齐方式均为居中对齐，第一个标签显示的文字为"同一个世界，同一个梦想！"，第二个标签显示指定的 fuwa.gif 图像。

```
JLabel lb=new JLabel("同一个世界，同一个梦想！",JLabel.CENTER);
JLabel back1=new JLabel(new ImageIcon("fuwa.gif"),JLabel.CENTER);
```

2）进度条 JProgressBar

进度条 JProgressBar 通常通过显示某个操作的完成百分比来传达其进度。JProgressBar 的常用方法如表 3-3 所示。

表 3-3　JProgressBar 的常用方法

方法	主要功能
JProgressBar()	创建一个显示边框但不带进度字符串的水平进度条
JProgressBar(int orient)	创建具有指定方向 orient 的进度条
JProgressBar(int min, int max)	创建具有指定最小值 min 和最大值 max 的水平进度条
JProgressBar(int orient, int min, int max)	创建使用指定方向 orient、最小值 min 和最大值 max 的进度条
int getMaximum()	返回进度条的最大值
int getMinimum()	返回进度条的最小值
double getPercentComplete()	返回进度条的完成百分比，返回值在 0.00 到 1.00 之间
int getValue()	返回进度条的当前值
void setMaximum(int max)	设置进度条的最大值
void setMinimum(int min)	设置进度条的最小值
void setValue(int n)	设置进度条的当前值

注意：进度条方向的取值为 JProgressBar.VERTICAL，JProgressBar.HORIZONTAL。

5．面板 JPanel

JPanel 是常用的一种中间容器，它可以容纳各种组件，先将组件按照一定的布局添加到 JPanel 中，然后把这个面板添加到底层容器或其他中间容器中。JPanel 面板的默认布局是 FlowLayout 布局。JPanel 的常用方法如表 3-4 所示。

表 3-4　JPanel 的常用方法

方法	主要功能
JPanel ()	建立一个 JPanel 对象
JPanel(LayoutManager layout)	Layout 指明布局方式，默认为流式布局
JPanel (boolean isDoubleBuffered)	isDoubleBuffered 指明是否具有双缓冲，默认是非双缓冲
JPanel(LayoutManager layout,boolean isDoubleBuffered)	建立一个指定缓冲策略的 JPanel 对象，布局方式为 layout

下面用一个完整的例子来演示面板的使用方法，运行结果如图 3-3 所示。

同一个世界，同一个梦想！

One Word One Dream!

图 3-3　面板使用实例

```java
import java.awt.*;
import java.awt.event.*;
import javax.swing.*;
class EX3_2 extends JWindow {
    JLabel lb1=new JLabel(new ImageIcon("fw.gif"),JLabel.CENTER);
    JLabel lb2=new JLabel("同一个世界，同一个梦想！",JLabel.CENTER);
    JLabel lb3=new JLabel("One Word One Dream!",JLabel.CENTER);
    JPanel p1=new JPanel();  //创建面板
    JPanel p2=new JPanel();
    JPanel p3=new JPanel();
    public EX3_2(){
        Container contentPane=getContentPane();  //创建内容窗格
        contentPane.setLayout(null);  //设置窗格布局方式
        setSize(300,360);  //定义窗口大小
        toFront();  //将窗口置于前端
        lb2.setForeground(Color.red);        //设置标签中的字体颜色
        lb2.setFont(new Font("楷体",Font.ITALIC+Font.BOLD,20));
        //设置标签中的字体样式
        lb3.setForeground(Color.orange);
        lb3.setFont(new Font("Serief",Font.ITALIC+Font.BOLD,20));
```

```
        setLocation(200,200);//设置窗口左上角的初始位置
        p1.setBounds(10,20,300,250);//设置面板 p1 的显示区域
        p2.setBounds(10,270,300,30);
        p3.setBounds(10,310,300,40);
        p1.add(lb1);//添加标签组件到面板
        p2.add(lb2);
        p3.add(lb3);
        contentPane.add(p1);//将面板添加到内容窗格
        contentPane.add(p2);
        contentPane.add(p3);
        setVisible(true);
    }
    public static void main(String args[]){
        EX3_2 ewin=new EX3_2();
    }
}
```

注意：在程序中，框架使用 JWindow 类的自定义派生类创建，自定义的框架派生类对 JWindow 进行扩充，这是创建 GUI 应用程序的常用风格。

6. 颜色和字体

1）颜色 Color

在 Java 中提供了 Color 类来处理对象的颜色。Color 类提供了 13 种颜色常量、2 种创建颜色对象的构造方法，用户可以使用 Color 类提供的 13 种颜色常量定义标准颜色，也可以通过 Color 类的构造方法来创建自己喜欢的颜色。Color 类的 13 种颜色常量如表 3-5 所示。

表 3-5　Color 类的 13 种颜色常量

颜色常量	色彩
Color.black	黑色
Color.blue	蓝色
Color.cyan	青色
Color.darkGray	深灰色
Color.gray	灰色
Color.green	绿色
Color.lightGray	浅灰色
Color.magenta	洋红色
Color.orange	橙色
Color.pink	粉红色
Color.red	红色
Color.white	白色
Color.yellow	黄色

Color 类的构造方法如下所示：

```
Color(float r,float g,float b)
```

//设置红色（red）、绿色（green）和蓝色（blue）的值，这三者的值必须是介于 0～1 之间的浮点数
```
Color(int r,int g,int b)
```
//设置红色（red）、绿色（green）和蓝色（blue）的值，这三者的值必须是介于 0～255 之间的整数

用户可以使用定义在 Component 类中的 setForeground(Color c)和 setBackground(Color c)方法设置组件的前景色和背景色。以下是设置面板的背景色为红色的一个实例。

方法一：使用颜色常量。
```
JPanel pn=new JPanel();
pn.setBackground(Color.red);
```
方法二：使用构造方法。
```
JPanel pn=new JPanel();
pn.setBackground(new Color(255,0,0));
```

2）字体 Font

Font 类用来规范组件所用的字体的样式、大小与字形等，许多方法都需要由 Font 类产生的对象作为参数，用以设置组件的字体。要产生 Font 类对象，可以使用 Font()构造方法，其格式如下：
```
public Font(String font_name,int style,int size)    //根据指定的名称、样式和点大
                                                     //小创建一个新 Font
```

Font 构造方法中的第一个参数是字体名称，第二个参数是字体的风格，第三个参数是字体的大小。其中字体的风格可以是以下几种常量：
```
Font.PLAIN：一般
Font.BOLD：粗体
Font.ITALIC：斜体
Font.BOLD+Font.ITALIC：粗斜体
```

在 java.awt 包中提供了一个 GraphicsEnvironment 类，通过该类的 getAvailableFontFamilyNames()方法可以获得可用的字体名列表，实际应用中，Arial、Dialog、Monospaced、Times New Roman、宋体、隶书等均是常用字体。

可以使用 setFont(Font f)方法对组件中文本的字体进行设定。例如：
```
JLabel lb=new JLabel("设置字体");    //定义一个标签组件
Font fnt=new Font("宋体",Font.BOLD+Font.ITALIC,18);    //设置字体的样式
lb.setFont(fnt);
```

3.2　"基本布局演示"实例

【实例说明】

本例建立一个基本布局演示窗口，运行界面如图 3-4 所示，窗口中嵌套了一个选项卡窗格，单击选项卡可以观看相应的布局。

【实例目的】

掌握 FlowLayout、GridLayout、BorderLayout、CardLayout、GridBagLayout 等布局管理器的使用方法。

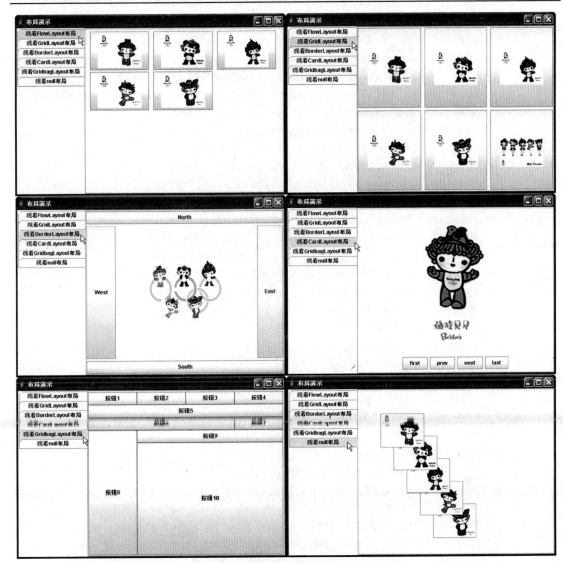

图 3-4　布局演示

【技术要点】

该程序利用 JTabbedPane 建立了一个选项卡窗格，该窗格中有 6 个按钮，分别设置相对应的选项卡的文本提示为"观看 FlowLayout 布局"、"观看 GridLayout 布局"、"观看 BorderLayout 布局"、"观看 CardLayout 布局"、"观看 GridbagLayout 布局"、"观看 null 布局"，单击选项卡可以观看相应的布局。

【代码及分析】

```
//文件 LayoutExample.java
import javax.swing.*;
import java.awt.*;
import java.awt.event.*;
```

```java
import javax.swing.border.*;
class MyWin extends JFrame implements ActionListener{
    JTabbedPane tabbedPane;
    JPanel flowLayoutPanel,gridLayoutPanel,borderLayoutPanel,
    cardLayoutPanel,nullLayoutPanel,gridbagLayoutPanel,upPanel,downPanel;
    JButton firstButton,prevButton,nextButton,lastButton;
    CardLayout card=new CardLayout();
    public MyWin(){
        tabbedPane=new JTabbedPane(JTabbedPane.LEFT);
        FlowLayout flow=new FlowLayout(FlowLayout.LEFT,10,4);
        flowLayoutPanel=new JPanel();
        flowLayoutPanel.setLayout(flow);
        JButton b1=new JButton(new ImageIcon("bb2.jpg"));
        JButton b2=new JButton(new ImageIcon("jj2.jpg"));
        JButton b3=new JButton(new ImageIcon("hh2.jpg"));
        JButton b4=new JButton(new ImageIcon("yy2.jpg"));
        JButton b5=new JButton(new ImageIcon("nn2.jpg"));
        flowLayoutPanel.add(b1);
        flowLayoutPanel.add(b2);
        flowLayoutPanel.add(b3);
        flowLayoutPanel.add(b4);
        flowLayoutPanel.add(b5);
        tabbedPane.add("观看 FlowLayout 布局",flowLayoutPanel);
        GridLayout grid=new GridLayout(2,3,8,6);
        gridLayoutPanel=new JPanel();
        gridLayoutPanel.setLayout(grid);
        JButton b6=new JButton(new ImageIcon("bb2.jpg"));
        JButton b7=new JButton(new ImageIcon("jj2.jpg"));
        JButton b8=new JButton(new ImageIcon("hh2.jpg"));
        JButton b9=new JButton(new ImageIcon("yy2.jpg"));
        JButton b10=new JButton(new ImageIcon("nn2.jpg"));
        JButton b11=new JButton(new ImageIcon("qq2.jpg"));
        gridLayoutPanel.add(b6);
        gridLayoutPanel.add(b7);
        gridLayoutPanel.add(b8);
        gridLayoutPanel.add(b9);
        gridLayoutPanel.add(b10);
        gridLayoutPanel.add(b11);
        tabbedPane.add("观看 GridLayout 布局",gridLayoutPanel);
        BorderLayout border=new BorderLayout(7,5);
        borderLayoutPanel=new JPanel();
        borderLayoutPanel.setLayout(border);
        JButton b12=new JButton("South");
        JButton b13=new JButton("North");
        JButton b14=new JButton("East");
```

```java
JButton b15=new JButton("West");
JLabel jlb=new JLabel(new ImageIcon("fuwa.gif"));
borderLayoutPanel.add(b12,"South");
borderLayoutPanel.add(b13,"North");
borderLayoutPanel.add(jlb,"Center");
borderLayoutPanel.add(b14,"East");
borderLayoutPanel.add(b15,"West");
tabbedPane.add("观看 BorderLayout 布局",borderLayoutPanel);
cardLayoutPanel=new JPanel();
upPanel=new JPanel();
downPanel=new JPanel();
BorderLayout bd=new BorderLayout();
cardLayoutPanel.setLayout(bd);
firstButton=new JButton("first");
prevButton=new JButton("prev");
nextButton=new JButton("next");
lastButton=new JButton("last");
JLabel oneLabel=new JLabel(new ImageIcon("bb.gif"),JLabel.CENTER);
JLabel twoLabel=new JLabel(new ImageIcon("jj.gif"),JLabel.CENTER);
JLabel threeLabel=new JLabel(new ImageIcon("hh.gif"),JLabel.CENTER);
JLabel fourLabel=new JLabel(new ImageIcon("yy.gif"),JLabel.CENTER);
JLabel fiveLabel=new JLabel(new ImageIcon("nn.gif"),JLabel.CENTER);
upPanel.setLayout(card);
upPanel.add("one",oneLabel);
upPanel.add("two",twoLabel);
upPanel.add("three",threeLabel);
upPanel.add("four",fourLabel);
upPanel.add("five",fiveLabel);
cardLayoutPanel.add(upPanel,"Center");
downPanel.add(firstButton);
downPanel.add(prevButton);
downPanel.add(nextButton);
downPanel.add(lastButton);
cardLayoutPanel.add(downPanel,"South");
firstButton.addActionListener(this);
prevButton.addActionListener(this);
nextButton.addActionListener(this);
lastButton.addActionListener(this);
tabbedPane.add("观看 CardLayout 布局",cardLayoutPanel);
GridBagLayout gridbag=new GridBagLayout();
GridBagConstraints c=new GridBagConstraints();
gridbagLayoutPanel=new JPanel();
gridbagLayoutPanel.setLayout(gridbag);
JButton b16=new JButton("按钮 1");
JButton b17=new JButton("按钮 2");
JButton b18=new JButton("按钮 3");
```

```
JButton b19=new JButton("按钮 4");
JButton b20=new JButton("按钮 5");
JButton b21=new JButton("按钮 6");
JButton b22=new JButton("按钮 7");
JButton b23=new JButton("按钮 8");
JButton b24=new JButton("按钮 9");
JButton b25=new JButton("按钮 10");
c.fill=GridBagConstraints.BOTH;   //当组件大小超出显示区域时设置为四周完全扩展
c.anchor=GridBagConstraints.CENTER;  //当组件小于其显示区域时摆放在显示区
                                     //域的中间
c.weightx=1.0;
gridbag.setConstraints(b16,c);          //添加按钮
gridbagLayoutPanel.add(b16);
gridbag.setConstraints(b17,c);
gridbagLayoutPanel.add(b17);
gridbag.setConstraints(b18,c);
gridbagLayoutPanel.add(b18);
c.gridwidth=GridBagConstraints.REMAINDER;    //结束一行
gridbag.setConstraints(b19,c);
gridbagLayoutPanel.add(b19);
c.weightx=0.0;                             //重新设置为默认值
gridbag.setConstraints(b20,c);
gridbagLayoutPanel.add(b20);
c.gridwidth=GridBagConstraints.RELATIVE;     //倒数第二个
gridbag.setConstraints(b21,c);
gridbagLayoutPanel.add(b21);
c.gridwidth=GridBagConstraints.REMAINDER;
gridbag.setConstraints(b22,c);
gridbagLayoutPanel.add(b22);
c.gridwidth=1;
c.gridheight=2;
c.weighty=1.0;
gridbag.setConstraints(b23,c);
gridbagLayoutPanel.add(b23);
c.weighty=0.0;
c.gridwidth=GridBagConstraints.REMAINDER;
c.gridheight=1;
gridbag.setConstraints(b24,c);
gridbagLayoutPanel.add(b24);
gridbag.setConstraints(b25,c);
gridbagLayoutPanel.add(b25);
tabbedPane.add("观看 GridbagLayout 布局",gridbagLayoutPanel);
nullLayoutPanel=new JPanel();
nullLayoutPanel.setLayout(null);
JButton b26=new JButton(new ImageIcon("bb2.jpg"));
JButton b27=new JButton(new ImageIcon("jj2.jpg"));
JButton b28=new JButton(new ImageIcon("hh2.jpg"));
    }
```

```
        JButton b29=new JButton(new ImageIcon("yy2.jpg"));
        JButton b30=new JButton(new ImageIcon("nn2.jpg"));
        nullLayoutPanel.add(b26);
        nullLayoutPanel.add(b27);
        nullLayoutPanel.add(b28);
        nullLayoutPanel.add(b29);
        nullLayoutPanel.add(b30);
        b26.setBounds(50,50,100,75);
        b27.setBounds(80,100,100,75);
        b28.setBounds(110,150,100,75);
        b29.setBounds(140,200,100,75);
        b30.setBounds(170,250,100,75);
        tabbedPane.add("观看 null 布局",nullLayoutPanel);
        tabbedPane.validate();
        Container con=getContentPane();
        con.add(tabbedPane,BorderLayout.CENTER);
        con.validate();
        setBounds(100,100,600,400);
        setTitle("布局演示");
        setVisible(true);
        setDefaultCloseOperation(JFrame.EXIT_ON_CLOSE);

    }
    public void actionPerformed(ActionEvent e){
        if(e.getSource()==firstButton)
            card.first(upPanel);
        else if(e.getSource()==nextButton)
                card.next(upPanel);
        else if(e.getSource()==prevButton)
                card.previous(upPanel);
        else if(e.getSource()==lastButton)
                card.last(upPanel);
    }
}
public class LayoutExample{
    public static void main(String args[]){
        new MyWin();
    }
}
```

【应用扩展】

（1）在设置布局时还可以使用空隙类，空隙类用于组件之间的间隔，使组件之间可以更好地显示。空隙类的创建方法如下：

```
Component component=Box.createRigidArea(size);          //方形空隙类
Component component=Box.createHorizontalGlue(size);      //水平空隙类
Component component=Box.createHorizontalStrut(size);    //水平空隙类，可以定义长度
```

```
Component component=Box.createVerticalGlue(size);      //垂直空隙类
Component component=Box.createVerticalStrut(size);      //垂直空隙类，可以定义高度
```

（2）Java Swing 提供了许多功能各异的中间层容器，比如 JScrollPane、JSplitPane 和 JLayeredPane 类，可以在上述程序中添加中间层容器。

【相关知识及注意事项】

1. 框架窗口 JFrame

框架窗口是一种带有边框、标题及用于关闭和最小化窗口的图标等的窗口。GUI 的应用程序通常至少使用一个框架窗口。JFrame 类是 Container 类派生而来，是一种顶层容器，可用于创建框架窗口。JFrame 的常用方法如表 3-6 所示。

表 3-6　JFrame 的常用方法

方法	主要功能
JFrame()	创建一个无标题的 JFrame
JFrame(String title)	创建一个有标题的 JFrame
setTitle(String title)	设置窗口的标题为 title
setSize(int width,int height)	设置窗口的大小，使其宽度为 width，高度为 height
setBackground(Color c)	设置窗口的背景色
setLocation(int x, int y)	设定窗口左上角的初始位置为(x,y)
setResizable(boolean b)	设置窗口是否允许改变大小
setDefaultCloseOperation(int operation)	设置用户在此窗体上发起 close 时默认执行的操作
getContentPane()	返回此窗体的内容窗格
setVisible(boolean v)	设置窗体是否可见

另外，与 Frame 不同，当用户试图关闭窗口时，JFrame 知道如何进行响应。用户关闭窗口时，默认的行为只是简单地隐藏 JFrame。要更改默认的行为，可调用 setDefaultCloseOperation (int operation)方法，参数 operation 的取值可以有以下几种情况：

```
DO_NOTHING_ON_CLOSE            //当窗口关闭时，不做任何处理
HIDE_ON_CLOSE                  //当窗口关闭时，隐藏这个窗口，为 operation 的默认值
DISPOSE_ON_CLOSE               //当窗口关闭时，隐藏并处理这个窗口
EXIT_ON_CLOSE                  //当窗口关闭时，退出程序
```

下面用一个完整的例子来演示如何创建并显示一个窗口，运行结果如图 3-5 所示。

图 3-5　框架窗口

```
import javax.swing.*;
public class EX3_4{
    public static void main(String args[]){
        JFrame frm=new JFrame();                         //构造框架窗口
        frm.setTitle("布局演示");                         //设置界面标题
        frm.setLocation(200,200);                         //设置界面的显示位置
        frm.setSize(200,220);                             //设置界面大小
        frm.setVisible(true);                             //设置对象可见
        frm.setDefaultCloseOperation(JFrame.EXIT_ON_CLOSE);
        //关闭窗口时终止程序的运行
    }
}
```

2. 选项卡 JTabbedPane

用 JTabbedPane 创建的一个对象就是一个选项卡，它允许用户通过单击具有给定标题或图标的选项卡，在一组组件之间进行切换。JTabbedPane 的常用方法如表 3-7 所示。

表 3-7　JTabbedPane 的常用方法

方法	主要功能
Component　add(String title, Component component)	添加具有指定选项卡标题的 component
Component　add(Component component)	添加一个 component，默认选项卡标题为组件名称
Component　add(Component component, int index)	在指定位置添加一个 component
void addChangeListener(ChangeListener l)	将一个 ChangeListener 添加到此选项卡窗格中
void addTab(String title, Icon icon, Component component)	添加一个由 title 和 icon 表示的 component
void setTitleAt(int index, String title)	将 index 位置的标题设置为 title，它可以为 null
void setSelectedIndex(int index)	设置所选择选项卡的索引
void setTabPlacement(int tabPlacement)	设置此选项卡窗格的选项卡布局
void validate()	确保组件具有有效的布局

下面用一个完整的例子来演示选项卡的使用方法，运行结果如图 3-6 所示。

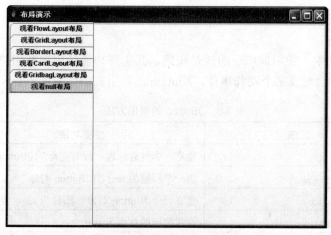

图 3-6　选项卡使用方法演示

```
import javax.swing.*;
import java.awt.*;
class EX3_5 extends JFrame{
    JTabbedPane tabbedPane;
    JPanel flowLayoutPanel,gridLayoutPanel,borderLayoutPanel,
                cardLayoutPanel,nullLayoutPanel,gridbagLayoutPanel;
    public EX3_5(){
        tabbedPane=new JTabbedPane(JTabbedPane.LEFT);
        flowLayoutPanel=new JPanel();
        gridLayoutPanel=new JPanel();
        borderLayoutPanel=new JPanel();
        cardLayoutPanel=new JPanel();
        nullLayoutPanel=new JPanel();
        gridbagLayoutPanel=new JPanel();
        tabbedPane.add("观看 FlowLayout 布局",flowLayoutPanel);
        tabbedPane.add("观看 GridLayout 布局",gridLayoutPanel);
        tabbedPane.add("观看 BorderLayout 布局",borderLayoutPanel);
        tabbedPane.add("观看 CardLayout 布局",cardLayoutPanel);
        tabbedPane.add("观看 GridbagLayout 布局",gridbagLayoutPanel);
        tabbedPane.add("观看 null 布局",nullLayoutPanel);
        tabbedPane.validate();
        Container con=getContentPane();
        con.add(tabbedPane,BorderLayout.CENTER);
        con.validate();
        setDefaultCloseOperation(JFrame.EXIT_ON_CLOSE);
        setBounds(100,100,600,400);
        setTitle("布局演示");
        setVisible(true);
        setVisible(true);
    }
    public static void main(String args[]){
        EX3_5 frm=new EX3_5();
    }
}
```

3. 按钮 JButton

在图形用户界面中，使用最广泛的就是按钮，其主要功能是用来和用户交互。通常情况下在按钮上单击鼠标会触发某个动作事件。JButton 的常用方法如表 3-8 所示。

表 3-8　JButton 的常用方法

方法	主要功能
JButton ()	建立一个没有标题、没有图标的 JButton 对象
JButton (String text)	建一个标题为 text 的 JButton 对象
JButton(Icon ico)	建立一个 JButton 对象，图标为 ico，没有标题
void setText(String text)	设置按钮的标题为 text

续表

方法	主要功能
void setMnemonic(char mnemonic)	设置快捷字母键为 mnemonic
void setToolTipText(String text)	设置提示文本
void setEnabled(boolean b)	设置按钮是否被激活
void setPressdIcon(Icon pressedIcon)	设置按下状态的图标
void setRolloverIcon(Icon rollerIcon)	设置翻转状态的图标
void setRolloverEnabled(boolean b)	设置是否可翻转

例如，下面的代码段创建一个标题为"变色"的按钮：

```
JButton bt=new JButton("变色");
```

图标是固定大小的图像，通常很小，用于点缀组件。图标可以从图像文件，通过使用 ImageIcon 类获得。例如，下面的代码段从文件 sample.gif 中加载了一个图标，并创建了一个以此图标为标题的按钮。

```
Icon sample=new ImageIcon("sample.gif");
JButton bt=new JButton(sample);
```

4．布局管理

前面的例子中的"变色"按钮被放置在窗口的中央，并且不管如何调整窗口的大小，该按钮始终占据整个窗口。这是因为默认情况下，容器的布局管理器将组件放置在窗口的中央。

Java 的 GUI 组件被放置在容器中，然后由容器的布局管理器对它们的位置和大小进行管理。Java 共有 6 种基本的布局管理器，它们分别为：FlowLayout、GridLayout、BorderLayout、CardLayout、GridbagLayout 和 null。容器类默认的布局管理器为 FlowLayout。

为容器类设置布局管理器时，可以调用容器类的 setLayout()方法。布局管理器必须在添加任何组件之前被添加到容器中。在为容器设置好布局管理器后，向容器添加的所有组件的位置将都由设定的布局管理器进行管理。

1）FlowLayout

FlowLayout（流式布局管理器）是将所有的组件从左到右，从上到下依次放在容器中。当改变容器大小时，组件将重新排列，但组件大小不发生变化。可以通过使用 3 个常量 FlowLayout.RIGHT、FlowLayout.CENTER、FlowLayout.LEFT 指定组件的对齐方式，也可以像素为单位指定元素之间的间距。FlowLayout 是 Panel、JPanel、Applet 的默认布局管理器。

FlowLayout 的方法如表 3-9 所示。

表 3-9　FlowLayout 的方法

方法	主要功能
FlowLayout()	默认居中对齐，默认水平、垂直间距是 5 个像素单位
FlowLayout (int align)	可以设置对齐方式，默认水平、垂直间距是 5 个像素单位
FlowLayout (int align, int hgap, int vgap)	可以设置对齐方式、水平间距、垂直间距

续表

方法	主要功能
void addLayoutComponent(String name, Component comp)	将指定的组件添加到布局中
void setAlignment(int align)	设置此布局的对齐方式
void setHgap(int hgap)	设置水平间隙
void setVgap(int vgap)	设置垂直间隙
int getAlignment()	获得此布局的对齐方式
int getHgap()	获得组件水平间隙
int getVgap()	获得组件垂直间隙

下面的实例将对 FlowLayout 布局管理器进行测试，运行结果如图 3-7 所示。

图 3-7　FlowLayout 布局

```java
import javax.swing.*;
import java.awt.*;
public class EX3_6 extends JFrame{
    public EX3_6 (){
        //构造五个按钮
        JButton b1=new JButton(new ImageIcon("bb2.jpg"));
        JButton b2=new JButton(new ImageIcon("jj2.jpg"));
        JButton b3=new JButton(new ImageIcon("hh2.jpg"));
        JButton b4=new JButton(new ImageIcon("yy2.jpg"));
        JButton b5=new JButton(new ImageIcon("nn2.jpg"));
        //创建流式布局管理器
        FlowLayout flow=new FlowLayout(FlowLayout.LEFT,10,4);
        Container con=getContentPane();      //获取窗口的内容面板
        con.setLayout(flow);                 //设置内容面板的布局管理器
        //添加组件到内容面板
        con.add(b1);
        con.add(b2);
        con.add(b3);
```

```
        con.add(b4);
        con.add(b5);
        setTitle("流式布局");                      //设置界面标题
        setLocation(200,200);                      //设置界面的显示位置
        setSize(450,280);                          //设置界面大小
        setVisible(true);                          //设置对象可见
        setDefaultCloseOperation(JFrame.EXIT_ON_CLOSE);   //关闭窗口时终止程序的运行
    }
    public static void main(String args[]){
        EX3_6 frm=new EX3_6 ();
    }
}
```

注意：在本例中，框架使用 JFrame 类的自定义派生类创建，自定义的框架派生类对 JFrame 进行扩充，这是创建 GUI 应用程序的常用风格。

2）BorderLayout

BorderLayout（边界布局管理器）把容器版面分为五个区：北区（North）、南区（South）、东区（East），西区（West）和中区（Center），使用时最多可以向其中添加五个组件，组件可以是容器，这样可以向容器中添加其他组件。边界布局管理器按照"上北下南，左东右西"的规律进行布局。Window、Dialog、Frame 的默认布局是边界布局。BorderLayout 布局管理器还是 JFrame、JDialog、JApplet 的内容窗格的默认布局。当容器的尺寸发生变化时，组件的相对位置不会改变，North 和 South 组件高度不变、宽度改变，East 和 West 组件宽度改变、高度不变，中间组件尺寸变化。

BorderLayout 的方法如表 3-10 所示。

表 3-10　BorderLayout 的方法

方法	主要功能
BorderLayout()	默认组件之间没有间距
BorderLayout (int hgap, int vgap)	可以设置组件之间的水平间距、垂直间距
void addLayoutComponent(String name, Component comp)	将指定的组件添加到布局中
void setAlignmentx(int align)	设置沿 x 轴的对齐方式
void setAlignmenty(int align)	设置沿 y 轴的对齐方式
int getAlignmentx()	返回沿 x 轴的对齐方式
int getAlignmenty()	返回沿 y 轴的对齐方式

注意：向使用 BorderLayout 布局的容器中添加组件时使用 add()方法，必须指明所添加组件的区域。

使用 add()方法的一般格式为：

add(组件名,区域常量);

add(区域常量,组件名);

下面的实例将对 BorderLayout 布局管理器进行测试，运行结果如图 3-8 所示。

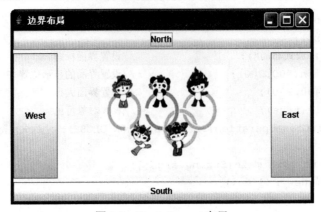

图 3-8　BorderLayout 布局

```java
import javax.swing.*;
import java.awt.*;
public class EX3_7 extends JFrame{
    public EX3_7 (){
        //构造四个按钮组件和一个标签组件
        JButton b1=new JButton("South");
        JButton b2=new JButton("North");
        JButton b3=new JButton("East");
        JButton b4=new JButton("West");
        JLabel lb=new JLabel(new ImageIcon("fuwa.gif"));
        //创建边界布局管理器
        BorderLayout border=new BorderLayout(7,5);
        Container con=getContentPane();         //获取窗口的内容面板
        con.setLayout(border);                  //设置内容面板的布局管理器
        //添加组件到内容面板
        con.add(b1,"South");
        con.add(b2,"North");
        con.add(b3,"East");
        con.add(b4,"West");
        con.add(lb,"Center");
        setTitle("边界布局");                    //设置界面标题
        setLocation(200,200);                   //设置界面的显示位置
        setSize(450,280);                       //设置界面大小
        setVisible(true);                       //设置对象可见
        setDefaultCloseOperation(JFrame.EXIT_ON_CLOSE);  //关闭窗口时终止程序的运行
    }
    public static void main(String args[]){
        EX3_7 frm=new EX3_7 ();
    }
}
```

3）GridLayout

GridLayout（网格布局管理器）将容器分成若干个网格，每一个网格可以放置一个组件，所有组件的大小都相同。当容器窗口改变大小时，各个组件的大小也做相应的变化。当所有的

组件大小相同时，可使用此布局。此外，网络布局是以行为基准的，在组件数目多时自动扩展列，在组件数目少时自动收缩列，行数始终不变，组件按行优先顺序排列。

GridLayout 不是任何一个容器的默认布局管理器，GridLayout 的方法如表 3-11 所示。

表 3-11 GridLayout 的方法

方法	主要功能
GridLayout()	单行单列
GridLayout (int rows, int cols)	设置行数和列数
GridLayout (int rows, int cols, int hgap, int vgap)	设置行数、列数，组件的水平和垂直间距
void addLayoutComponent(String name, Component comp)	将指定的组件添加到布局中
void setColumns(int cols)	将此布局中的列数设置为指定值
void setRows(int rows)	将此布局中的行数设置为指定值
int getColumns()	获取此布局中的列数
int getRows()	获取此布局中的行数

注意：向使用 GridLayout 布局的容器中添加组件时使用 add()方法，每个网格都必须添加组件，所以添加时按顺序进行。

下面的实例将对 GridLayout 布局管理器进行测试，运行结果如图 3-9 所示。

图 3-9 GridLayout 布局

```
import javax.swing.*;
import java.awt.*;
public class EX3_8 extends JFrame{
    public EX3_8 (){
        //构造六个按钮
        JButton b1=new JButton(new ImageIcon("bb2.jpg"));
        JButton b2=new JButton(new ImageIcon("jj2.jpg"));
        JButton b3=new JButton(new ImageIcon("hh2.jpg"));
        JButton b4=new JButton(new ImageIcon("yy2.jpg"));
        JButton b5=new JButton(new ImageIcon("nn2.jpg"));
        JButton b6=new JButton(new ImageIcon("qq2.jpg"));
```

```
            //创建网格布局管理器
            GridLayout grid=new GridLayout(2,3,8,6);
            Container con=getContentPane();              //获取窗口的内容面板
            con.setLayout(grid);                         //设置内容面板的布局管理器
            //添加组件到内容面板
            con.add(b1);
            con.add(b2);
            con.add(b3);
            con.add(b4);
            con.add(b5);
            con.add(b6);
            setTitle("网格布局");                         //设置界面标题
            setLocation(200,200);                        //设置界面的显示位置
            setSize(450,280);                            //设置界面大小
            setVisible(true);                            //设置对象可见
            setDefaultCloseOperation(JFrame.EXIT_ON_CLOSE);   //关闭窗口时终止程序的运行
        }
        public static void main(String args[]){
            EX3_8 frm=new EX3_8 ();
        }
    }
```

4）CardLayout

CardLayout（卡片布局管理器）不同于前面的几种布局管理器，因为它将容器中所有组件如同"扑克牌"一样地堆叠在一起，每次只能看到最上面的一张，这个被显示的组件将占据所有的容器空间，要看其他的组件就要调用相应的方法。CardLayout 的方法如表 3-12 所示。

表 3-12 CardLayout 的方法

方法	主要功能
CardLayout()	默认组件之间没有间距
CardLayout (int hgap, int vgap)	可以设置水平间距、垂直间距
void addLayoutComponent(Component comp, Object const)	将指定的组件添加到此卡片布局中
void first(Container parent)	翻转到容器的第一张卡片
void last(Container parent)	翻转到容器的最后一张卡片
void next(Container parent)	翻转到容器的下一张卡片
void previous(Container parent)	翻转到容器的前一张卡片

注意：向使用 CardLayout 布局的容器中添加组件时，为了调用不同的卡片组件，可以为每个卡片的组件命名，使用 add()方法实现。

使用 add()方法的一般格式为：

```
add(名称字符串,组件名);
add(组件名,名称字符串);
```

下面的实例将对 CardLayout 布局管理器进行测试，运行结果如图 3-10 所示。

图 3-10　CardLayout 布局

```java
import javax.swing.*;
import java.awt.*;
import java.awt.event.*;
public class EX3_9 extends JFrame implements ActionListener{
    JButton bt1,bt2,bt3,bt4;
    JLabel lb1,lb2,lb3,lb4,lb5;
    CardLayout layout;
    Container con;
    JPanel cpn,bpn;
    public EX3_9(){
        //构造四个按钮
        bt1=new JButton("first");
        bt2=new JButton("prev");
        bt3=new JButton("next");
        bt4=new JButton("last");
        //构造五个标签
        lb1=new JLabel(new ImageIcon("bb.gif"),JLabel.CENTER);
        lb2=new JLabel(new ImageIcon("jj.gif"),JLabel.CENTER);
        lb3=new JLabel(new ImageIcon("hh.gif"),JLabel.CENTER);
        lb4=new JLabel(new ImageIcon("yy.gif"),JLabel.CENTER);
        lb5=new JLabel(new ImageIcon("nn.gif"),JLabel.CENTER);
        layout=new CardLayout();         //创建卡片布局管理器
        cpn=new JPanel();                //创建卡片面板
        cpn.setLayout(layout);           //设置卡片面板的布局方式为 CardLayout
        //给卡片面板添加五个标签
        cpn.add("one",lb1);
        cpn.add("two",lb2);
        cpn.add("three",lb3);
        cpn.add("four",lb4);
        cpn.add("five",lb5);
        bpn=new JPanel();                //创建按钮面板，默认布局方式为 FlowLayout
```

```java
                //给按钮面板添加四个按钮
        bpn.add(bt1);
        bpn.add(bt2);
        bpn.add(bt3);
        bpn.add(bt4);
        bt1.addActionListener(this);
        bt2.addActionListener(this);
        bt3.addActionListener(this);
        bt4.addActionListener(this);
        con=getContentPane();                    //获取窗口的内容面板
        con.setLayout(new BorderLayout());       //设置窗格的布局方式
        con.add(cpn,BorderLayout.CENTER);        //添加组件到内容窗格
        con.add(bpn,BorderLayout.SOUTH);
        setTitle("卡片布局");                       //设置界面标题
        setLocation(200,200);                    //设置界面的显示位置
        setSize(450,400);                        //设置界面大小
        setVisible(true);                        //设置对象可见
        validate();
        setDefaultCloseOperation(JFrame.EXIT_ON_CLOSE);  //关闭窗口时终止程序的运行
    }
    public void actionPerformed(ActionEvent e){
        if(e.getSource()==bt1){
            layout.first(cpn);
        }
        else if(e.getSource()==bt2){
            layout.previous(cpn);
        }
        else if(e.getSource()==bt3){
            layout.next(cpn);
        }
        else if(e.getSource()==bt4){
            layout.last(cpn);
        }
    }
    public static void main(String args[]){
        EX3_9 frm=new EX3_9();
    }
}
```

注意：在本例中添加了对事件的处理，随后将详细介绍事件的处理机制。

5）GridBagLayout

GridBagLayout（网格包布局管理器）是对网格布局管理器 GridLayout 的扩展，GridBagLayout 布局管理器中的单元格大小与显示位置都可以调整，一个组件可以占用一个或多个单元格，作为它的显示区域。GridBagLayout 的方法如表 3-13 所示。

表 3-13　GridBagLayout 的方法

方法	主要功能
GridBagLayout()	创建网格包布局管理器
void setConstraints(Component comp, GridBagConstraints conts)	设定对象 comp 的 GridBagConstraints 属性为 conts
GridBagConstraints getConsTraints(Container con)	返回容器 con 中的 GridBagConstraints 设置
float getLayoutAlignmentX(Container con)	返回容器 con 中的沿 X 轴方向的对象对齐方式
float getLayoutAlignmentY(Container con)	返回容器 con 中的沿 Y 轴方向的对象对齐方式

为了有效地使用网格包布局，需要为一个或多个组件创建 GridBagConstraints 对象。通过设置 GridBagConstraints 的属性来控制组件的布局。表 3-14 列出了 GridBagConstraints 的常用属性。

表 3-14　GridBagConstraints 的常用属性

属性	主要功能
int gridwidth	指定组件所占的行数
int gridheight	指定组件所占的列数
int gridx	设定组件与前一个的水平距离
int gridy	设定组件与前一个的垂直距离
double weightx	当容器变化时如何分配额外的水平空间
double weighty	当容器变化时如何分配额外的垂直空间
int fill	当组件的大小超出它的显示区域时，如何调整组件的大小
int anchor	当组件小于其显示区域时，它在显示区域中的摆放位置。

其中，调整组件的大小的有效取值为 NONE（不扩展）、HORIZONTAL（水平方向扩展）、VERTICAL（垂直方向扩展）、BOTH（四周完全扩展）。默认值为 NONE。

在显示区域中摆放位置的有效取值有 CENTER、NORTH、NORTHEAST、EAST、SOUTHEAST、SOUTH、SOUTHWEST、WEST 和 NORTHWEST。默认值为 CENTER。

下面的实例将对 GridBagLayout 布局管理器进行测试，运行结果如图 3-11 所示。

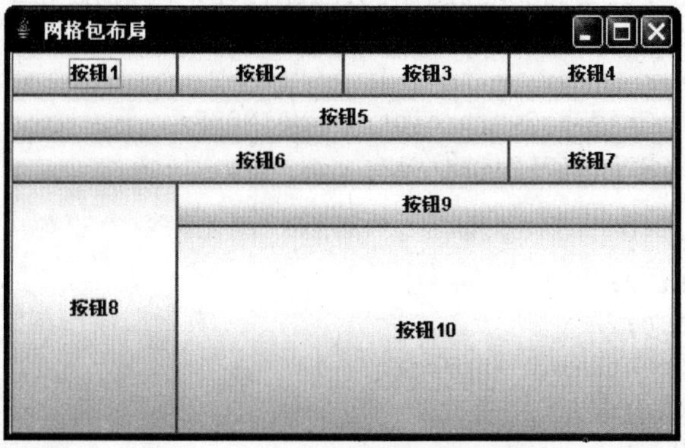

图 3-11　GridBagLayout 布局

```java
import javax.swing.*;
import java.awt.*;
public class EX3_10 extends JFrame{
    public EX3_10(){
        GridBagLayout layout=new GridBagLayout();
        GridBagConstraints c=new GridBagConstraints();
        Container con=getContentPane();              //获取窗口的内容面板
        con.setLayout(layout);                       //设置内容面板的布局管理器
        //构造 10 个按钮
        JButton bt1=new JButton("按钮 1");
        JButton bt2=new JButton("按钮 2");
        JButton bt3=new JButton("按钮 3");
        JButton bt4=new JButton("按钮 4");
        JButton bt5=new JButton("按钮 5");
        JButton bt6=new JButton("按钮 6");
        JButton bt7=new JButton("按钮 7");
        JButton bt8=new JButton("按钮 8");
        JButton bt9=new JButton("按钮 9");
        JButton bt10=new JButton("按钮 10");
        c.fill=GridBagConstraints.BOTH;      //当组件大小超出显示区域时设置为四周完全扩展
        c.anchor=GridBagConstraints.CENTER;//当组件小于其显示区域时摆放在显示区域的中间
        c.weightx=1.0;
        layout.setConstraints(bt1,c);                        //添加按钮
        con.add(bt1);
        layout.setConstraints(bt2,c);
        con.add(bt2);
        layout.setConstraints(bt3,c);
        con.add(bt3);
        c.gridwidth=GridBagConstraints.REMAINDER; //结束一行
        layout.setConstraints(bt4,c);
        con.add(bt4);
        c.weightx=0.0;                               //重新设置为默认值
        layout.setConstraints(bt5,c);
        con.add(bt5);
        c.gridwidth=GridBagConstraints.RELATIVE;     //倒数第二个
        layout.setConstraints(bt6,c);
        con.add(bt6);
        c.gridwidth=GridBagConstraints.REMAINDER;
        layout.setConstraints(bt7,c);
        con.add(bt7);
        c.gridwidth=1;
        c.gridheight=2;
        c.weighty=1.0;
        layout.setConstraints(bt8,c);
        con.add(bt8);
        c.weighty=0.0;
```

```
        c.gridwidth=GridBagConstraints.REMAINDER;
        c.gridheight=1;
        layout.setConstraints(bt9,c);
        con.add(bt9);
        layout.setConstraints(bt10,c);
        con.add(bt10);
        setTitle("网格包布局");                      //设置界面标题
        setLocation(200,200);                       //设置界面的显示位置
        setSize(450,280);                           //设置界面大小
        setVisible(true);                           //设置对象可见
        setDefaultCloseOperation(JFrame.EXIT_ON_CLOSE);  //关闭窗口时终止程序的运行
    }
    public static void main(String args[]){
        EX3_10 frm=new EX3_10();
    }
}
```

6）null

null 称为无布局管理器，在这种情况下，用户必须为容器中的每个组件设置大小和位置，优点是可以随心所欲地安排容器中组件的大小和位置，缺点是，当改变窗口大小或跨平台时，设计好的界面会发生变化。

无布局管理器的使用方法如下：

（1）使用语句"setLayout(null);"设置容器的布局管理器。

（2）使用语句"add(component);"向容器中添加组件。

（3）使用语句"component.setBounds(top,left,width,height);"指定组件的存放位置。

下面的实例将对 null 布局管理器进行测试，运行结果如图 3-12 所示。

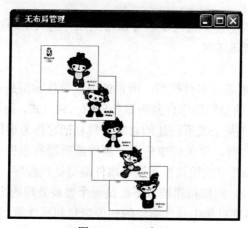

图 3-12　null 布局

```
import javax.swing.*;
import java.awt.*;
public class EX3_11 extends JFrame{
    public EX3_11(){
        //构造五个按钮
```

```
JButton b1=new JButton(new ImageIcon("bb2.jpg"));
JButton b2=new JButton(new ImageIcon("jj2.jpg"));
JButton b3=new JButton(new ImageIcon("hh2.jpg"));
JButton b4=new JButton(new ImageIcon("yy2.jpg"));
JButton b5=new JButton(new ImageIcon("nn2.jpg"));
Container con=getContentPane();                     //获取窗口的内容面板
con.setLayout(null);
//添加组件到内容面板
con.add(b1);
con.add(b2);
con.add(b3);
con.add(b4);
con.add(b5);
b1.setBounds(50,30,100,75);
b2.setBounds(80,80,100,75);
b3.setBounds(110,130,100,75);
b4.setBounds(140,180,100,75);
b5.setBounds(170,230,100,75);
setTitle("无布局管理");                               //设置界面标题
setLocation(200,200);                                //设置界面的显示位置
setSize(400,350);                                    //设置界面大小
setVisible(true);                                    //设置对象可见
setDefaultCloseOperation(JFrame.EXIT_ON_CLOSE);      //关闭窗口时终止程序的运行
}
public static void main(String args[]){
    EX3_11 frm=new EX3_11();
}
}
```

注意：程序运行时，调整窗口的大小，可以看到组件的大小和位置不会随窗口大小的变化而调整，与其他布局管理器不同。

5. 事件处理

Java 的事件处理是采取委派事件模型。所谓的委派事件模型是指事件发生时，产生事件的对象，即事件源，会把此信息转给事件监听器处理的一种方式，而这里所指的信息事实上就是 java.awt.event 事件类库里某个类所创建的对象，暂且把它称为事件的对象。

因此编写事件处理程序时，要关注事件源、事件监听器和事件对象。事件源代表事件来源于哪个组件或对象，例如要对按钮被按下这个事件编写处理程序，按钮就是事件源。事件对象代表某个要被处理的事件，例如按钮被按下就是一个要被处理的事件，当用户按下按钮时，就会产生一个事件对象。事件对象中包含事件的相关信息和事件源。事件监听器负责监听事件并作出响应，一旦它监听到事件发生，就会自动调用相应的事件处理程序作出响应。

事件源提供注册监听器或取消监听器的方法，它维护一个已经注册的监听器列表，如有事件发生，就会通知每个已经注册的事件监听器。一个事件源可以注册多个事件监听器，每个监听器又可以对多种事件进行响应。表 3-15 列出了 Swing 事件源通常触发的事件及对应的事件监听器。

表 3-15　Swing 事件源通常触发的事件及对应的事件监听器

事件源	事件对象	事件监听器
JFrame	MouseEvent、WindowEvent	MouseEventListener、WindowEventListener
JButton、JCheckBox JRadioButton	ActionEvent、ItemEvent	ActionListener、ItemListener
JTextField、 JPasswordField	ActionEvent、UndoableEvent	ActionListener、UndoableListener
JTextArea	CareEvent、InputMethodEvent	CareListener、InputMethodEventListener
JComboBox	ActionEvent、ItemEvent	ActionListener、ItemListener
JList	ListSelectionEvent、ListDataEvent	ListSelectionListener、ListDataListener
JMenuItem	ActionEvent、ChangeEvent ItemEvent、MenuKeyEvent MenuDragMouseEvent	ActionListener、ChangeListener ItemListener、MenuKeyListener MenuDragMouseListener
JMenu	MenuEvent	MenuListener
JPopopMenu	PopupMenuEvent	PopupMenuListener
JProgressBar	ChangeEvent	ChangeListener
JScrollBar	AdjustmentEvent	AdjustmentListener
JSlider	ChangeEvent	ChangeListener

Java 事件的处理步骤：

（1）选择事件监听器，通常由包含事件源的对象来担任事件的监听器。

（2）将事件监听器注册，可利用 addActionListener()方法来实现，格式为：
事件源.addActionListener(监听器);

（3）编写事件处理的程序代码。在处理事件的方法里可以根据不同的事件源写出不同的处理程序。

下面将通过一个实例演示关于 ActionEvent 事件的处理，运行结果如图 3-13 所示。

图 3-13　动作事件

本例创建了一个变色按钮，当用户单击按钮，标签上文字的颜色将随机发生变化。为了使用 ActionEvent 事件，需要事先将包含该事件的类导入到当前文件中。

```java
import java.awt.*;
import javax.swing.*;
import java.awt.event.*;                              //导入 ActionEvent 事件包
public class EX3_12 extends JFrame implements ActionListener{
    JLabel lb;
    JButton bt;
    public EX3_12(){
        lb=new JLabel("同一个世界，同一个梦想！",JLabel.CENTER);  //显示文字的标签
        bt=new JButton("变色");                        //变色按钮
        bt.addActionListener(this);                    //将框架窗口注册为事件监听器
        Container con=getContentPane();                //创建内容面板
        con.setLayout(new BorderLayout());             //设置窗格的布局方式
        con.add(lb,BorderLayout.CENTER);               //添加组件到内容面板
        con.add(bt,BorderLayout.SOUTH);
        setTitle("事件演示");                          //设置界面标题
        setLocation(200,200);                          //设置界面的显示位置
        setSize(220,240);                              //设置界面大小
        setVisible(true);                              //设置对象可见
        setDefaultCloseOperation(JFrame.EXIT_ON_CLOSE); //关闭窗口时终止程序的运行
    }
    public void actionPerformed(ActionEvent e){        //事件方法
        float a,b,c;
        if(e.getSource()==bt){                         //若选中的是变色按钮
            a=(float)(Math.random());                  //随机产生三个 float 类型的数据
            b=(float)(Math.random());
            c=(float)(Math.random());
            lb.setForeground(new Color(a,b,c));        //设置标签的前景颜色
        }
    }
    public static void main(String args[]){
        EX3_12 frm=new EX3_12();//建立窗口
    }
}
```

3.3　"用户注册界面"实例

【实例说明】

本例建立的是某网站的一个注册界面，运行结果如图 3-14 所示。当程序运行时，将窗口中的各项填充完整，若各项都填充正确，单击"注册"按钮，则弹出一个消息对话框，提示"注册成功"，若没有输入用户名，则弹出一个消息对话框，提示"用户名不能为空！"，若两次输入的密码不相同，则弹出一个消息对话框，提示"两次输入的密码不同，请重新输入！"。若单击"清除"按钮，则刚才填写的内容将被清空。

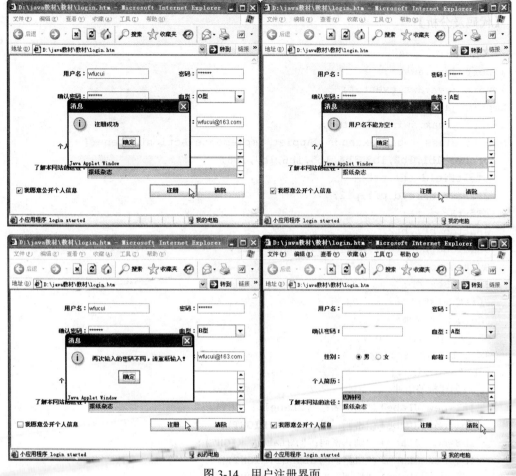

图 3-14　用户注册界面

【实例目的】

掌握 JTextField、JPasswordField、JTextArea、JRadioButton、JCheckBox、JComboBox、JList、JScrollPane 等组件的使用方法以及标准对话框 JOptionPane 的使用方法。

【技术要点】

（1）创建一个容器类，以容纳其他要显示的组件，本例中使用 JApplet 作为顶层容器，要想把组件添加到 JApplet，需要把它添加到 JApplet 实例的内容面板中。

（2）设置布局管理器，根据本例的特点采用网格包布局管理器 GridBagLayout。

（3）添加相应的组件，本例用到的组件有：标签 JLabel、按钮 JButton、单行文本框 JTextField、口令框 JPasswordField、多行文本框 JTextArea、单选按钮 JRadioButton、复选框 JCheckBox、组合框 JComboBox、列表框 JList、滚动面板 JScrollPane 等。

（4）编写事件处理代码，按钮的事件操作通过注册事件监听器来获得。当单击"注册"按钮时，会根据不同的情况弹出不同的提示对话框，该问题的实现是通过调用标准对话框 JOptionPane 实现的。

【代码及分析】

```java
//文件 login.java
import java.awt.*;
import java.awt.event.*;
import javax.swing.*;
import javax.swing.event.*;
public class login extends JApplet implements ActionListener{
    JLabel lb1,lb2,lb3,lb4,lb5,lb6,lb7,lb8;
    JTextField tf1,tf2;
    JPasswordField pf1,pf2;
    JTextArea ta;
    JButton bt1,bt2;
    JRadioButton rb[]=new JRadioButton[2];
    ButtonGroup btg;
    JCheckBox cb;
    JList list;
    JComboBox jcb;
    JPanel pn1,pn2,pn3;
    JScrollPane sp1,sp2;
    public login(){
        //创建标签组件
        lb1=new JLabel("用户名：",JLabel.RIGHT);
        lb2=new JLabel("密码：",JLabel.RIGHT);
        lb3=new JLabel("确认密码：",JLabel.RIGHT);
        lb4=new JLabel("血型：",JLabel.RIGHT);
        lb5=new JLabel("性别：",JLabel.RIGHT);
        lb6=new JLabel("邮箱：",JLabel.RIGHT);
        lb7=new JLabel("个人简历：",JLabel.RIGHT);
        lb8=new JLabel("了解本网站的途径：",JLabel.RIGHT);
        //创建单行文本框组件
        tf1=new JTextField(15);
        tf2=new JTextField(15);
        //创建口令框
        pf1=new JPasswordField(15);
        pf2=new JPasswordField(15);
        ta=new JTextArea(5,15);                    //创建多行文本框
        sp1=new JScrollPane();                     //创建滚动面板
        //设置滚动面板总是显示垂直滚动条
        sp1.setVerticalScrollBarPolicy(JScrollPane.VERTICAL_SCROLLBAR_ALWAYS);
        sp1.getViewport().add(ta);                 //向滚动面板的浏览窗口添加组件
        bt1=new JButton("注册");                    //创建按钮组件
        bt2=new JButton("清除");
        bt1.addActionListener(this);               //将窗口注册为事件监听器
        bt2.addActionListener(this);
```

```
rb[0]=new JRadioButton("男");          //创建单选按钮组件
rb[1]=new JRadioButton("女");
rb[0].setSelected(true);              //设置单选按钮的默认选项
btg=new ButtonGroup();                //创建按钮组
btg.add(rb[0]);                       //向按钮组中添加单选按钮
btg.add(rb[1]);
cb=new JCheckBox("我愿意公开个人信息",true);  //创建列表框组件
String[] data={"因特网","报纸杂志","朋友同事","其他方式"};
list=new JList(data);
list.setSelectedIndex(0);             //设置列表框的默认选项
sp2=new JScrollPane();
sp2.setVerticalScrollBarPolicy(JScrollPane.VERTICAL_SCROLLBAR_ALWAYS);
sp2.getViewport().add(list);
jcb=new JComboBox();                  //创建组合框组件
jcb.addItem("A 型");
jcb.addItem("B 型");
jcb.addItem("O 型");
jcb.addItem("AB 型");
jcb.setSelectedIndex(0);              //设置组合框的默认选项
pn1=new JPanel();
pn1.add(lb5);
pn1.add(rb[0]);
pn1.add(rb[1]);
GridBagLayout gb=new GridBagLayout();
Container con=getContentPane();
con.setLayout(gb);
GridBagConstraints c=new GridBagConstraints();
c.fill=GridBagConstraints.HORIZONTAL;
c.anchor=GridBagConstraints.EAST;
c.weightx=1.0;
c.weighty=1.0;
c.gridwidth=1;
c.gridheight=1;
gb.setConstraints(lb1,c);
con.add(lb1);
gb.setConstraints(tf1,c);
con.add(tf1);
c.gridwidth=1;
gb.setConstraints(lb2,c);
con.add(lb2);
c.gridwidth=GridBagConstraints.REMAINDER;
gb.setConstraints(pf1,c);
con.add(pf1);
c.gridwidth=1;
gb.setConstraints(lb3,c);
```

```
con.add(lb3);
gb.setConstraints(pf2,c);
con.add(pf2);
c.gridwidth=1;
gb.setConstraints(lb4,c);
con.add(lb4);
c.gridwidth=GridBagConstraints.REMAINDER;
gb.setConstraints(jcb,c);
con.add(jcb);
c.gridwidth=1;
gb.setConstraints(lb5,c);
con.add(lb5);
gb.setConstraints(pn1,c);
con.add(pn1);
c.gridwidth=1;
gb.setConstraints(lb6,c);
con.add(lb6);
c.gridwidth=GridBagConstraints.REMAINDER;
gb.setConstraints(tf2,c);
con.add(tf2);
c.gridwidth=1;
c.gridheight=3;
c.fill=GridBagConstraints.BOTH;
gb.setConstraints(lb7,c);
con.add(lb7);
c.gridwidth=GridBagConstraints.REMAINDER;
c.gridheight=3;
gb.setConstraints(sp1,c);
con.add(sp1);
c.gridwidth=1;
c.gridheight=3;
gb.setConstraints(lb8,c);
con.add(lb8);
c.gridwidth=GridBagConstraints.REMAINDER;
c.gridheight=3;
gb.setConstraints(sp2,c);
con.add(sp2);
c.weightx=1.0;
c.gridwidth=2;
c.fill=GridBagConstraints.HORIZONTAL;
c.anchor=GridBagConstraints.CENTER;
gb.setConstraints(cb,c);
con.add(cb);
c.gridwidth=1;
gb.setConstraints(bt1,c);
```

```
            con.add(bt1);
            c.gridwidth=GridBagConstraints.REMAINDER;
            gb.setConstraints(bt2,c);
            con.add(bt2);
        }
    public void actionPerformed(ActionEvent e){
        if(e.getSource()==bt1){                        //若单击注册按钮
            if(tf1.getText().isEmpty())                //若用户名称为空
                JOptionPane.showMessageDialog(this, "用户名不能为空！");
                //消息对话框
            else if(pf1.getPassword().length>0)
                if(String.valueOf(pf1.getPassword()).equals(String.valueOf
                    (pf2.getPassword())))
                    JOptionPane.showMessageDialog(this, "注册成功");
                else{
                    JOptionPane.showMessageDialog(this,"两次输入的密码不同，请重新
                                                输入！");
                    pf1.setText("");
                    pf2.setText("");
                }
        }
        if(e.getSource()==bt2){                        //若单击清除按钮，则将各部分清空
            tf1.setText("");
            tf2.setText("");
            pf1.setText("");
            pf2.setText("");
            ta.setText("");
            rb[0].setSelected(true);
            list.setSelectedIndex(0);
            jcb.setSelectedIndex(0);
            cb.setSelected(true);
        }
    }
}
```

【应用扩展】

用户在注册的过程中还有可能出现其他的错误，比如说邮箱地址书写错误，用户名不符合命名规则等，如果出现了其他的错误，该如何处理，请读者根据已学知识将该程序加以扩展。

【相关知识及注意事项】

1. 单行文本框 JTextField 和口令框 JPasswordField

1）单行文本框 JTextField

JTextField 只能对单行文本进行编辑，一般情况下只接收一些简短的信息。JTextField 的常用方法如表 3-16 所示。

表 3-16　JTextField 的常用方法

方法	主要功能
JTextField()	建立初始文字为空的 JTextField 对象
JTextField (String text)	建一个初始文字为 text 的 JTextField 对象
JTextField (int len)	建立一个列数为 len 的 JTextField 对象
String getText()	返回文本框中的字符串
void setText(String text)	设定文本框中的显示字符串为 text
void setEditable(boolean b)	设定文本框是否可编辑，若 b 为 true，则文本框可编辑，否则不可编辑
int getColumns()	返回文本框中的列数
void setColumns(int len)	设定文本框中的列数为 len
int getHorizontalAlignment()	返回文本框中的水平对齐方式
void setHorizontalAlignment(int align)	设定文本框中的对齐方式
void requestFocus()	设置文本框 JTextField 的焦点

文本的对齐方式 align 的值有：JTextField.LEFT、JTextField.CENTER、JTextField.RIGHT、JTextField.LEADING、JTextField.TRAILING。

2）口令框 JPasswordField

口令框 JPasswordField 是从单行文本框 JTextField 扩展而来的，专门用于用户口令等需要保密的文字的输入，与 JTextField 不同的是在口令框中输入的字符将不会正常显示出来，而是使用字符"*"替代。JPasswordField 的常用方法如表 3-17 所示。

表 3-17　JPasswordField 的常用方法

方法	主要功能
JPasswordField()	建立初始文字为空的 JPasswordField 对象
JPasswordField (String text)	建一个初始文字为 text 的 JPasswordField 对象
JPasswordField (int len)	建立一个列数为 len 的 JPasswordField 对象
char[] getPassword()	返回 JPasswordField 中的字符
void setEchoChar(char c)	设定用字符 c 为密码回显字符
void setToolTipText(String text);	设定当光标落在 JPasswordField 上时显示的提示信息为 text
char getEchoChar()	返回密码回显字符
boolean echoCharIsSet()	判断是否设置了密码回显字符

下面通过一个具体的实例来演示如何使用单行文本框和口令框，运行结果如图 3-15 所示。

图 3-15　单行文本框和口令框演示

```java
import java.awt.*;
import javax.swing.*;
public class EX3_13 extends JFrame {
    JTextField tf;
    JPasswordField pf1,pf2;
    JButton  bt1,bt2;
    JLabel lb1,lb2,lb3;
    public EX3_13(){
        lb1=new JLabel("用户名：",JLabel.RIGHT);
        lb2=new JLabel("密码：",JLabel.RIGHT);
        lb3=new JLabel("确认密码：",JLabel.RIGHT);
        tf=new JTextField(15);                  //创建单行文本框
        pf1=new JPasswordField(15);             //创建口令框
        pf2=new JPasswordField(15);
        bt1=new JButton("注册");
        bt2=new JButton("清除");
        Container con=getContentPane();
        con.setLayout(new GridLayout(4,2));
        con.add(lb1);
        con.add(tf);
        con.add(lb2);
        con.add(pf1);
        con.add(lb3);
        con.add(pf2);
        con.add(bt1);
        con.add(bt2);
        setTitle("单行文本框和口令框演示");
        setDefaultCloseOperation(JFrame.DISPOSE_ON_CLOSE);
        setSize(260,180);
        setVisible(true);
        validate();
    }
    public static void main(String args[]){
        EX3_13 frm=new EX3_13();                //建立窗口
    }
}
```

2. 多行文本框 JTextArea 和滚动面板 JScrollPane

1）多行文本框 JTextArea

JTextArea 是可以编辑多行文本信息的文本框，但文本区域不能自动进行滚屏处理，即当文本内容超出文本区域的范围时，文本区域不会自动出现滚动条，这时可以将文本区域添加到滚动面板 JScrollPane 中，从而实现给文本区域自动添加滚动条的功能。当文本信息在水平方向上超出文本区域范围时会自动出现水平滚动条；当文本信息在竖直方向上超出文本区域范围时会自动出现竖直滚动条。

JTextArea 的常用方法如表 3-18 所示。

表 3-18　JTextArea 的常用方法

方法	主要功能
JTextArea()	建立初始文字为空的 JTextArea 对象
JTextArea (String text)	建一个初始文字为 text 的 JTextArea 对象
JTextArea (int rows,int cols)	建立一个 rows 行、cols 列的 JTextArea 对象
JTextArea (String text,int rows,int cols)	建立一个初始文字为 text、rows 行、cols 列的 JTextArea 对象
String getText()	返回文本编辑框 JTextArea 中的文本
void setText(String text)	设定文本编辑框 JTextArea 中的显示文本为 text
void setToolTipText(String text);	设定当光标落在 JTextArea 上时显示的提示信息为 text
int getColumns()	返回文本编辑框 JTextArea 中的列数
void setColumns(int cols)	设定文本编辑框 JTextArea 中的列数为 cols
int getRows()	返回文本编辑框 JTextArea 中的行数
void setRows(int rows)	设定文本编辑框 JTextArea 中的行数为 rows
void append(String text)	将字符串 text 添加到文本编辑框 JTextArea 中的最后面
void insert(String text,int pos)	将字符串 text 插入到文本编辑框 JTextArea 中的第 pos 位置处
void replaceRange(String text,int start,int end)	将文本编辑框 JTextArea 中的从 start 到 end 之间的字符用 text 代替
void setLineWrap(boolean wrap)	设定文字是否自动换行
Void setWrapStyleWord(boolean wrap)	设定是否以单词为界进行换行
int getTabSize()	返回 Tab 键的大小
void setTabSize(int size)	设定 Tab 键的大小

注意：JTextArea 默认不会自动换行，可以使用回车换行。在多行文本框中按回车键不会触发事件。多行文本框不会自动产生滚动条，超过预设行数会通过扩展自身高度来适应。如果要产生滚动条从而使其高度不会变化，那么就需要配合使用滚动面板（JScrollPane）。

2）滚动面板 JScrollPane

滚动面板 JScrollPane 是带滚动条的面板，主要是通过移动 JViewport 视口来实现的。JViewport 是一种特殊的对象，用于查看基层组件，滚动条实际就是沿着组件移动视口，同时描绘出它在下面看到的内容。在 Swing 中象 JTextArea、JList 等组件都没有自带滚动条，因此需要利用滚动面板附加滚动条。JScrollPane 的常用方法如表 3-19 所示。

表 3-19　JScrollPane 的常用方法

方法	主要功能
JScrollPane()	创建一个空的（无视口的视图）JScrollPane，需要时水平和垂直滚动条都可显示
JScrollPane(Component view)	创建一个显示指定组件内容的 JScrollPane，只要组件的内容超过视图大小就会显示水平和垂直滚动条

续表

方法	主要功能
JScrollPane(Component view, int vsbPolicy, int hsbPolicy)	创建一个 JScrollPane，它将视图组件显示在一个视口中，视图位置可使用一对滚动条控制
JScrollPane(int vsbPolicy, int hsbPolicy)	创建一个具有指定滚动条策略的空（无视口的视图）JScrollPane
JScrollBar createHorizontalScrollBar()	创建水平滚动条
JScrollBar createVerticalScrollBar()	创建垂直滚动条
JViewPort getViewport()	返回当前的 JViewport
JScrollBar getHorizontalScrollBar()	返回水平滚动条
JScrollBar getVerticalScrollBar()	返回垂直滚动条
int getHorizontalScrollBarPolicy()	返回水平滚动策略值
int getVerticalScrollBarPolicy()	返回垂直滚动策略值
void setHorizontalScrollBarPolicy(int policy)	设置水平滚动策略为 policy
void setVerticalScrollBarPolicy(int policy)	设置垂直滚动策略为 policy

另外，可以利用下面这些参数来设置滚动策略：

```
HORIZONTAL_SCROLLBAR_ALAWAYS        //显示水平滚动条
HORIZONTAL_SCROLLBAR_NEVER          //不显示水平滚动条
VERTICAL_SCROLLBAR_ALWAYS           //显示垂直滚动条
VERTICAL_SCROLLBAR_NEVER            //不显示垂直滚动条
```

同时，由于 JScrollPane 为矩形形状，因此就有 4 个位置来摆放边角（Corner）组件，这 4 个地方分别是左上、左下、右上、右下，对应的参数分别如下：

```
JScrollPane.UPPER_LEFT_CORNER
JScrollPane.LOWER_LEFT_CORNER
JScrollPane.UPPER_RIGHT_CORNER
JScrollPane.LOWER_RIGHT_CORNER
```

下面通过一个具体的实例来演示如何使用多行文本框以及如何给多行文本框添加滚动条，运行结果如图 3-16 所示。

图 3-16　多行文本框演示

```
import java.awt.*;
import javax.swing.*;
public class EX3_14 extends JFrame {
    JTextArea ta;
```

```
    JLabel lb;
    JScrollPane sp;
    public EX3_14(){
        lb=new JLabel("个人简历",JLabel.LEFT);
        ta=new JTextArea(5,15);              //构建多行文本框
        sp=new JScrollPane();                //构建滚动面板
        sp.setVerticalScrollBarPolicy(JScrollPane.VERTICAL_SCROLLBAR_ALWAYS);
        //设置显示垂直滚动条
        sp.getViewport().add(ta);            //向浏览窗口添加组件
        Container con=getContentPane();
        con.add(lb,BorderLayout.NORTH);
        con.add(sp,BorderLayout.CENTER);
        setTitle("多行文本框演示");
        setDefaultCloseOperation(JFrame.DISPOSE_ON_CLOSE);
        setSize(260,180);
        setVisible(true);
        validate();
    }
    public static void main(String args[]){
        EX3_14 frm=new EX3_14();             //建立窗口
    }
}
```

3. 列表框 JList 和组合框 JComboBox

1）列表框 JList

JList 列表框的界面显示出一系列的列表项，并且可以从中选择一到多个列表项。列表框使用户易于操作大量的选项。列表框的所有项目都是可见的，如果选项很多，超出了列表框可见区域的范围，则列表框的旁边会有一个滚动条。给列表框增加滚动条的方法如下：

```
JList list=new JList();
JScrollPane sp=new JScrollPane(list);
```

JList 的常用方法如表 3-20 所示。

表 3-20   JList 的常用方法

方法	主要功能
JList()	构造一个空的 JList 对象
JList(Object[ ] data)	构造一个 JList 对象，使其显示指定数组中的元素
JList(ListModel model)	构造一个指定模型的 JList 对象
void setSelectionMode(int selectionMode)	确定允许单项选择还是多项选择
void setSelectedIndex(int index)	通过索引值选择某选项
void setVisibleRowCount(int n)	设置不使用滚动条可以在列表中显示的首选行数
void getSelectedIndex()	返回所选的第一个索引；如果没有选择项，则返回 -1
int[ ] getSelectedIndices()	返回所选的全部索引的数组（按升序排列）
Object getSelectedValue()	返回所选的第一个值，如果选择为空，则返回 null
Object[ ] getSelectedValues()	返回所选单元的一组值

续表

方法	主要功能
boolean isSelectedIndex(int index)	如果选择了指定的索引，则返回 true
boolean isSelectionEmpty()	如果什么也没有选择，则返回 true
int getSelectionMode()	返回允许单项选择还是多项选择
ListSelectionModel getSelectionModel()	返回当前选择模型的值

JList 的常用选择模式有以下几种：

```
ListSelectionModel.SINGLE_SELECTION
```
//只能进行单项选择
```
ListSelectionModel.SINGLE_INTERVAL_SELECTION
```
//可多项选择，但多个选项必须是连续的。可用 Shift 键进行多选
```
ListSelectionModel.MULTIPLE_INTERVAL_SELECTION
```
//可多项选择，多个选项可以是间断的，这是选择模式的默认值。可用 Shift 键或 Ctrl 键进行多选

下面通过一个具体的实例来演示如何使用列表框以及如何给列表框添加滚动条，运行结果如图 3-17 所示。

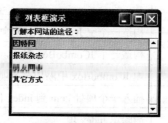

图 3-17　列表框演示

```
import java.awt.*;
import javax.swing.*;
public class EX3_15 extends JFrame {
    JList lt;
    JLabel lb;
    JScrollPane sp;
    public EX3_15(){
        lb=new JLabel("了解本网站的途径：",JLabel.LEFT);
        String[] data={"因特网","报纸杂志","朋友同事","其他方式"};  //创建一个字符串数组
        lt=new JList(data);                          //构造一个 JList 对象
        lt.setSelectionMode(ListSelectionModel.SINGLE_SELECTION);
        //设置列表框的选择模式为单选模式
        lt.setSelectedIndex(0);                      //设置默认选择第一个选项
        sp=new JScrollPane();                        //构建滚动面板
        sp.setVerticalScrollBarPolicy(JScrollPane.VERTICAL_SCROLLBAR_ALWAYS);
        sp.getViewport().add(lt);                    //向滚动面板浏览窗口添加组件
        Container con=getContentPane();
        con.add(lb,BorderLayout.NORTH);
        con.add(sp,BorderLayout.CENTER);
```

```
    setTitle("列表框演示");
    setDefaultCloseOperation(JFrame.DISPOSE_ON_CLOSE);
    setSize(260,180);
    setVisible(true);
    validate();
  }
  public static void main(String args[]){
    EX3_15 frm=new EX3_15();                      //建立窗口
  }
}
```

2）组合框 JComboBox

组合框 JComboBox 是列表框 JList 的一种变体，可以看作是 JTextField 组件和 JList 组件的结合。当用户单击列表按钮时，才会出现下拉选项，所以节省空间。组合框可以设置成可编辑与不可编辑两种形式，对于不可编辑的 JComboBox，相当于一个 JList，用户只能在现有的选项列表中进行选择；对于可编辑的 JComboBox，用户既可以在现有的选项中进行选择，也可以输入新的内容。默认情况下为不可编辑。JComboBox 的常用方法如表 3-21 所示。

表 3-21　JComboBox 的常用方法

方法	主要功能
JComboBox()	构造一个空 JComboBox 对象
JComboBox(Object[ ] data)	构造一个 JComboBox 对象，使其显示指定数组中的元素
void addItem(Object item)	在 JComboBox 中添加一个项目 item
void insertItemAt(Object item, int index)	插入一个项目 item 到 index 位置
void removeItemAt(int index)	删除第 index 项
void removeItem(Object item)	删除名为 item 的项目
void removeAllItems()	删除 JComboBox 中的所有项
Object getItemAt(int index)	返回第 index 项的名称
int getItemCount()	返回 JComboBox 中的项目总数
int getSelectedIndex()	返回 JComboBox 中被选择的项目的索引，-1 表示没有项目被选
Object getSelectedItem()	返回 JComboBox 中被选择的项目的名称
void setSelectedIndex(int index)	选择第 index 项
void setSelectedItem(Object item)	选择名为 item 的项
void setEditable(boolean b)	确定 JComboBox 字段是否可编辑

下面通过一个具体的实例来演示如何使用组合框，运行结果如图 3-18 所示。

图 3-18　组合框演示

```
import java.awt.*;
import javax.swing.*;
public class EX3_16 extends JFrame {
    JComboBox jcb;
    JLabel lb;
    public EX3_16(){
        lb=new JLabel("血型：",JLabel.RIGHT);
        jcb=new JComboBox();
        jcb.addItem("A 型");
        jcb.addItem("B 型");
        jcb.addItem("O 型");
        jcb.addItem("AB 型");
        Container con=getContentPane();
        con.setLayout(new FlowLayout());
        con.add(lb);
        con.add(jcb);
        setTitle("组合框演示");
        setDefaultCloseOperation(JFrame.DISPOSE_ON_CLOSE);
        setSize(200,100);
        setVisible(true);
        validate();
    }
    public static void main(String args[]){
        EX3_16 frm=new EX3_16();
    }
}
```

4. 复选框 JCheckBox 和单选按钮 JRadioButton

复选框和单选按钮均为触发式组件，即单击这些组件时，都能触发 ActionEvent 和 ItemEvent 事件。

1）复选框 JCheckBox

复选框用来做多项选择，用户可以选择一项和多项。复选框一般与文本标签一起出现，默认该标签显示在复选框的右侧。JCheckBox 的常用方法如表 3-22 所示。

表 3-22　JCheckBox 的常用方法

方法	主要功能
JCheckBox()	构造一个空的 JCheckBox 对象
JCheckBox(String text)	构造一个标题为 text 的 JCheckBox 对象
JCheckBox(String text,boolean selected)	构造一个标题为 text，初始状态为 selected 的 JCheckBox 对象
JCheckBox(Icon icon)	构造一个图标为 icon 的 JCheckBox 对象
JCheckBox(String text,Icon icon)	构造一个标题为 text，图标为 icon 的 JCheckBox 对象
String getText()	返回按钮 JCheckBox 中的标题
void setText(String txt)	设定按钮 JCheckBox 中的标题为 txt
boolean isSelected()	判断按钮是否处于选中状态

续表

方法	主要功能
void setSelected (boolean stat)	设定按钮 JCheckBox 的选择状态为 stat
Icon getIcon()	返回 JCheckBox 中的图标
void setIcon(Icon icon)	设定 JCheckBox 中的图标为 icon
void setSelectedIcon(Icon icon)	设定 JCheckBox 处于选定状态下的图标为 icon

2）单选按钮（JRadioButton）

单选按钮 JRadioButton 和复选框 JCheckBox 类似，所不同的是，在若干个复选框中可以同时选中多个，而一组单选按钮同一时刻只能有一个被选中。为了使单选按钮不相容，必须将相关的单选按钮放到某组中。要对单选按钮分组，应使用 ButtonGroup 再创建一个对象，然后利用这个对象把若干个单选按钮归组，归到同一组的按钮每一时刻只能选择其中之一。具体的分组方法如下所示：

```
JRadioButton rb1, rb2;                     //建立单选按钮
ButtonGroup group=new ButtonGroup();       //建立分组
group.add(rb1);            //将单选按钮添加到组中，使 rb1 和 rb2 在同一组中
group.add(rb2);
```

JRadioButton 的常用方法同 JCheckBox 的常用方法。

下面通过一个具体的实例来演示复选框和单选按钮的使用方法，运行结果如图 3-19 所示。

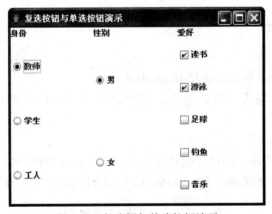

图 3-19　复选框与单选按钮演示

```
import java.awt.*;
import javax.swing.*;
public class EX3_17 extends JFrame {
    JLabel lb1,lb2,lb3;
    JRadioButton rb1[]=new JRadioButton[3];        //创建单选按钮数组
    JRadioButton rb2[]=new JRadioButton[2];
    JCheckBox cb[]=new JCheckBox[5];               //创建复选框数组
    ButtonGroup btg1,btg2;
    JPanel pn,pn1,pn2,pn3,pn4;
    public EX3_17(){
        lb1=new JLabel("身份");
```

```
lb2=new JLabel("性别");
lb3=new JLabel("爱好");
rb1[0]=new JRadioButton("教师");                  //创建身份单选按钮
rb1[1]=new JRadioButton("学生");
rb1[2]=new JRadioButton("工人");
rb1[0].setSelected(true);                        //将 rb1[0]的初始状态设置为选中
btg1=new ButtonGroup();                          //创建按钮组
btg1.add(rb1[0]);                                //向按钮组中添加单选按钮
btg1.add(rb1[1]);
btg1.add(rb1[2]);
rb2[0]=new JRadioButton("男");                    //创建性别单选按钮
rb2[1]=new JRadioButton("女");
rb2[0].setSelected(true);                        //将 rb2[0]的初始状态设置为选中
btg2=new ButtonGroup();                          //创建按钮组
btg2.add(rb2[0]);                                //向按钮组中添加单选按钮
btg2.add(rb2[1]);
cb[0]=new JCheckBox("读书");                       //创建爱好复选框
cb[1]=new JCheckBox("游泳");
cb[2]=new JCheckBox("足球");
cb[3]=new JCheckBox("钓鱼");
cb[4]=new JCheckBox("音乐");
cb[0].setSelected(true);                         //将 cb[0]和 cb[1]的初始状态设置为选中
cb[1].setSelected(true);
pn=new JPanel();                                 //创建面板 pn
pn.setLayout(new GridLayout(1,3));               //设置 pn 的布局方式为 GridLayout
pn.add(lb1);                                      //向 pn 面板添加三个标签
pn.add(lb2);
pn.add(lb3);
pn1=new JPanel();                                //创建面板 pn1
pn1.setLayout(new GridLayout(3,1));              //设置 pn1 的布局方式为 GridLayout
pn1.add(rb1[0]);                                 //向 pn1 面板添加单选按钮
pn1.add(rb1[1]);
pn1.add(rb1[2]);
pn2=new JPanel();                                //创建面板 pn2
pn2.setLayout(new GridLayout(2,1));              //设置 pn2 的布局方式为 GridLayout
pn2.add(rb2[0]);                                 //向 pn2 面板添加单选按钮
pn2.add(rb2[1]);
pn3=new JPanel();                                //创建面板 pn3
pn3.setLayout(new GridLayout(5,1));              //设置 pn3 的布局方式为 GridLayout
pn3.add(cb[0]);                                  //向 pn3 面板添加复选框
pn3.add(cb[1]);
pn3.add(cb[2]);
pn3.add(cb[3]);
pn3.add(cb[4]);
pn4=new JPanel();                                //创建面板 pn4
pn4.setLayout(new GridLayout(1,3));              //设置 pn4 的布局方式为 GridLayout
```

```
        pn4.add(pn1);                              //向 pn4 面板添加组件
        pn4.add(pn2);
        pn4.add(pn3);
        Container con=getContentPane();
        con.setLayout(new BorderLayout());
        con.add(pn,BorderLayout.NORTH);
        con.add(pn4,BorderLayout.CENTER);
        setTitle("复选框与单选按钮演示");
        setDefaultCloseOperation(JFrame.DISPOSE_ON_CLOSE);
        setSize(400,300);
        setVisible(true);
        validate();
    }
    public static void main(String args[]){
        EX3_17 frm=new EX3_17();               //建立窗口
    }
}
```

5. 标准对话框 JOptionPane

标准对话框 JOptionPane 主要用来在程序运行过程中，通过对话框窗口来提示或让用户输入数据、显示程序运行结果、报错等。标准对话框 JOptionPane 的构造方法有 7 个，多数情况下，都不通过构造方法的方式使用标准对话框，而是利用 JOptionPane 提供的一些静态方法来建立标准对话框。这些方法都是以 showXxxxxxDialog 的形式出现。在 JOptionPane 类中定义了多个 showXxxxxxDialog 形式的静态方法，它们可以分为以下 4 种类型：

```
showConfirmDialog          //确认对话框，询问问题，要求用户确认（yes/no/cancel）
showInputDialog            //输入对话框，提示用户输入，可以是文本输入或组合框输入
showMessageDialog          //消息对话框，显示信息，告知用户发生了什么情况
showOptionDialog           //选项对话框，显示选项，要求用户选择
```

JOptionPane 中定义了 YES_OPTION、NO_OPTION、CANCEL_OPTION、OK_OPTION 和 CLOSED_OPTION 等常量，分别代表用户选择了 YES、NO、CANCEL、OK 按钮以及未选择而直接关闭了对话框。

除了 showOptionDialog 之外，其他 3 种方法都定义了若干不同的同名方法，例如 showMessageDialog 有 3 个同名方法，分别如下：

```
showMessageDialog(Component parentComponent, Object message)
showMessageDialog(Component parentComponent, Object message, String title,
int messageType)
showMessageDialog(Component parentComponent, Object message, String title,
int messageType, Icon icon)
```

这些形如 showXxxxxxDialog 方法的参数，一般分为以下几种类型：

（1）Component parentComponent，对话框的父窗口对象，其屏幕坐标将决定对话框的显示位置；此参数可以为 null，表示采用默认的 Frame 作为父窗口，此时对话框设置在屏幕的正中。

（2）Object message，要置于对话框中的描述消息。在最常见的应用中，该参数就是一个 String 常量，但也可以是一个图标、一个组件或者一个对象数组。

（3）String title，对话框的标题。

（4）int messageType，对话框传递的信息类型。外观管理器布置的对话框可能因此值而异，并且往往提供默认图标，可能的值为：ERROR_MESSAGE、INFORMATION_MESSAGE、WARNING_MESSAGE、QUESTION_MESSAGE、PLAIN_MESSAGE。

（5）Icon icon，要置于对话框中的装饰性图标。图标的默认值由 messageType 参数确定。

（6）int optionType，定义在对话框的底部显示的选项按钮的集合，即 DEFAULT_OPTION、YES_NO_OPTION、YES_NO_CANCEL_OPTION、OK_CANCEL_OPTION。

用户并非仅限于使用选项按钮的此集合。使用 options 参数可以提供想使用的任何按钮。

（7）Object initialValue，默认选择输入值。

不同的 showXxxxxxDialog() 方法，返回类型不尽相同。

```
showMessageDialog()      //没有返回值
showConfirmDialog()      //方法返回 int 型数值，代表用户选择按钮的序号
showOptionDialog()       //方法返回 int 型数值，代表用户确认按钮的序号
showInputDialog()        //方法的返回值为 String 或 Object，代表用户的输入或选项
```

下面通过一个具体的实例来演示标准对话框的使用方法，运行结果如图 3-20 所示。

图 3-20　标准对话框演示

```java
import javax.swing.JOptionPane;
public class CheckPalindrome{
  public static void main(String[] args) {
    String s = JOptionPane.showInputDialog("Enter a string:");
    // 提示用户输入字符串
    String output = "";                      // 声明何初始化输出字符串
    if (isPalindrome(s))
      output = s + " is a palindrome";
    else
      output = s + " is not a palindrome";
    JOptionPane.showMessageDialog(null, output);         // 显示结果
  }
//判断字符串 s 是否是回文，是回文返回 true；否则返回 false
  public static boolean isPalindrome(String s) {
    int low = 0;            // 字符串中第一个字符的下标
    int high = s.length() - 1;   // 字符串中最后一个字符的下标
    while (low < high) {
        if (s.charAt(low) != s.charAt(high))
        //使用 charAt 方法判断 low 与 high 位置上的对应字符是否相同
            return false; // 不是回文串
        low++;
```

```
            high--;
        }
        return true;      // 是回文串
    }
}
```

3.4　"菜单工具栏应用"实例

【实例说明】

Windows 系列操作系统及其应用程序采用图形化界面，而且只要运行某个应用程序或打开某个文档，就会对应一个矩形区域，这个矩形区域称为窗口。Windows 的窗口不论在外观、风格还是操作方式上都高度统一，一个 Windows 窗口通常包括以下内容：标题栏、菜单栏、工具栏、边框、用户区、水平滚动条、垂直滚动条以及状态栏。菜单是标题栏下面的一行文字，是应用程序中最常用的组件。一个优秀的图形用户界面应用程序在菜单上一定设计得有特色。窗口中最人性化的设计就是引入了工具栏，其中的工具按钮不仅方便了用户的操作，也美化了窗口。工具栏通常由一些图标按钮组成，单击工具栏上的按钮，可以得到快捷的功能。本实例就是设计一个简单的 Windows 应用程序窗口，该窗口包括标题栏、菜单栏、工具栏和状态栏等。运行结果如图 3-21 所示。

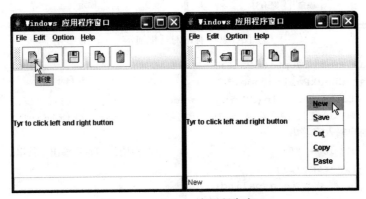

图 3-21　Windows 应用程序窗口

【实例目的】

（1）掌握菜单组件 JMenuBar、JMenu、JMenuItem、JCheckBoxMenuItem 和 JRadioButtonMenuItem 的使用方法。

（2）掌握工具栏 JToolBar 的使用方法。

【技术要点】

（1）定义创建菜单的方法，首先通过 JMenuBar 建立一个菜单条，它是菜单容器。然后使用 JMenu 建立菜单项，每个菜单项再通过 JMenuItem 建立子菜单。

（2）定义创建工具栏的方法，使用 JToolBar 创建一个工具栏对象，然后使用 add( )方法将带图标的按钮添加到工具栏中。

（3）定义实现各个菜单项的 ActionEvent 事件处理方法，当选择某个菜单项时，将该菜单项的名称显示在窗口下方的状态栏中。

【代码及分析】

```java
//文件 MenuExample.java
import java.awt.*;
import java.awt.event.*;
import javax.swing.*;
import javax.swing.event.*;
class MenuExample extends MouseInputAdapter implements ItemListener,
ActionListener{
    JFrame frm=new JFrame();
    JMenuBar menubar=new JMenuBar();
    JTextField tf=new JTextField();
    JToolBar tb=new JToolBar();
    JButton b1,b2,b3,b4,b5;
    JLabel lb=new JLabel("Tyr to click left and right button");
    JPopupMenu popup=new JPopupMenu();
    MenuExample(){
        creatMenu();
        creatToolbar();
        frm.setDefaultCloseOperation(JFrame.EXIT_ON_CLOSE);
        frm.setTitle("Windows 应用程序窗口");
        frm.setSize(300,300);
        frm.setVisible(true);
    }
    void creatMenu(){
        frm.setJMenuBar(menubar);
        JMenu menu,submenu;
        JMenuItem menuItem;
        menu=new JMenu("File");
        menu.setMnemonic(KeyEvent.VK_F);
        menubar.add(menu);
        menuItem=new JMenuItem("New");
        menuItem.setMnemonic(KeyEvent.VK_N);
        menuItem.addActionListener(this);
        menu.add(menuItem);
        menuItem=new JMenuItem("Open...");
        menuItem.setMnemonic(KeyEvent.VK_O);
        menuItem.setAccelerator(KeyStroke.getKeyStroke(KeyEvent.VK_1,
                            ActionEvent.ALT_MASK));
        menuItem.addActionListener(this);
        menu.add(menuItem);
        menuItem=new JMenuItem("Save",KeyEvent.VK_S);
```

```java
menuItem.addActionListener(this);
menuItem.setEnabled(false);
menu.add(menuItem);
menuItem=new JMenuItem("Close");
menuItem.setMnemonic(KeyEvent.VK_C);
menuItem.addActionListener(this);
menu.add(menuItem);
menu.add(new JSeparator());
menuItem=new JMenuItem("Exit");
menuItem.setMnemonic(KeyEvent.VK_E);
menuItem.addActionListener(this);
menu.add(menuItem);
menu=new JMenu("Edit");
menu.setMnemonic(KeyEvent.VK_E);
menubar.add(menu);
menuItem=new JMenuItem("Undo Typing's'");
menuItem.setMnemonic(KeyEvent.VK_U);
menuItem.setAccelerator(KeyStroke.getKeyStroke(KeyEvent.VK_Z,
                        ActionEvent.CTRL_MASK));
menuItem.addActionListener(this);
menu.add(menuItem);
menuItem=new JMenuItem("Redo");
menuItem.setMnemonic(KeyEvent.VK_R);
menuItem.setAccelerator(KeyStroke.getKeyStroke(KeyEvent.VK_Y,
                        ActionEvent.CTRL_MASK));
menuItem.addActionListener(this);
menu.add(menuItem);
menu.addSeparator();
menuItem=new JMenuItem("Cut");
menuItem.setMnemonic(KeyEvent.VK_T);
menuItem.setAccelerator(KeyStroke.getKeyStroke(KeyEvent.VK_X,
                        ActionEvent.CTRL_MASK));
menuItem.addActionListener(this);
menu.add(menuItem);
menuItem=new JMenuItem("Copy");
menuItem.setMnemonic(KeyEvent.VK_C);
menuItem.setAccelerator(KeyStroke.getKeyStroke(KeyEvent.VK_C,
                        ActionEvent.CTRL_MASK));
menuItem.addActionListener(this);
menu.add(menuItem);
menuItem=new JMenuItem("Paste");
menuItem.setMnemonic(KeyEvent.VK_P);
menuItem.setAccelerator(KeyStroke.getKeyStroke(KeyEvent.VK_V,
                        ActionEvent.CTRL_MASK));
menuItem.addActionListener(this);
menu.add(menuItem);
```

```
menu=new JMenu("Option");
menu.setMnemonic(KeyEvent.VK_O);
menubar.add(menu);
menuItem=new JMenuItem("Font...");
menuItem.setMnemonic(KeyEvent.VK_F);
menuItem.addActionListener(this);
menu.add(menuItem);
submenu=new JMenu("Color...");
menu.add(submenu);
menuItem=new JMenuItem("Foreground");
menuItem.setMnemonic(KeyEvent.VK_O);
menuItem.setAccelerator(KeyStroke.getKeyStroke(KeyEvent.VK_2,
                       ActionEvent.ALT_MASK));
menuItem.addActionListener(this);
submenu.add(menuItem);
menuItem=new JMenuItem("Background");
menuItem.setMnemonic(KeyEvent.VK_O);
menuItem.setAccelerator(KeyStroke.getKeyStroke(KeyEvent.VK_3,
                       ActionEvent.ALT_MASK));
menuItem.addActionListener(this);
submenu.add(menuItem);
menu.addSeparator();
JCheckBoxMenuItem cm=new JCheckBoxMenuItem("Always On Top");
cm.addItemListener(this);
menu.add(cm);
menu.addSeparator();
JRadioButtonMenuItem rm=new JRadioButtonMenuItem("Small",true);
rm.addItemListener(this);
menu.add(rm);
ButtonGroup group=new ButtonGroup();
group.add(rm);
rm=new JRadioButtonMenuItem("Large");
rm.addItemListener(this);
menu.add(rm);
group.add(rm);
menu=new JMenu("Help");
menu.setMnemonic(KeyEvent.VK_H);
menubar.add(menu);
menuItem=new JMenuItem("About...");
menuItem.addActionListener(this);
menu.add(menuItem);
menuItem=new JMenuItem("New");
menuItem.setMnemonic(KeyEvent.VK_N);
menuItem.addActionListener(this);
popup.add(menuItem);
menuItem=new JMenuItem("Save");
```

```
        menuItem.setMnemonic(KeyEvent.VK_S);
        menuItem.addActionListener(this);
        popup.add(menuItem);
        popup.addSeparator();
        menuItem=new JMenuItem("Cut");
        menuItem.setMnemonic(KeyEvent.VK_T);
        menuItem.addActionListener(this);
        popup.add(menuItem);
        menuItem=new JMenuItem("Copy");
        menuItem.setMnemonic(KeyEvent.VK_C);
        menuItem.addActionListener(this);
        popup.add(menuItem);
        menuItem=new JMenuItem("Paste");
        menuItem.setMnemonic(KeyEvent.VK_P);
        menuItem.addActionListener(this);
        popup.add(menuItem);
        lb.addMouseListener(this);
        tf.setEditable(false);
        Container cp=frm.getContentPane();
        cp.add(lb,BorderLayout.CENTER);
        cp.add(tf,BorderLayout.SOUTH);
    }
    void creatToolbar() {
        b1=new JButton(new ImageIcon("new.gif"));  //创建图标按钮
        b1.setHorizontalTextPosition(AbstractButton.CENTER); //设置文字的横向位置
        b1.setVerticalTextPosition(AbstractButton.BOTTOM); //设置文字的纵向位置
        b1.setToolTipText("新建");                           //设置提示文字
        b1.setFocusPainted(false);                           //设置不画焦点
        b1.setRequestFocusEnabled(false);   //设置不能获得焦点，使焦点不停留
        b2=new JButton(new ImageIcon("open.gif"));
        b2.setHorizontalTextPosition(AbstractButton.CENTER);
        b2.setVerticalTextPosition(AbstractButton.BOTTOM);
        b2.setToolTipText("打开");
        b2.setRequestFocusEnabled(false);
        b3=new JButton(new ImageIcon("save.gif"));
        b3.setHorizontalTextPosition(AbstractButton.CENTER);
        b3.setVerticalTextPosition(AbstractButton.BOTTOM);
        b3.setToolTipText("保存");
        b3.setRequestFocusEnabled(false);
        b4=new JButton(new ImageIcon("copy.gif"));
        b4.setHorizontalTextPosition(AbstractButton.CENTER);
        b4.setVerticalTextPosition(AbstractButton.BOTTOM);
        b4.setToolTipText("复制");
        b4.setRequestFocusEnabled(false);
        b5=new JButton(new ImageIcon("paste.gif"));
        b5.setHorizontalTextPosition(AbstractButton.CENTER);
```

```
        b5.setVerticalTextPosition(AbstractButton.BOTTOM);
        b5.setToolTipText("粘贴");
        b5.setRequestFocusEnabled(false);
        tb.add(b1);tb.add(b2);tb.add(b3);
        tb.addSeparator();              //添加分隔线
        tb.add(b4);tb.add(b5);
        tb.setRollover(true);              //设置翻转效果，鼠标移上时出现边框
        b1.addActionListener(this);
        b2.addActionListener(this);
        b3.addActionListener(this);
        b4.addActionListener(this);
        b5.addActionListener(this);
        frm.getContentPane().add(tb,"North");  //将工具栏添加到内容面板
        tb.setFloatable(true);
    }
    public void itemStateChanged(ItemEvent e){
        int state=e.getStateChange();
        JMenuItem amenuItem=(JMenuItem)e.getSource();
        String command=amenuItem.getText();
        if(state==ItemEvent.SELECTED)
            tf.setText(command+" SELECTED");
        else
            tf.setText(command+" DESELECTED");
    }
    public void actionPerformed(ActionEvent e){
        tf.setText(e.getActionCommand());
        if(e.getActionCommand()=="Exit")
            System.exit(0);
    }
    public void mousePressed(MouseEvent e){
        maybeShowPopup(e);
    }
    public void mouseReleased(MouseEvent e){
        maybeShowPopup(e);

    }
    public void maybeShowPopup(MouseEvent e){
        if(e.isPopupTrigger()){
            popup.show(e.getComponent(),
            e.getX(),e.getY());
        }
    }
    public  static void main(String args[]){
        MenuExample menuexmple=new MenuExample();
    }
}
```

【应用扩展】

工具栏和菜单执行的功能往往相同。一般在设计时，要为每种操作方式编写具有相同功能的代码，造成程序代码重复性太高，不易阅读也不美观。使用 AbstractAction 类可以很好地解决这个问题。AbstractAction 是一个抽象类，实现了 Action 接口，而 Action 接口又继承自 ActionListener 接口，因此 AbstractAction 类具有侦听 ActionEvent 的功能，可以重写 actionPerformed()方法来处理 ActionEvent 事件。这样只需要为每一种功能编写一次程序代码即可，因为 JtoolBar、Jmenu、JpopupMen、JMenuItem 类均有 add(Action a)方法，可利用相同的 AbstractAction 类构造出各个不同的组件。

```
class CommonAction extends AbstractAction{
    public CommonAction(String name,Icon icon){
        super(name,icon);
    }
    public void actionPerformed(ActionEvent e){
        //事件发生时执行的代码
    }
}
```

利用上面的类建立的对象既可以作为 JToolBar 的组件，也可以作为 Jmenu、JPopupMenu 和 JMenuItem 的组件。

【相关知识及注意事项】

1. 菜单

菜单使选择变得简单，因此广泛应用于窗口应用程序中。每个菜单组件包括一个菜单栏（JMenuBar），每个菜单栏又包含若干个菜单（JMenu），每个菜单可以包含若干个菜单项，菜单项可以是子菜单项（JMenuItem）、单选菜单项（JRadioButtonMenuItem）和复选菜单项（JCheckBoxMenuItem）。

在 Java 中创建菜单的步骤如下：

（1）创建菜单栏，并使用 setMenuBar()方法将它添加到框架。JMenuBar 用于创建和管理菜单栏，菜单栏是菜单的容器，用来包容一组菜单。JMenuBar 的常用方法如表 3-23 所示。

表 3-23　JMenuBar 的常用方法

方法	主要功能
JMenuBar()	创建一个新的 JMenuBar
setJMenuBar(JMenuBar menubar)	将菜单栏 JMenuBar 添加到容器中
int getMenuCount()	返回菜单栏 JMenuBar 中的菜单项总数

注意：将菜单栏 JMenuBar 添加到容器中，与其他组件的添加有所不同，不用 add()方法，而是使用专门的设置菜单栏的方法 setJMenuBar()。菜单栏不响应事件。

例如：

```
JFrame frm=new JFrame();
frm.setTitle("Windows 应用程序窗口");
```

```
frm.setDefaultCloseOperation(JFrame.EXIT_ON_CLOSE);
frm.setSize(550,500);
frm.setVisible(true);
JMenuBar menubar=new JMenuBar();              //定义菜单栏对象
frm.setJMenuBar(menubar);                     //将菜单栏添加到窗口上
```

该代码创建框架和菜单栏，并在框架内设置菜单栏

（2）创建菜单并将它们添加到菜单栏。JMenu 用于创建菜单栏上的各项菜单。JMenu 的常用方法如表 3-24 所示。

表 3-24　JMenu 的常用方法

方法	主要功能
JMenu()	创建一个空的 JMenu
JMenu(String s)	创建一个具有指定义本的 JMenu
JMenu(Icon icon)	创建一个有图标的 JMenu
JMenu(String s,int mnemonic)	创建一个具有指定文本且有快捷键的 JMenu
add(JMenu　menu)	将菜单 menu 加入到菜单栏中
void remove(int index)	从菜单中删除指定位置 index 上的菜单项
void removeAll()	从菜单中删除所有的 MenuItem
void addSeparator()	添加一条分隔线
void insertSeparator(int index)	在指定位置 index 上插入一条分隔线
JMenuItem getItem(int index)	返回指定位置 Index 上的 JMenuItem
int getItemCount()	返回 JMenu 中的菜单项 JMenuItem 总数
JMenuItem insert(JMenuItem itm, int index)	在指定位置 index 插入一个 JMenuItem 对象 itm
void insert(String txt, int index)	在指定位置 index 插入标题为 txt 的 JMenuItem 对象
void setMnemonic(int mnemonic)	设置当前菜单的热键

注意：将菜单加入到菜单栏中使用 add()方法，菜单不响应事件。

例如：

```
JMenu fmenu= new JMenu("File");               //定义菜单对象
menubar.add(fmenu);                           //添加菜单对象到菜单栏
JMenu omenu= new JMenu("Option");
menubar.add(omenu);
```

该代码创建了两个标签分别为 File 和 Option 的菜单，并添加到菜单栏，如图 3-22 所示。

图 3-22　在菜单栏中添加菜单

（3）创建菜单项并将它们添加到菜单，其中菜单项可以是子菜单项（JMenuItem）、单选菜单项（JRadioButtonMenuItem）和复选菜单项（JCheckBoxMenuItem）。

①子菜单项（JMenuItem）。JMenuItem 用于创建菜单中的子菜单项。JMenuItem 的常用方法如表 3-25 所示。

表 3-25　JMenuItem 的常用方法

方法	主要功能
String getText()	返回 JMenuItem 的标题
void setText(String lab)	设定 JMenuItem 的标题为 lab
void setEnabled(boolean b)	设定 JMenuItem 是否可用
boolean isEnabled()	判断 JMenuItem 是否可用
void setAccelerator(KeyStroke key)	指定 JMenuItem 上的快捷键
KeyStroke getAccelerator()	返回 JMenuItem 上的快捷键
JMenuItem add(String txt)	添加一个标题为 txt 的 JMenuItem 到菜单 JMenu 中
JMenuItem add(JMenuItem mitm)	添加指定的 JMenuItem 对象 mitm 到菜单 JMenu 中

注意：将子菜单项加入到菜单中使用 add()方法，选择菜单项的效果同选择按钮一样，会产生 ActionEvent 事件。

例如：

```
JMenuItem fmt=new JMenuItem("Font");
omenu.add(fmt);
JMenu submenu=new JMenu("Color...");
omenu.add(submenu);
JMenuItem frmt=new JMenuItem("Foreground");
submenu.add(frmt);
JMenuItem bmt=new JMenuItem("Background");
submenu.add(bmt);
```

该代码在 Option 菜单内添加了两个子菜单 Font 和 Color，子菜单项 Foregroung 和 Background 被添加到 Color 中，如图 3-23 所示。

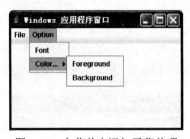

图 3-23　在菜单中添加子菜单项

②复选菜单项（JCheckBoxMenuItem）。复选菜单项和单选菜单项是两种特殊的菜单项，在复选菜单项前面有一个小方框，在单选菜单项的前面有一个小圆圈，可以对它们进行选和不选的操作，使用方法与复选框和单选按钮类似。

复选菜单项是可以被选定或取消选定的菜单项。如果被选定，菜单项的旁边通常会出现一个复选标记。如果未被选定或被取消选定，菜单项的旁边就没有复选标记。JCheckBoxMenuItem 的常用方法如表 3-26 所示。

表 3-26　JCheckBoxMenuItem 的常用方法

方法	主要功能
JCheckBoxMenuItem()	创建一个空的，最初未被选定的 JCheckBoxMenuItem
JCheckBoxMenuItem(String s)	创建一个带文本的，最初未被选定的 JCheckBoxMenuItem
JCheckBoxMenuItem(Icon icon)	创建一个带有指定图标，最初未被选中的 JCheckBoxMenuItem
JCheckBoxMenuItem(String s,Icon icon, boolean b)	创建具有指定文本、图标和选择状态的 JCheckBoxMenuItem
boolean getState()	判断该菜单项是否被选中
void setState(boolean state)	设定该菜单项的选中状态为 state

例如：
```
JCheckBoxMenuItem cm=new JCheckBoxMenuItem("Always On Top");    //复选菜单项
omenu.add(cm);          //将复选菜单项添加到 Option 菜单
```
该代码在 Option 菜单内添加了复选菜单 Always On Top，如图 3-24 所示。

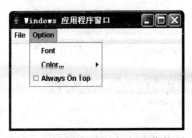

图 3-24　在菜单中添加复选菜单项

③单选菜单项（JRadioButtonMenuItem）。JRadioButtonMenuItem 属于一组菜单项中的一个菜单项，该组中只能选择一项。被选择的项显示其选择状态。选择此项的同时，其他任何以前被选择的项都切换到未选择状态。单选菜单项的常用方法同复选菜单项。例如：
```
JRadioButtonMenuItem srm=new JRadioButtonMenuItem("Small", true);
//单选菜单项
omenu.add(srm);         //将单选菜单项添加到 Option 菜单
JRadioButtonMenuItem lrm=new JRadioButtonMenuItem("Large");
omenu.add(lrm);
ButtonGroup group=new ButtonGroup();
//将单选菜单项添加到组中，使 srm 和 lrm 在同一组中
group.add(srm);
group.add(lrm);
```
该代码在 Option 菜单内添加了一组单选菜单，如图 3-25 所示。

使用 JMenu 的 addSeparator()方法可以在各个菜单项之间加入分隔线，也可以使用 JMenu 的 setMnemonic(int

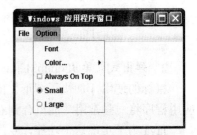

图 3-25　在菜单中添加单选按钮

mnemonic)方法设置当前菜单项的热键，还可以使用 JMenuItem 的 setAccelerator(KeyStroke key)
方法设置对应子菜单项的快捷键。例如：

```
JMenuItem fmt=new JMenuItem("Font");
fmt.setMnemonic(KeyEvent.VK_F);              //设置热键
omenu.add(fmt);
JMenu submenu=new JMenu("Color...");
omenu.add(submenu);
JMenuItem frmt=new JMenuItem("Foreground");
frmt.setMnemonic(KeyEvent.VK_G);
frmt.setAccelerator(KeyStroke.getKeyStroke(KeyEvent.VK_2,
ActionEvent.ALT_MASK));      //设置快捷键
submenu.add(frmt);
JMenuItem bmt=new JMenuItem("Background");
bmt.setMnemonic(KeyEvent.VK_B);
bmt.setAccelerator(KeyStroke.getKeyStroke(KeyEvent.VK_3,
ActionEvent.ALT_MASK));
submenu.add(bmt);
omenu.addSeparator();          //添加分隔线
JCheckBoxMenuItem cm=new JCheckBoxMenuItem("Always On Top");    //复选菜单项
omenu.add(cm);                        //将复选菜单项添加到 Option 菜单
omenu.addSeparator();              //添加分隔线
```

该代码设置了相应菜单的热键和快捷键以及添加了分隔线，如图 3-26 所示。

图 3-26   在菜单中添加热键、快捷键以及分隔线

（4）菜单项产生 ActionEvent 事件。程序必须实现 actionPerformed(ActionEvetnt e)方法，
对菜单选择作出响应。在该方法中调用 e.getSource()或 e.getActionCommand()来判断用户单击
的菜单项，并完成这个菜单项定义的操作。例如：

```
public void actionPerformed(ActionEvent e){
    if(e.getActionCommand()=="Exit")
        System.exit(0);
}
```

2. 弹出式菜单 JPopupMenu

鼠标的使用，加快了图形化的进程。Windows 操作系统中引进了鼠标右键弹出式菜单。
应用程序将一些常用功能组合到右键弹出式菜单中，使操作快捷方便。

Java 为了实现这个功能，专门书写了一个类来描述右键弹出式菜单。JPopupMenu 类是这
个功能的实现者。JPopupMenu 的常用方法如表 3-27 所示。

表 3-27 JPopupMenu 的常用方法

方法	主要功能
JPopupMenu()	创建一个 JPopupMenu 对象
JPopupMenu(String title)	创建一个标题为 title 的 JPopupMenu 对象
JMenuItem add(String txt)	添加一个标题为 txt 的 JMenuItem 对象到 JPopupMenu 中
JMenuItem add(JMenuItem mitm)	添加指定的 JMenuItem 对象 mitm 到 JPopupMenu 中
void remove(int idx)	从弹出式菜单中删除指定位置 idx 上的菜单项
void addSeparator()	添加一条分割线
String getLabel(int idx)	返回 JPopupMenu 的标题
boolean isVisible()	判断 JPopupMenu 是否可见
void setLocation(int x,int y)	指定 JPopupMenu 的显示位置
void setVisible(boolean b)	指定 JPopupMenu 是否可见

下面的实例演示了弹出式菜单的使用方法。运行结果如图 3-27 所示。

图 3-27 弹出式菜单演示

```java
import java.awt.*;
import java.awt.event.*;
import javax.swing.*;
import javax.swing.event.*;
class EX3_19 extends MouseInputAdapter {
    JFrame frm=new JFrame();
    JMenuBar menubar=new JMenuBar();
    JTextField tf=new JTextField();
    JLabel lb=new JLabel("Tyr to click left and right button");
    JPopupMenu popup=new JPopupMenu();
    EX3_19()    {
        creatMenu();
        frm.setDefaultCloseOperation(JFrame.EXIT_ON_CLOSE);
        frm.setTitle("Windows 应用程序窗口");
        frm.setSize(300,300);
```

```
        frm.setVisible(true);
}
void creatMenu(){
        frm.setJMenuBar(menubar);
        JMenu menu,submenu;
        JMenuItem menuItem;
        menu=new JMenu("File");
        menu.setMnemonic(KeyEvent.VK_F);
        menubar.add(menu);
        menuItem=new JMenuItem("New");
        menuItem.setMnemonic(KeyEvent.VK_N);
        menu.add(menuItem);
        menuItem=new JMenuItem("Open...");
        menuItem.setMnemonic(KeyEvent.VK_O);
        menuItem.setAccelerator(KeyStroke.getKeyStroke(KeyEvent.VK_1,
                        ActionEvent.ALT_MASK));
        menu.add(menuItem);
        menuItem=new JMenuItem("Save",KeyEvent.VK_S);
        menuItem.setEnabled(false);
        menu.add(menuItem);
        menuItem=new JMenuItem("Close");
        menuItem.setMnemonic(KeyEvent.VK_C);
        menu.add(menuItem);
        menu.add(new JSeparator());
        menuItem=new JMenuItem("Exit");
        menuItem.setMnemonic(KeyEvent.VK_E);
        menu.add(menuItem);
        menu=new JMenu("Edit");
        menu.setMnemonic(KeyEvent.VK_E);
        menubar.add(menu);
        menuItem=new JMenuItem("Undo Typing's'");
        menuItem.setMnemonic(KeyEvent.VK_U);
        menuItem.setAccelerator(KeyStroke.getKeyStroke(KeyEvent.VK_Z,
                        ActionEvent.CTRL_MASK));
        menu.add(menuItem);
        menuItem=new JMenuItem("Redo");
        menuItem.setMnemonic(KeyEvent.VK_R);
        menuItem.setAccelerator(KeyStroke.getKeyStroke(KeyEvent.VK_Y,
                        ActionEvent.CTRL_MASK));
        menu.add(menuItem);
        menu.addSeparator();
        menuItem=new JMenuItem("Cut");
        menuItem.setMnemonic(KeyEvent.VK_T);
        menuItem.setAccelerator(KeyStroke.getKeyStroke(KeyEvent.VK_X,
                        ActionEvent.CTRL_MASK));
        menu.add(menuItem);
```

```
menuItem=new JMenuItem("Copy");
menuItem.setMnemonic(KeyEvent.VK_C);
menuItem.setAccelerator(KeyStroke.getKeyStroke(KeyEvent.VK_C,
                    ActionEvent.CTRL_MASK));
menu.add(menuItem);
menuItem=new JMenuItem("Paste");
menuItem.setMnemonic(KeyEvent.VK_P);
menuItem.setAccelerator(KeyStroke.getKeyStroke(KeyEvent.VK_V,
                    ActionEvent.CTRL_MASK));
menu.add(menuItem);
menu=new JMenu("Option");
menu.setMnemonic(KeyEvent.VK_O);
menubar.add(menu);
menuItem=new JMenuItem("Font...");
menuItem.setMnemonic(KeyEvent.VK_F);
menu.add(menuItem);
submenu=new JMenu("Color...");
menu.add(submenu);
menuItem=new JMenuItem("Foreground");
menuItem.setMnemonic(KeyEvent.VK_O);
menuItem.setAccelerator(KeyStroke.getKeyStroke(KeyEvent.VK_2,
                    ActionEvent.ALT_MASK));
submenu.add(menuItem);
menuItem=new JMenuItem("Background");
menuItem.setMnemonic(KeyEvent.VK_O);
menuItem.setAccelerator(KeyStroke.getKeyStroke(KeyEvent.VK_3,
                    ActionEvent.ALT_MASK));
submenu.add(menuItem);
menu.addSeparator();
JCheckBoxMenuItem cm=new JCheckBoxMenuItem("Always On Top");
menu.add(cm);
menu.addSeparator();
JRadioButtonMenuItem rm=new JRadioButtonMenuItem("Small",true);
menu.add(rm);
ButtonGroup group=new ButtonGroup();
group.add(rm);
rm=new JRadioButtonMenuItem("Large");
menu.add(rm);
group.add(rm);
menu=new JMenu("Help");
menu.setMnemonic(KeyEvent.VK_H);
menubar.add(menu);
menuItem=new JMenuItem("About...");
menu.add(menuItem);
menuItem=new JMenuItem("New");
menuItem.setMnemonic(KeyEvent.VK_N);
```

```
            popup.add(menuItem);
            menuItem=new JMenuItem("Save");
            menuItem.setMnemonic(KeyEvent.VK_S);
            popup.add(menuItem);
            popup.addSeparator();
            menuItem=new JMenuItem("Cut");
            menuItem.setMnemonic(KeyEvent.VK_T);
            popup.add(menuItem);
            menuItem=new JMenuItem("Copy");
            menuItem.setMnemonic(KeyEvent.VK_C);
            popup.add(menuItem);
            menuItem=new JMenuItem("Paste");
            menuItem.setMnemonic(KeyEvent.VK_P);
            popup.add(menuItem);
            lb.addMouseListener(this);
            tf.setEditable(false);
            Container cp=frm.getContentPane();
            cp.add(lb,BorderLayout.CENTER);
            cp.add(tf,BorderLayout.SOUTH);
        }
        public void mousePressed(MouseEvent e){
            maybeShowPopup(e);
        }
        public void mouseReleased(MouseEvent e){
            maybeShowPopup(e);
        }
        public void maybeShowPopup(MouseEvent e){
            if(e.isPopupTrigger()){
                popup.show(e.getComponent(),
                e.getX(),e.getY());
            }
        }
        public  static void main(String args[]){
            EX3_19 menuexmple=new EX3_19();
        }
    }
}
```

3. 工具栏 JToolBar

工具栏通常由一些图标按钮组成，单击工具栏上的按钮，可以得到快捷的功能。Java 中使用 JToolBar 类来描述一个工具栏。获得工具栏后，要做的工作就是将按钮添加到工具栏中。工具栏其实就是一个容器，用来加载按钮组件的特殊容器。

JToolBar 提供了一个用来显示常用的 Action 或控件的组件，用户可以将工具栏拖到单独的窗口中（除非 floatable 属性被设置为 false）。为了正确拖动，将 JToolBar 实例添加到容器四边中的一边（其中容器的布局管理器为 BorderLayout）。JToolBar 的常用方法如表 3-28 所示。

表 3-28　JToolBar 的常用方法

方法	主要功能
JButton　add(Action a)	添加一个指派操作的新的 JButton
void addSeparator()	将默认大小的分隔符追加到工具栏的末尾
void addSeparator(Dimension size)	将指定大小的分隔符追加到工具栏的末尾
void setFloatable(boolean b)	设置工具栏是否可以浮动，如果要浮动工具栏，此属性必须设置为 true
void setOrientation(int o)	设置工具栏的方向
void setRollover(boolean rollover)	设置此工具栏是否可以转动
void setMargin(Insets m)	设置工具栏边框和它的按钮之间的空白
void setToolTipText(String text)	设置按钮的提示文字

下面的实例演示了如何构建一个自定义的工具栏，这个工具栏中有新建（new）、打开（open）、保存（save）、复制（copy）、粘贴（paste）五个图像按钮。运行结果如图 3-28 所示。

图 3-28　工具栏演示

```
import java.awt.*;
import java.awt.event.*;
import javax.swing.*;
import javax.swing.event.*;
public class EX3_20 {
    public EX3_20() {
        JFrame frm=new JFrame();
        JButton b1, b2, b3, b4, b5;
        JToolBar tb=new JToolBar();
        b1=new JButton(new ImageIcon("new.gif"));        //创建图标按钮
        b1.setToolTipText("new");                        //设置提示文字
        b1.setFocusPainted(false);
        b1.setRequestFocusEnabled(false);                //设置不能获得焦点
        b2=new JButton(new ImageIcon("open.gif"));
        b2.setToolTipText("open");
        b2.setRequestFocusEnabled(false);
        b3=new JButton(new ImageIcon("save.gif"));
        b3.setToolTipText("save");
        b3.setRequestFocusEnabled(false);
        b4=new JButton(new ImageIcon("copy.gif"));
        b4.setToolTipText("copy");
```

```
            b4.setRequestFocusEnabled(false);
            b5=new JButton(new ImageIcon("paste.gif"));
            b5.setToolTipText("paste");
            b5.setRequestFocusEnabled(false);
            tb.add(b1);
            tb.add(b2);
            tb.add(b3);
            tb.addSeparator();                          //添加分隔线
            tb.add(b4);
            tb.add(b5);
            tb.setRollover(true);                       //设置翻转效果
            frm.getContentPane().add(tb, "North");      //将工具栏添加到内容窗格
            tb.setFloatable(true);
            frm.setTitle("Windows 应用程序窗口");
            frm.setDefaultCloseOperation(JFrame.EXIT_ON_CLOSE);
            frm.setSize(300,200);
            frm.setVisible(true);
        }
        public static void main(String args[]) {
            EX3_20 menuexmple=new EX3_20();
        }
    }
```

本章小结

　　本章主要介绍 Java 的图形用户界面的编程技术。通过 4 个实例来讲解 Java 图形用户界面以及常用图形组件的使用方法与技巧。"启动界面"实例主要讲解的内容有：如何创建无边框窗口、如何向 Swing 窗口中添加组件，以及标签组件 JLabel、进度条组件 JProgressBar、面板组件 JPanel 的使用；"基本布局演示"实例主要讲解的内容有：如何创建框架窗口、选项卡组件（JTabbedPane）、按钮组件（JButton）以及布局管理器的使用方法；"用户注册界面"实例主要讲解的内容有：JApplet 作为顶层容器的使用方法、JTextField、JPasswordField、JTextArea、JRadioButton、JCheckBox、JComboBox、JList、JScrollPane 等组件的使用方法以及标准对话框 JOptionPane 的使用方法；"菜单工具栏应用"实例主要讲解的内容有：菜单组件、弹出式菜单组件以及工具栏的使用方法。

习题 3

一、选择题

1. 以下哪条语句构造了可以显示 10 行文本行、每行大约 60 个字符的多行文本框？（　　　）

　　A．JTextArea obj=new JTextArea (10,60);

　　B．JTextArea obj=new JTextArea (60,10);

    C. JTextField obj=new JTextField (10,60);

    D. JTextField obj=new JTextField (60,10);

2. 在容器中使用 BorderLayout 布局管理器，该容器最多可容纳（   ）个组件。

    A. 6   B. 9   C. 8   D. 5

3. 下列布局中将组件从上到下，从左到右依次摆放的是（   ）。

    A. BorderLayout   B. FlowLayout

    C. CardLayout   D. GridLayout

4. 以下方法可以用于在 JFrame 中加入 JMenuBar 的是（   ）。

    A. setMenu( )   B. setMenuBar( )

    C. add( )   D. addMenuBar( )

5. 单击按钮引发的事件是（   ）。

    A. ActionEvent   B. ItemEvent   C. MouseEvent   D. KeyEvent

6. 在 Java 语言的下列包中，提供图形界面构件的包是（   ）。

    A. java.io   B. javax.swing   C. java.net   D. java.rmi

7. 下列 Java 常见事件类中（   ）是鼠标事件类。

    A. InputEvent   B. KeyEvent   C. MouseEvent   D. WindowEvent

8. 下列哪个选项是创建一个标识有"关闭"按钮的语句（   ）。

    A. TextField b = new TextField("关闭");

    B. TextArea b = new TextArea ("关闭");

    C. Button b = new Button("关闭");

    D. CheckBox b = new CheckBox("关闭");

二、填空题

1. JLabel、JTextField 或 JTextArea 中 setText(String)的作用是＿＿＿＿＿＿＿＿＿＿。

2. GridLayout(7,3)将显示区域划分为＿＿＿＿＿＿＿＿＿＿＿行＿＿＿＿＿＿＿＿＿＿＿列。

3. JPasswordField 中 setEchoChar(char c)方法的作用是＿＿＿＿＿＿＿＿＿＿＿。

4. ActionEvent 类中获得事件源对象的方法是＿＿＿＿＿＿＿＿＿＿＿。

5. 完成下列程序，使 5 个按钮分别位于边框布局中的"东、南、西、北、中"。

```java
import javax.swing.*;
import java.awt.*;
public class Ex3_2_5 extends JFrame{
    String strName[]={"东","西","南","北","中"};
    JButton btn[];
    public Ex3_2_5 (){
        super("边框布局");
        setSize(260,200);
        init();
    }
    public void init(){
        this.getContentPane().setLayout(new BorderLayout());
        btn=new JButton[strName.length];
```

```
    for(int i=0;i<strName.length;i++){
        _____
    }
    this.getContentPane().add(btn[0], _____);
    this.getContentPane().add(btn[1], _____);
    this.getContentPane().add(btn[2], _____);
    this.getContentPane().add(btn[3], _____);
    this.getContentPane().add(btn[4], _____);
    }
    public static void main(String args[]){
        Ex3_2_5 fm=new Ex3_2_5 ();
        fm.show();
    }
}
```

三、判断题

1. 将菜单栏 JMenuBar 添加到容器中，与其他组件的添加有所不同，不用 add()方法，而是使用专门的设置菜单栏的方法 setJMenuBar()。（　　）

2. Applet 是一种特殊的 Panel，它是 Java Applet 程序的最外层容器。（　　）

3. 在 AWT 的委派事件处理模型中，不能使用外部类作为聆听者。（　　）

四、简答题

1. 如果要设置字形为粗体与斜体，应如何表示？

2. Swing 主要用来处理文字输入的组件有哪些？

3. 创建菜单需要哪些步骤？

4. Java 事件的处理步骤有哪些？

5. JFrame 类对象的默认布局是什么布局？和 JPanel 类对象的默认布局相同吗？

五、程序设计题

1. 创建如图 3-29 所示的一个简单的计算器。通过单击数字按钮得到两个加数，进行求和运算。程序设计提示：将 12 个按钮加到面板 JPanel 中，JPanel 使用 GridLayout，进行 3 行 4 列的布局，使按钮均匀分布在面板中。将面板加到窗口中。利用 getActionCommand()方法，返回按钮的标签。

图 3-29　简单计算机的窗口布局

2．编写程序，建立一个带有菜单的窗体。当用户选择 Color 或 Style 菜单的相关选项时，标签中文字的字体和颜色会发生相应的变化。程序运行界面如图 3-30 所示。

图 3-30　菜单窗口

3．编写程序，将窗口尺寸设置为不可更改，并处理窗口事件，使得单击窗口关闭按钮时，会弹出对话框，提示用户是否确定要关闭窗口。程序运行界面如图 3-31 所示。

图 3-31　关闭提示窗口

4．编写程序，用列表框列出一些选项，设置两个按钮，单击按钮会将所选的选项从一个列表框移到另一个列表框中。程序运行界面如图 3-32 所示。

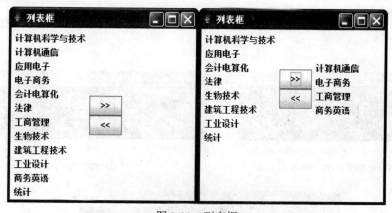

图 3-32　列表框

第4章　异常处理和多线程程序设计

教学目标与要求：本章主要介绍异常和线程的有关知识，主要讲解 Java 语言中异常的基本概念及其处理方法、多线程的概念、实现方法与控制、互斥与同步以及多线程的应用等内容。通过对本章的学习，读者应该掌握以下内容：

- Java 异常
- 异常的处理
- 异常类
- 用户自定义异常
- 线程的概念
- 线程的创建
- 线程的状态与控制
- 线程的优先级、调度和管理
- 同步访问临界资源（共享数据）

教学重点与难点：异常的处理；线程的创建使用方法；同步访问临界资源。

4.1　"两数相除"实例

【实例说明】

本实例的运行界面如图 4-1 所示。这是一个简单的 Java 异常程序——两个数相除，除数不能为零。

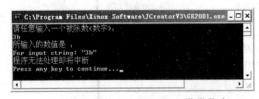

（a）NumberFormatException 异常信息

（b）ArithmeticException 异常信息

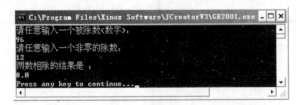

（c）正常相除结果

图 4-1　两数相除

【实例目的】

（1）熟悉异常的基本概念、异常类及异常类的方法。
（2）熟练掌握捕获异常、处理异常以及抛出异常的方法。

【技术要点】

从键盘输入两个实数，一个作为被除数，另一个作为除数。若两数均为正常的实数且除数不为 0，计算并输出两数相除的结果，如图 4-1（c）所示。若输入的被除数正常，除数为 0，会产生 ArithmeticException 异常，输出信息如图 4-1（b）所示。若输入两数时，不管是被除数还是除数，只要输入的数据不是实数，会产生 NumberFormatException 异常，输出信息如图 4-1（a）所示。

【代码及分析】

```java
//文件 ThrowsDemo.java
import java.io.*;
public class ThrowsDemo{
  static double c;
  static double division(double x, double y) throws ArithmeticException{
        if(y==0)
            throw new ArithmeticException("除数不能为 0,否则结果是无限大 ");
        double result;
     result=x/y;
     return result;
     }
  public static  void main(String []args){
     float a,b;
     String str1,str2;
     BufferedReader buf;
      buf=new BufferedReader(new InputStreamReader(System.in));
      try{
            System.out.println("请任意输入一个被除数(数字)： ");
            str1=buf.readLine();          //会产生 IOException 异常
            a=Float.parseFloat(str1);       //会产生 NumberFormatException 异常
            System.out.println("请任意输入一个非零的除数： ");
            str2=buf.readLine();          //会产生 IOException 异常
            b=Float.parseFloat(str2);       //会产生 NumberFormatException 或
                                 //ArithmeticException 异常
            c=division(a,b);
            }catch(IOException ioe){
                System.out.println("系统输入有问题 ");
                System.out.println(ioe.getMessage());
                System.out.println("程序无法处理即将中断 ");
                System.exit(0);
            }catch(NumberFormatException nfe){
```

```
            System.out.println("所输入的数值是 : ");
            System.out.println(nfe.getMessage());
            System.out.println("程序无法处理即将中断 ");
            System.exit(0);
        }catch(ArithmeticException ae){
            System.out.println(ae.getMessage());
            System.exit(0);
        }finally{
            System.out.println("两数相除的结果是 : "+'\n'+c);
            System.exit(0);
        }
    }
}
```

【应用扩展】

从键盘输入若干个数，求其平均数。程序除了输出平均数外，还输出整数 123456 的二进制数和十六进制的串表示。

```
public class StringDemo{
    public static void main(String args[]){
        double n,sum=0,item=0;
        boolean computable=true;
        for(int i=0;i<args.length;i++){
            try{
                item=Double.parseDouble(args[i]);
                sum=sum+item;
            }
            catch(NumberFormatException e){
                System.out.println("您键入了非数字字符:"+e);
                computable=false;
            }
        }
        if(computable){
            n=sum/args.length;
            System.out.println("平均数:"+n);
        }
        int number=123456;
        String binaryString=Long.toBinaryString(number);
        System.out.println(number+"的二进制表示:"+binaryString);
        System.out.println(number+"的十六进制表示:"+Long.toString(number,16));
        String str="1110110";
        int p=0,m=0;
        for(int i=str.length()-1;i>=0;i--) {
            char c=str.charAt(i);
            int a=Integer.parseInt(""+c);
            p=p+(int)(a*Math.pow(2,m));
            m++;
```

```
    }
    System.out.println(str+"的十进制表示:"+p);
    }
}
```

【相关知识及注意事项】

1. 异常的概念

在程序执行期间，会有许多意外的事件发生。例如，除数为 0、数组元素下标越界等。针对这些情况，只要编写一些额外的代码即可处理它们，使得程序继续运行。Java 把这些意外的事件称为异常。

简单地说，异常涉及的就是关于程序的正确性与完善性的问题。如果一个程序按照设计要求完成了任务，就称之为一个正确的程序。如果一个程序在发生意外情况下仍能合理地处理，称之为一个完善的程序。例如，一个计算器程序，如果对输入的任何数字都能计算出正确的结果，就可以说程序是正确的。如果在它碰到非数字输入时还能进行合理的处理，就称它是一个完善的程序。一个不完善的程序可能在非数字输入时给出一些无法解释的运行结果或导致程序运行终止。

2. 异常的类层次

Java 的所有异常都是以类的形式出现的。常见异常类的层次如图 4-2 所示。

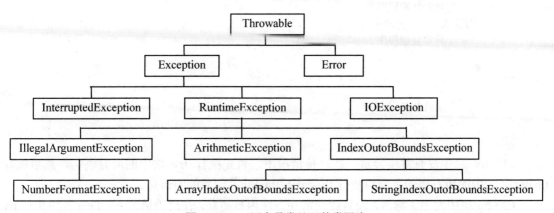

图 4-2　Java 语言异常处理的类层次

Throwable 类属于 java.lang 包。它有两个子类：Exception 类和 Error 类。Error 类和 Exception 类又有很多子类，用于描述不同的错误和异常。

Error 类的子类通常用于表示一些非常严重的错误。发生这些错误后，是没有任何补救方法的，只能终止程序运行。例如 Error 类的 ClassFormatError 子类。当 Java 运行系统从一个文件中调入类时，发现该文件所包含的类是不可运行的乱码，就会产生一个 ClassFormatError。在这种情况下，程序是没有办法继续运行下去的，只能终止程序的运行。

Exception 类的子类用于描述可捕获的异常。这些异常经捕获处理后，还可继续运行下去。可捕获异常从编程的角度可分为强制捕获异常和非强制捕获异常。InterruptedException 类及其子类、IOException 类及其子类表示的异常是强制捕获异常。它们必须在程序中以显式方式捕获，否则程序不能通过编译。RuntimeException 就是非强制捕获异常，即使没有编写异常处理的程序代码，依然可以成功编译。

Exception 类有以下两个构造方法：

（1）public Exception()：用于构造一个不指明详细信息的异常。

（2）public Exception(String s)：用于构造一个由字符串参数 s 指明其详细信息的异常。

Exception 类还有两个方法在异常处理中也常用到，它们提供了对所发生异常的简单描述。这两个方法是：String getMessage()和 String toString()。getMessage()方法是在 Throwable 类中定义的，toString()是在 Object 类中定义的。

3. 捕获及处理异常

一般来说，Java 程序在运行中如果发生了异常，不进行捕获的话，程序就会终止运行。要捕获一个或多个异常，一般都采用 try-catch-finally 语句来实现。

Java 使用 try-catch-finally 语句来处理异常，将可能出现异常的操作放在 try-catch-finally 语句的 try 部分。当 try 部分中的某个语句发生异常后，try 部分将立刻结束执行，而转向执行相应的 catch 部分，所以程序可以将发生异常后的处理放在 catch 部分。try-catch-finally 语句可以由几个 catch 子句组成，分别处理发生的相应异常。

try-catch-finally 语句的格式为：

```
try{
        //可能会发生异常的程序块
}catch(异常类1    异常对象1){
        //异常处理程序1
}catch(异常类2    异常对象2){
        //异常处理程序2
}
......
[finally{
        //最终处理程序
}]
```

说明：

（1）try 块中没有发生异常。在这种情况下，首先执行 try 块中的所有语句，然后执行 finally 子句中的所有语句，最后执行 try-catch-finally 语句后面的语句。

（2）try 块中发生了异常，而且此异常在方法内被捕获。在这种情况下，Java 首先执行 try 块中的语句，直到产生异常处；当产生的异常找到了第一个与之相匹配的 catch 子句，就跳过 try 块中剩余的语句，执行捕获此异常的 catch 子句中的代码，若此 catch 子句中的代码没有产生异常，则执行完 catch 语句后，程序恢复执行，但不会回到异常发生处继续执行，而是执行 finally 子句中的代码。

（3）在 catch 子句中又重新抛出异常。在这种情况下，Java 将这个异常抛出给方法的调用者。

（4）try 块中发生了异常，而此异常在方法内没有被捕获。在这种情况下，Java 将执行 try 块中的语句，直到产生异常处，然后跳过 try 块中剩余的语句，而去执行 finally 子句中的代码，最后将这个异常抛出给方法的调用者。

（5）finally 子句为异常处理提供了一个清理机制，一般用来释放使用的系统资源。

（6）若 try 块中发生异常，try-catch-finally 语句就会自动在 try 块后面的各个 catch 块中找出与该异常类相匹配的参数。当参数符合下列条件之一时，就认为这个参数与产生的异常相匹配。

①参数与产生的异常属于一个类。

②参数是产生异常的基类。

③参数是一个接口时，产生的异常实现这一接口。

（7）在某些情况下，同一段程序可能产生不止一种"异常"，这时，可以放置多个 catch 子句，其中每一种异常类型都将被检查，第一个类型匹配的就会被执行。如果一个类和其子类都有的话，应将子类放在前面，否则子类将永远不会到达。

例如：

```
try{
        answer=es.InputIntData();
}catch(IOException e){
        System.out.println("数据输入错误!! ");
}catch(java.lang.NumberFormatException e){
        System.out.println("输入的数据格式错误!!! ");
}
```

4. 抛出异常

抛出异常，顾名思义就是将一个异常抛出来，由程序的其他部分捕获并处理。

在 Java 语言中，throw 语句用来明确地抛出一个异常。首先，必须得到一个 throwable 的实例或者用 new 运算符创建一个 throwable 的实例，然后通过参数传到 catch 子句。

throw 语句的一般语法格式：

```
throw  异常对象;
```

例如：

```
IOException e=new IOException();
throw e ;
```

如果方法内的程序代码可能会发生异常，且方法内又没有使用任何的 try-catch-finally 块来捕捉这些异常时，则必须在声明方法时一并指明所有可能发生的异常，以便让调用此方法的程序做好准备来捕捉异常。即如果方法会抛出异常，则可将处理此异常的 try-catch-finally 块写在调用此方法的程序代码内。

由方法抛出异常，方法必须声明如下：

```
[修饰符]  <类型>  <方法名>([参数列表]) throws  <异常类1>,<异常类2>...
```

5. 自定义异常类

Java 语言允许用户定义自己的异常类，从而实现用户自己的异常处理机制。用户自定义的异常类要继承 Throwable 类或它的子类，通常是直接或间接地继承 Exception 类。

用户自定义异常类的格式如下：

```
class  自定义异常类名  extends  父异常类名{
        ...
}
```

用户自定义的异常类可以继承 Exception 类、Exception 类的子类、用户已定义的异常类。用户可以定义异常类的属性和方法，或重载父异常类的属性和方法，使之能体现程序中出现这种错误的信息。

用户自定义的异常类都可以获得 Throwable 类定义的方法。自定义异常一般重写父类的 getMessage()方法，或利用 super()调用父类的构造方法，设置异常描述信息。例如：

```java
class ArraySizeException extends NegativeArraySizeException{
    ArraySizeException() {
        super("您传递的是非法的数组大小");
    }
}
class ArraySizeException extends NegativeArraySizeException{
    public String getMessage(){
        return "您传递的是非法的数组大小";
    }
}
```

下面的程序首先定义了一个自定义异常类 MyException，然后定义了一个三角形类 Triangle，其中有一个求三角形面积的方法。如果输入的三边不能构成三角形，求面积时，需要抛出自定义异常。

```java
//文件 TriangleDemo.java
import java.math.*;
import java.lang.*;
class MyException extends Exception{  //自定义的异常类
    MyException(){
        super("数据错误!");
    }
}
class Triangle{
    float a,b,c;
    Triangle(float a,float b,float c){              //构造方法
        this.a=a; this.b=b;this.c=c;
    }
    double area() throws MyException{//抛出自定义异常的方法
        double p;
        if(a+b>c&&a+c>b&&b+c>a){
            p=(a+b+c)/2;
            System.out.println("三角形的三条边为："+this.a+","+this.b+","+this.c);
            return Math.sqrt(p*(p-a)*(p-b)*(p-c));
        }
        else{
            System.out.println("三角形的三条边为："+this.a+","+this.b+","+this.c);
            throw new MyException();  //抛出自定义异常
        }
    }
}
public class TriangleDemo{
  public static void main(String args[]) {
    Triangle t1=new Triangle(30,40,50);
    Triangle t2=new Triangle(10,20,30);
```

```
    try{
        System.out.println(t1.area());
        System.out.println(t2.area());
    }catch(MyException e){
        System.out.println(e.toString());
    }
  }
}
```

上述程序的运行界面如图 4-3 所示。

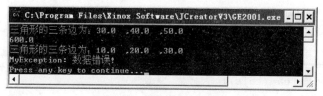

图 4-3 求三角形的面积

4.2 "左手画圆右手画方"实例

【实例说明】

本实例编写一个 Applet 程序，创建两个线程，left 和 right，其中一个负责画圆，另一个负责画矩形。程序运行结果如图 4-4 所示。

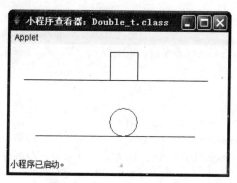

图 4-4 左手画圆右手画方

【实例目的】

（1）学习并掌握多线程的基本概念、创建方法及其基本控制。
（2）学习并掌握多线程机制的实现方法。

【技术要点】

（1）首先装入需要的各种软件包。
（2）声明一个实现 Runnable 接口的类 MyFrame，并实现 run() 方法。在 run() 方法中，模拟左手画圆右手画方。在该类的构造方法 MyFrame()中，定义两个线程分别代表两个小球，并启动执行。

【代码及分析】

```java
//文件 Double_t.java
import java.applet.*;
import java.awt.*;
import java.awt.event.*;
public class Double_t extends Applet implements Runnable{
    Thread left ,right;
    Graphics mypen;
    int x,y;
    public void init(){
        left=new Thread(this);
        right=new Thread(this);
        x=10;
        y=10;
        mypen=getGraphics();
    }
    public void start(){
      try{
            left.start();
            right.start();
      }catch(Exception e){}
    }
    public void run(){
        while(true){
          if(Thread.currentThread()==left){
            x=x+1;
            if(x>240)
                x=10;
            mypen.setColor(Color.blue);
            mypen.clearRect(10,10,300,40);      //将指定矩形区域清除为背景颜色
            mypen.drawRect(10+x,10,40,40);      //画方
            try{
                left.sleep(60);
            }catch(InterruptedException e){}
          }
          else if(Thread.currentThread()==right){
              y=y+1;
            if(y>240)
                y=10;
            mypen.setColor(Color.red);
            mypen.clearRect(10,90,300,40);
            mypen.drawOval(10+y,90,40,40);      //画圆
            try{
```

```
                right.sleep(60);
            }catch(InterruptedException e){}
        }
    }
}
```

HTML 文件的具体代码实现如下：

```html
<html>
<body>
<applet code="Double_t.class" width=320 height=160>
</applet>
</body>
</html>
```

【应用扩展】

本实例模拟的是双线程绘图，类似地还可以模拟平抛运动和下抛运动。

```java
//文件 Freefall.java
import java.awt.*;
import java.awt.event.*;
public class Freefall{
    public static void main(String args[]){
        MyFrame frame=new MyFrame();
        frame.setBounds(10,10,360,250);
        frame.setVisible(true);
        //使用匿名类创建对象作为方法的参数
        frame.addWindowListener(new WindowAdapter(){
          public void windowClosing(WindowEvent e){
             System.exit(0);
          }
        });
    }
}
class MyFrame extends Frame implements Runnable{
    Thread 红色球,蓝色球;
    MyCanvas red,blue;
    double t=0;
    MyFrame(){
        super("红色球自由落下，蓝色球水平抛出");       //调用父类的构造方法设置窗体的标题
        红色球=new Thread(this);
        蓝色球=new Thread(this);
        red=new MyCanvas(Color.red);
        blue=new MyCanvas(Color.blue);
        setLayout(null);
        add(red);
        add(blue);
        red.setLocation(60,100);
```

```
        blue.setLocation(60,100);
        红色球.start();
        蓝色球.start();
    }
    public void run(){
        while(true){
        t=t + 0.2;
        if(t>20)t=0;
        if(Thread.currentThread()==红色球){ // currentThread()方法返回当前正在使用
                                           // CPU 资源的线程
            int x=60;
            int h=(int)(1.0/2*t*t*3.8)+60;
            red.setLocation(x,h);
            try{
                红色球.sleep(50);
            }catch(InterruptedException e){}
        }
        else if(Thread.currentThread()==蓝色球){
            int x=60+(int)(26*t);
            int h=(int)(1.0/2*t*t*3.8)+60;
            blue.setLocation(x,h);
            try{
                蓝色球.sleep(50);
            }catch(InterruptedException e){}
        }
        }
    }
}
class MyCanvas extends Canvas{
    Color c;
    MyCanvas(Color c){
        setSize(20,20);
        this.c=c;
    }
    public void paint(Graphics g){
        g.setColor(c);
        g.fillOval(0,0,20,20);              //绘出一个圆形并填满颜色
    }
}
```

【相关知识及注意事项】

1. 多线程的概念

线程不是程序，它不能自己独立运行，只能在程序中执行。线程是程序中的一条执行路径。在同一个程序中有多条执行路径并发执行时，就称之为多线程。在多线程中允许一个程序创建多个并发执行的线程来完成各自的任务。

线程都是 Thread 类的实例，用户可以通过创建 Thread 类的实例或定义、创建 Thread 子类的实例建立和控制自己的线程。

2. 线程的状态和生命周期

一个线程从创建、启动到终止的整个过程叫做一个生命周期。Java 使用 Thread 类及其子类的对象来表示线程，新建的线程在它的一个完整的生命周期中通常要经历如下五种状态。

1）新建状态

当一个 Thread 类或其子类的对象被声明并创建时，新生的线程对象处于新建状态。但此时系统并不会配置资源，直到用 start() 方法激活线程时才会配置。

2）就绪状态

该状态也叫可执行状态。当一个被创建的线程调用其 start() 方法后便进入了可执行状态。此时该线程处于准备占用处理机运行的状态，即它们被放到就绪队列中等待执行。至于该线程何时才被真正执行，则取决于线程的优先级和就绪队列的当前状况。最先抢到 CPU 资源的线程先开始运行 run() 方法，其余的线程便在队列中等待机会争取 CPU 的资源，一旦争取到便开始运行。

3）执行状态

当处于可执行状态的线程被调度并获得了 CPU 等运行必需的资源时，便进入到该状态，即运行了 run() 方法。

4）阻塞状态

阻塞状态又叫不可执行状态。进入不可执行状态的原因有如下四种情况：

（1）调用 sleep() 方法。

（2）调用 suspend() 方法。

（3）调用 wait() 方法，等待一个条件变量。

（4）输入输出流中发生线程阻塞。

如果一个线程处于阻塞状态，那么该线程暂时无法进入就绪队列。处于阻塞状态的线程通常需要调用某些方法才能唤醒，至于有什么方法可以唤醒该线程，则取决于挂起的原因。

5）死亡状态（dead）

处于这种状态的线程不能够再继续运行。线程的终止一般可通过两种方法实现：第一种为自然终止，就是正常运行 run() 方法后终止。第二种为异常终止，比如调用 stop() 方法就可以让一个线程停止运行，但建议不要使用这种方法。

3. 线程的创建

线程的所有活动都是通过线程体 run() 方法来实现的。在一个线程被建立并初始化以后，系统就会自动调用 run() 方法。

可以通过以下两种方法创建 Thread 对象：

1）声明一个 Thread 类的子类，并覆盖 run() 方法

格式如下：

```
class 子类名 extends Thread{  //从 Thread 类扩展出子类
    ...
    public void run() {/*覆盖该方法*/
            //此处为线程执行的具体内容
```

```
        }
}
子类名 th=new  子类名();
th.start();
```

2）声明一个实现 Runnable 接口的类，并实现 run()方法

格式如下：

```
class  类名  implements  Runnable{
    ...
    public void run(){                    /*实现该方法*/
        //此处为线程执行的具体内容
    }
}
Thread th=new Thread(new  类名);
th.start();
```

3）两种创建线程方法的比较

使用 Runnable 接口创建线程：可以将代码和数据分开，形成清晰的模型；还可以从其他类继承；保持程序风格的一致性。

直接继承 Thread 类创建线程：不能再从其他类继承；编写简单，可以直接操纵线程，无须使用 Thread.currentThread()方法。currentThread()方法是 Thread 类中的类方法，该方法返回当前正在使用 CPU 资源的线程。

4. 线程的调度和优先级

1）线程的优先级

线程的优先级由整数 1～10 来表示，优先级越高，越先执行；优先级越低，越晚执行；优先级相同时，则遵循队列的"先进先出"原则。在 Thread 类中，有几个与线程优先级相关的类常量：

（1）MIN_PRIORITY：代表最低优先级，值为 1。

（2）MAX_PRIORITY：代表最高优先级，值为 10。

（3）NORM_PRIORITY：代表常规优先级，值为 5。

当创建线程时，默认优先级为 NORM_PRIORITY。Thread 类中与优先级相关的方法有两个：

（1）final void setPriority(int p)：该方法用来设置线程的优先级。

（2）final int getPriority()：该方法返回线程的优先级。

2）Java 线程调度策略

在单个 CPU 上以某种顺序运行多个线程，称为线程的调度。Java 的线程调度策略为一种基于优先级的"抢占式"调度。

5. Thread 类的构造方法

创建线程对象是通过调用 Thread 类的构造方法实现的。Thread 类是在 java.lang 包中定义的，它的构造方法有多个，这些方法的一般结构可以表示为：

```
public Thread(ThreadGroup group,Runnable target,String name);
```

其中，参数 group 指明该线程所属的线程组；参数 target 是提供线程体的对象，线程启动时，该对象的 run()将被调用；参数 name 为线程名称。上述方法的每个参数都可以为 null，不

同的参数取 null 值，就成为 Thread 类的各种构造方法，如表 4-1 所示。

表 4-1　Thread 类的构造方法

构造方法	说明
Thread()	创建一个线程
Thread(Runnable target)	创建一个基于提供线程体对象的线程
Thread(Runnable target,String name)	创建一个基于提供线程体对象的命名线程
Thread(String name)	创建一个名为 name 的线程
Thread(ThreadGroup group,Runnable target)	创建一个基于提供线程体对象的线程，并指定线程组
Thread(ThreadGroup group,String name)	创建一个指定线程组的命名线程
Thread(ThreadGroup group,Runnable target, String name)	创建一个基于提供线程体对象的命名线程，并指定线程组

4.3　"线程联合"实例

【实例说明】

本实例利用 join 机制实现线程联合问题，程序运行结果如图 4-5 所示。

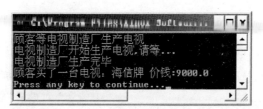

图 4-5　线程联合

【实例目的】

（1）初步了解多线程的基本控制方法。

（2）学习并掌握线程联合的基本方法。

【技术要点】

调用线程的 join()方法，控制多线程的联合。

【代码及分析】

```
public class JoinDemo{
    public static void main(String args[ ]){
        ThreadJoin  a=new ThreadJoin();
        a.customer.start();
        a.tvMaker.start();
    }
```

```
    }
class ThreadJoin implements Runnable{
    TV tv;
    Thread customer,tvMaker;
    ThreadJoin(){
        customer=new Thread(this);
        tvMaker=new  Thread(this);
        customer.setName("顾客");
        tvMaker.setName("电视制造厂");
    }
    public void run(){
        if(Thread.currentThread()==customer){
            System.out.println(customer.getName()+"等"+tvMaker.getName()+
                            "生产电视");
            try{
                tvMaker.join();              //线程 customer 开始等待 tvMaker 结束
            }catch(InterruptedException e){}
            System.out.println(customer.getName()+"买了一台电视: "+tv.name+
                            " 价钱:"+tv.price);
        }
        else if(Thread.currentThread()==tvMaker){
            System.out.println(tvMaker.getName()+"开始生产电视,请等...");
            try {
                tvMaker.sleep(2000);
            }catch(InterruptedException e){}
            tv=new TV("海信牌",9000) ;
            System.out.println(tvMaker.getName()+"生产完毕");
        }
    }
}
class TV{
    float price;
    String name;
    TV(String name,float price){
        this.name=name;
        this.price=price;
    }
}
```

【应用扩展】

编写一个应用程序，含有 GUI 界面，通过单击"开始"按钮启动线程，该线程负责移动一个标签。通过单击"挂起"按钮挂起该线程，通过单击"恢复"按钮恢复线程，通过单击"终止"按钮终止线程。

```
//文件 SuspendDemo.java
import java.awt.*;
import java.awt.event.*;
```

```java
public class SuspendDemo{
    public static void main(String args[]){
      Win win=new Win();
  }
}
class Win extends Frame implements Runnable,ActionListener{
   Thread moveOrStop;
   Button 开始,挂起,恢复,终止;
   Label moveLabel;
   boolean move=false,die=false;
   Win(){
     moveOrStop=new Thread(this);
     开始=new Button("线程开始");
     挂起=new Button("线程挂起");
     恢复=new Button("线程恢复");
     终止=new Button("线程终止");
     开始.addActionListener(this);
     挂起.addActionListener(this);
     恢复.addActionListener(this);
     终止.addActionListener(this);
     moveLabel=new Label("线程负责运动我");
     moveLabel.setBackground(Color.cyan);
     setLayout(new FlowLayout());
     add(开始);
     add(挂起);
     add(恢复);
     add(终止);
     add(moveLabel);
     setSize(200,300);
     validate();
     setVisible(true);
     addWindowListener(new WindowAdapter(){
             public void windowClosing(WindowEvent e){
                     System.exit(0);
             }
        });
   }
   public void actionPerformed(ActionEvent e){
     if(e.getSource()==开始){
       try {
           move=true;
           moveOrStop.start();
       }catch(Exception event) {}
     }
     else if(e.getSource()==挂起){
         move=false;
     }
```

```
        else if(e.getSource()==恢复){
             move=true;
              恢复线程();
          }
        else if(e.getSource()==终止){
            die=true;
          }
    }
  public void run(){
    while(true){
        while(!move){                    //如果 move 是 false,挂起线程
             try{
                      挂起线程();
                }catch(InterruptedException e1) { }
          }
        int x=moveLabel.getBounds().x;
        int y=moveLabel.getBounds().y;
        y=y+2;
        if(y>=200)   y=10;
        moveLabel.setLocation(x,y);
         try{
                 moveOrStop.sleep(200);
         }catch(InterruptedException e2) { }
         if(die==true){
                 return;                     //终止线程
          }
      }
    }
  public synchronized void  挂起线程() throws InterruptedException{
      wait();
    }
  public synchronized void  恢复线程(){
      notifyAll();
    }
}
```

程序运行结果如图 4-6 所示。

图 4-6　线程的开始、挂起与恢复

【相关知识及注意事项】

1. 多线程的基本控制

1）终止线程

当一个线程终止后,其生命周期就结束了,便进入死亡状态。终止线程的执行可以用 stop() 方法。需要注意的是终止一个线程的执行后,该线程不能用 start()方法重新启动。

2）测试线程状态

isAlive()方法可以用来测试一个线程是否处于被激活的状态,一个线程已经启动而且没有停止就被认为是激活的。如果线程 T 是激活的,则 T.isAlive()将返回 true,如果返回 false,则该线程是新创建或已被终止的。

3）线程联合

一个线程 A 在占有 CPU 资源期间,可以让其他线程调用 join()方法和本线程联合,如:

```
B.join();
```

称线程 A 在运行期间联合了线程 B。如果线程 A 在占有 CPU 资源期间一旦联合线程 B,那么线程 A 将立刻中断执行,一直等到它联合的线程 B 执行完毕,线程 A 再重新排队等待 CPU 资源,以便恢复执行。如果线程 A 准备联合的线程 B 已经结束,那么 B.join()不会产生任何效果。

4）线程的暂停和恢复

（1）sleep()方法。通过调用该方法可以指定线程睡眠一段时间。如果线程调用了 sleep() 方法,进入了休眠状态,此时不能调用任何方法让它脱离阻塞状态,只能等待指定的时间过去后,线程自动脱离阻塞态而进入可执行状态。

例如,下面的语句可以让线程 left 睡眠 60ms。

```
try{
        left.sleep(60);
}catch(InterruptedException e){}
```

（2）suspend()和 resume()方法。如果一个线程调用 suspend()方法被挂起而进入了阻塞状态,必须调用 resume()方法来恢复该线程的运行。

2. 计时器 Timer

类 Timer 在 javax.swing 包中。当某些操作需要周期性地执行,就可以使用计时器。Timer 类的主要方法如表 4-2 所示。

表 4-2　Timer 类的主要方法

方法	主要功能
public Timer(int delay,ActionListener listener)	参数 delay 指定相邻两个事件之间的时间间隔,单位是毫秒 参数 listener 指定在计时器中注册的监听器对象
public Timer(int delay)	参数 delay 指定相邻两个事件之间的时间间隔,单位是毫秒
public void setInitialDelay(int initialDelay)	用来设定在启动计时器与计时器触发第一个事件之间的时间间隔
public void setRepeats(boolean flag)	flag 为 false 时,计时器只响铃一次
public void start()	启动计时器
public void stop()	暂停计时器

　　可以使用 Timer 类的构造方法创建一个计时器，计时器发生的"响铃"事件是 ActionEvent 类型事件。当响铃事件发生时，监听器就会监听到这个事件，就会执行接口 ActionListener 中的方法 actionPerformed()。

　　当使用 Timer(int delay,ActionListener listener)创建计时器时，对象 listener 就自动地成了计时器的监听器，不必使用特定的方法获得监听器，但负责创建监听器的类必须实现接口 ActionListener。如果使用 Timer(int delay)创建计时器，计时器必须使用 addActionListener (ActionListener listener)方法获得监听器。

　　计时器创建后，使用 Timer 类的 start()方法启动计时器，即启动线程。使用 Timer 类的 stop()方法停止计时器，即挂起线程。使用 restart()方法重新启动计时器，即恢复线程。

　　Timer 组件可以周期性地触发 ActionEvent 事件。事实上，使用 Timer 组件，在程序背后是利用 Thread 在执行 Timer 的工作，因此也可以利用后面章节中介绍的 Thread 的功能来实现同样的效果。

　　例如，在下面的程序中，单击"开始"按钮启动计时器，并将时间显示在文本框中，同时可以移动文本框在容器中的位置；单击"暂停"按钮计时器暂时停止计时；单击"继续"按钮重新启动计时器。

```java
import java.awt.*;
import java.awt.event.*;
import javax.swing.Timer;
public class TimerDemo{
    public static void main(String args[]){
            TimeWin Win=new TimeWin();
    }
}
class TimeWin extends Frame implements ActionListener{
   TextField text;
   Button bStart,bStop,bContinue;
   Timer time;
   int n=0,start=1;
   TimeWin(){
      time=new Timer(1000,this);     //TimeWin 对象做计时器的监听器
      text=new TextField(10);
      bStart=new Button("开始计时");
      bStop=new Button("暂停计时");
      bContinue=new Button("继续计时");
      bStart.addActionListener(this);
      bStop.addActionListener(this);
      bContinue.addActionListener(this);
      setLayout(new FlowLayout());
      add(bStart);
      add(bStop);
      add(bContinue);
      add(text);
      setSize(500,500);
      validate();
```

```
        setVisible(true);
        addWindowListener(new WindowAdapter(){
                  public void windowClosing(WindowEvent e){
                          System.exit(0);
                  }
             }
         );
    }
    public void actionPerformed(ActionEvent e) {
        if(e.getSource()==time){
            java.util.Date date=new java.util.Date();
            String str=date.toString().substring(11,19);
            text.setText("时间: "+str);
            int x-text.getBounds().x;
            int y=text.getBounds().y;
            y=y+2;
            text.setLocation(x,y);
        }
        else if(e.getSource()==bStart){
            time.start();                   //启动计时器
        }
        else if(e.getSource()==bStop){
            time.stop();                    //停止计时器
        }
        else if(e.getSource()==bContinue){
            time.restart();                 //重新启动计时器
        }
    }
}
```

程序运行结果如图 4-7 所示。

图 4-7　计时器

4.4　"生产者－消费者"实例

【实例说明】

本实例利用 wait-notify 机制实现生产者消费者问题，程序运行结果如图 4-8 所示。

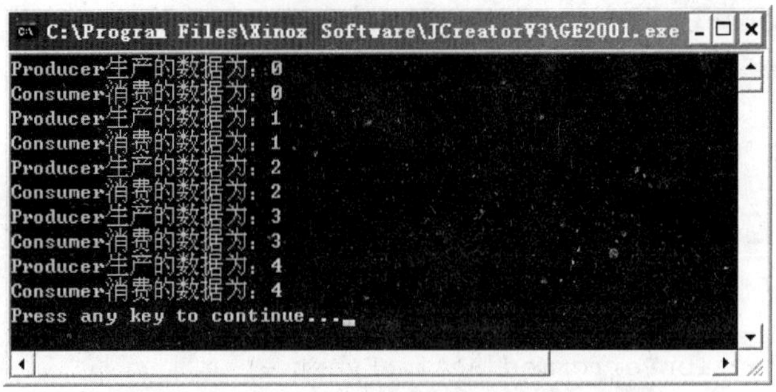

图 4-8　生产者－消费者问题模拟运行结果

【实例目的】

学习并掌握线程同步控制的方法。

【技术要点】

（1）创建一个生产者线程 Producer。

（2）创建一个消费者线程 Consumer。

（3）创建一个临界资源 Sharing，作为生产者与消费者的共享对象。Sharing 必须实现读、写的同步，即生产者向临界资源存入一个数据，消费者便立刻取出这个数据。Sharing 通过存取控制变量 available 和两个分别进行读写的 put() 和 get() 方法来具体实现生产者－消费者问题的读写同步。

【代码及分析】

```java
//文件 PCDemo.java
public class PCDemo{               //演示生产者－消费者问题的主程序
  public static void main(String args[]){
      Sharing  s=new Sharing();
      Producer p=new Producer(s);
      Consumer c=new Consumer(s);
      p.start();
      c.start();
  }
}
class Sharing{            //Producer 和 Consumer 共享的临界资源，必须实现读、写的同步
  private int contents;
  private boolean available=false;
  public synchronized void put(int value){
    //如果数据没有被消费，则生产者线程必须等待，直到数据被消费为止
    while(available==true){
      try{
        wait();
      }catch(InterruptedException e){}
    }
    //生产者放入内容，改变存取控制 available
```

```
        contents=value;
        available=true;
        System.out.println("Producer 生产的数据为: "+contents);
        this.notify();              //通知消费者线程
    }
    public synchronized int get(){
        while(available==false){
           try{
              wait();
           }catch(InterruptedException e){}
        }
        //消费者取出内容，改变存取控制 available
        available=false;
        System.out.println("Consumer 消费的数据为: "+contents);
        this.notify();              //通知生产者线程
        return contents;
    }
}
class Producer extends Thread{        //Producer（生产者）线程
    private Sharing shared;
    public Producer(Sharing s){
        shared=s;
    }
    public void run(){
        for(int i=0;i<5;i++){
          shared.put(i);
          try{
              sleep(50);
          }catch(InterruptedException e){}
        }
    }
}
class Consumer extends Thread {       //Consumer（消费者）线程
    private Sharing shared;
    public Consumer(Sharing s){
        shared=s;
    }
    public void run(){
      int value=0;
      for(int i=0;i<5;i++){
        shared.get();
         try{
              sleep(50);
         }catch(InterruptedException e){}
        }
    }
}
```

程序解释及常见问题如下：wait()方法的调用放在循环语句中的目的是，当线程的等待被中断结束时，如果共享数据的状态仍不能满足该线程，该线程则需要继续等待。

【应用扩展】

本实例实现的生产者－消费者问题涉及的是一个生产者、一个消费者、一个临界资源。若是 n 个临界资源、n 个生产者、n 个消费者，生产者和消费者之间可以满足如下条件：

（1）消费者想取出数据时，临界资源至少有一个是满的。

（2）生产者想存入数据时，临界资源至少有一个是空的。

线程间的通信还可以通过管道流来实现。例如，下面的程序中有两个线程在运行，一个写线程往管道流中输出信息，一个读线程从管道流中读入信息。

```java
//文件 Pipethread.java
import java.io.*;
class myWriter extends Thread{
   private PipedOutputStream outStream;    // 将数据输出
   private String messages[] = {"Monday","tuesday","Wednesday","Tursday",
                                "Friday","Saturday","Sunday"};
   public myWriter(PipedOutputStream out){
      outStream = out;
   }
   public void run(){
      PrintStream p= new PrintStream( outStream );
      for( int i = 0; i < messages.length; i++){
        p.println( messages[i] );
        p.flush();
        System.out.println("Write:" + messages [i] );
       }
       p.close(); p = null;
   }
}
class myReader extends Thread{
   private PipedInputStream inStream;    //从中读数据
   public myReader(PipedInputStream i){
      inStream = i;
   }
   public void run(){
      String line;
      DataInputStream d;
      boolean reading = true;
      d = new DataInputStream( inStream );
      while( reading && d != null){
        try{
          line = d.readLine();
          if( line !=null )  System.out.println( "Read: " + line);
          else   reading = false;
```

```
        }catch( IOException e){}
    }
    try{
        Thread.currentThread().sleep( 4000 );
    }catch( InterruptedException e ){}
    }
}
public class Pipethread{
    public static void main(String args[]){
        Pipethread thisPipe = new Pipethread();
        thisPipe.process();
    }
    public void process(){
        PipedInputStream inStream;
        PipedOutputStream outStream;
        PrintStream printOut;
        try{
            outStream = new PipedOutputStream();
            inStream = new PipedInputStream(outStream);
            new myWriter( outStream ).start();
            new myReader( inStream ).start();
        }catch (IOException e ){ }
    }
}
```

程序运行结果如图 4-9 所示。

图 4-9　管道流应用

【相关知识及注意事项】

1. 多线程的同步处理

编写多线程往往是为了提高资源的利用率，或者提高程序的运行效率，或者更好地监控程序的运行等。在多线程程序中，线程之间一般来说不是相互孤立的。多个同时运行的线程可能共用资源，如数据或外部设备等。多个线程在并发运行时应当能够协调地配合。如何保证线程之间的协调配合一般是编写多线程程序必须考虑的问题。

多线程同步处理的目的是为了让多个线程协调地并发工作。对线程进行同步处理可以通过同步方法和同步语句块实现。Java 虚拟机是通过对资源加锁的方式实现这两种同步方式的。

这种机制带来的另一个问题是死锁问题，即程序的所有线程都处于阻塞或等待状态。良好的程序设计应当设法避开这种死锁问题。

2. 同步方法和同步语句块

1) 同步方法

一个方法要成为同步方法只要给该方法加上修饰词 synchronized 就可以了。例如：

```
public synchronized void push(){
    data[index]=c;
    index++;
}
```

2) 同步语句块

同步语句块的定义格式如下：

```
synchronized(引用类型的表达式) {
        语句块

    }
```

其中，关键字 synchronized 是同步语句块的引导词，位于"()"内的表达式必须是引用类型的表达式，指向某个类对象或实例对象，即指定与该同步语句块相关联的对象；语句块则由一对"{}"及这对大括号所括起来的一系列语句组成。例如：

```
public void push(){
    synchronized(this) {        // this 是对同步对象的引用
        data[index]=c;
        index++;
    }
}
```

用 synchronized 修饰的语句块被加上了锁，避免进栈和出栈操作同时进行，使得进栈完成后，才可以出栈。

注意：这些同步方法和同步语句块都分别与一个特定的对象相关联。

3. wait()方法、notify()方法或 notifyAll()方法

Java 虚拟机通过对象的锁确保在任何同一个时刻内最多只有一个线程能够运行与该对象相关联的同步方法和同步语句块。当没有线程在运行与对象相关联的同步方法和同步语句块时，对象锁是打开的。这时任何线程都可以进来运行这些与对象相关联的同步方法和同步语句块，但每次只能有一个线程进去运行这些代码。一旦有线程进去运行这些与对象相关联的同步方法和同步语句块，对象锁就自动锁上，从而其他需要进去的线程只能处于阻塞状态，等待锁的打开。如果线程执行完同步方法或同步语句块并从中退出来，则对象锁自动打开。如果对象锁是打开的并且有多个线程等待进入同步方法或同步语句块，则优先级高的线程先进去。如果优先级相同，则最终进入的线程是随机的。

如果线程在执行同步方法或同步语句块时调用了类 java.lang.Object 的 wait()成员方法,则该线程进入该对象的等候集。这时,该线程所处的状态为等待;同时,对象锁自动打开。

在对象等候集中的线程是在执行该对象的同步方法或同步语句块时调用了 wait()成员方法的线程。要激活在等候集中的线程可以通过类 java.lang.Object 的 notify()方法或 notifyAll()方法。notify()方法或 notifyAll()方法的区别在于 notifyAll()方法会激活在该对象的等候集中的所有线程,而 notify()方法则只能激活在该对象的等候集中的一个线程。

被激活的线程离开等候集,进入就绪状态,由 Java 虚拟机进行调度。如果这时对象锁已经打开,而且 Java 虚拟机允许被激活的线程重新进入,被激活的线程会重新进入原先运行的同步方法或同步语句块,而且执行的语句是从在进入等候集时所调用的wait()方法的下一条语句开始。

注意:wait()方法、notify()方法或 notifyAll()方法可以用来协调线程之间的执行顺序,但是这些方法都要求必须在同步方法或同步语句块中被调用。

本章小结

本章主要介绍了 Java 程序中的异常处理机制和多线程技术。通过“两数相除”实例,介绍异常的概念、异常处理机制和异常类以及捕获异常、声明异常、抛出异常和自定义异常类的方法;通过“左手画圆右手画方”实例,介绍线程的概念、线程的创建、线程的状态与控制、线程的优先级、调度和管理;通过“线程联合”实例,介绍多线程的基本控制以及计时器线程的使用;最后通过一个“生产者—消费者”实例介绍线程的同步。

本章重点掌握线程的创建使用方法,并使用多线程技术进行 Java 应用程序设计。

习题 4

一、选择题

1. 线程执行的主体程序代码被编写在(　　　)方法中?
   A. init()　　　　　　B. main()　　　　　　C. stop()　　　　　　D. run()
2. Java 中实现线程同步的关键字是(　　　)。
   A. static　　　　　　　　　　　　B. final
   C. synchronized　　　　　　　　　D. protected
3. 编写一个可能抛出 XXXException 异常的方法时,可以使用(　　　)语句来表示可以抛出的异常的类型。
   A. throws XXXException　　　　　　B. catches XXXException
   C. try XXXException　　　　　　　　D. uses XXXException
4. 若要抛出异常,应用(　　　)子句。
   A. catch　　　　　　B. try　　　　　　C. throw　　　　　　D. finally
5. 实现线程体的方式除了继承 Thread 类,还可以实现(　　　)接口。
   A. Runnable　　　　　B. Cloneable　　　　C. Iterable　　　　D. Serializable

6. 自定义的异常类可以从下列哪个类继承？（　　　）

    A. Error 类　　　　　　　　　　　　　B. AWTError 类

    C. VirtualMachineE　　　　　　　　　D. Exception 及其子类

7. 当方法遇到异常又不知如何处理时，下列哪种处理是正确的？（　　　）

    A. 捕获异常　　　　　B. 抛出异常　　　C. 声明异常　　　D. 嵌套异常

8. 线程交互中不提倡使用的方法是（　　　）。

    A. wait()　　　　　　B. notify()　　　　C. stop()　　　　D. notifyALL()

9. Java 语言具有许多优点和特点，下列选项中，哪个反映了 Java 程序并行机制的特点？
（　　　）

    A. 安全性　　　　　B. 多线程性　　　C. 跨平台　　　　D. 可移植性

10. 异常包含下列哪些内容？（　　　）

    A. 程序中的语法错误

    B. 程序的编译错误

    C. 程序执行过程中遇到的事先没有预料到的情况

    D. 程序事先定义好的可能出现的意外情况

二、填空题

1. 异常对象从产生和被传递提交给 Java 运行系统的过程称为_____。

2. Java 线程的线程体是一个线程类的_____方法。

3. 线程的_____方法只会使具有与当前线程相同优先级的线程有运行的机会。

三、判断题

1. 在 Java 中每个异常都是一个对象，它是异常类或其子类的实例。（　　　）

2. 在异常处理中，若 try 中的代码可能产生多种异常，则可以对应多个 catch 语句，若 catch 中的参数类型有父类子类关系，应该将子类放在前面，父类放在后面。（　　　）

四、简答题

1. 在下面的程序中，创建了一个 ScoreException 异常类。当用户输入的学生分数 score 小于 0 或大于 100 时抛出一个 ScoreException 异常，捕捉后显示信息"分数超出范围"。请在划线处填写合适的代码。

```
class ScoreException extends Exception{…}
public class ThrowDemo{
  public static void main(String args[])
      { …
        try {
          if (score>100 || score<0)
              throw_____;
          else
              …
        } catch (_____){
```

```java
        System.out.println("分数超出范围");
        }
     }
}
```

2. 阅读如下程序，给出运行结果。

```java
public class TryCatchFinally{
    static void fun(int sel){
        try{
            if(sel==0){
                System.out.println("no Exception ");
            }
            else if(sel==1){
                int i=0;
                int j=4/i;
            }
        }catch(ArithmeticException e){
            System.out.println("Catch ");
        }catch(Exception e){
            System.out.println("Will not be executed");
        }finally{
            System.out.println("finally");
        }
    }
    public static void  main(String args[]){
        fun(0);
        fun(1);
    }
}
```

3. 阅读如下程序，给出运行结果。

```java
public class ThreadJoinTest {
  public static void main(String args[])throws Exception{
        int i=0;
        Hello t=new Hello();
        t.start();
        while(true){
            System.out.println("Good Morning"+i);
            i++;
            if(i==2){
                System.out.println("Main waiting for Hello!");
                t.join();
            }
            if(i==3) break;
        }
    }
}
class Hello extends Thread{
```

```
        int i;
        public void run(){
            while(true){
                System.out.println("Hello"+i);
                i++;
                if(i==3) break;
            }
        }
}
```

4. 阅读如下程序，给出运行结果。

```
class OutputClass implements Runnable{
    String name;
    OutputClass(String s){
        name=s;
    }
    public void run(){
        for(int i=0;i<3;i++){
            System.out.println(name);
            Thread.yield();
        }
    }
}
class RunThreads{
    public static void main(String args[]){
        OutputClass out1=new OutputClass("Thread1");
        OutputClass out2=new OutputClass("Thread2");
        Thread T1=new Thread(out1);
        Thread T2=new Thread(out2);
        T1.start();
        T2.start();
    }
}
```

五、程序设计题

1. 编写一个异常类 MyException，再编写一个类 Student，该类有一个产生异常的方法 public void speak(int m) throws MyException，要求参数 m 的值大于 1000 时，方法抛出一个 MyException 对象。最后编写主类，在主类的 main()方法中用 Student 创建一个对象，让该对象调用 speak 方法。

2. 编写一个 Java 应用程序，创建 3 个线程："运货司机"、"装运工"和"仓库管理员"。要求线程"运货司机"占有 CPU 资源后立刻联合线程"装运工"，也就是让"运货司机"一直等到"装运工"完成工作才能开车，而"装运工"占有 CPU 资源后立刻联合线程"仓库管理员"，也就是让"装运工"一直等到"仓库管理员"打开仓库才能开始搬运货物。程序运行结果如图 4-10 所示。

图 4-10　运货司机、装运工和仓库管理员

3．编写一个应用程序，有两个线程，一个负责模仿垂直上抛运动，另一个模仿 45 度的抛体运动。

4．编写程序实现两个时钟：一个显示北京时间，一个显示纽约时间。运行界面如图 4-11 所示。

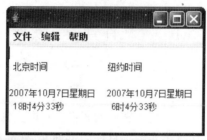

图 4-11　时间界面

第5章 文件与数据流

教学目标与要求：本章介绍 Java 语言中流的概念和输入输出类库中常用类的定义和使用方法。通过对本章的学习，读者应该掌握以下内容：

- 流、字节流和字符流的概念
- 基本输入输出流
- 文件处理
- 缓冲区输入和输出流

教学重点与难点：输入输出类的不同特点和使用方法；对象的串行化操作；文件的压缩和解压缩的使用方法。

5.1 "文件管理"实例

【实例说明】

文件管理包括获取文件的路径、测试文件的属性、获取文件的信息、目录操作等。java.io 包中提供了实现这些操作的方法。本实践项目使用 java.io 中的 File 类来实现文件的管理，程序运行界面如图 5-1 所示。

图 5-1 文件管理窗口

【实例目的】

掌握利用 File 类构造文件对象的使用方法，掌握利用 File 类提供的相关方法完成文件名的处理、文件属性的测试以及目录的操作等。

【技术要点】

（1）定义图形用户主界面。
（2）定义实现各个菜单项的 ActionEvent 事件的处理方法。
（3）通过输入对话框输入要进行操作的文件或目录名。
（4）利用 File 对象的方法实现指定的功能。
（5）将信息显示在文本域中。

【代码及分析】

```java
//文件 WenJian.java
import java.awt.*;
import java.awt.event.*;
import javax.swing.*;
import javax.swing.event.*;
import java.io.*;
import java.util.*;
class WenJian extends JFrame implements ActionListener{
  JMenuItem jm1,jm2,jm3,jm4,jm5,jm6,jm7,jm8;
  File newfile;
  JTextArea ta;
  JScrollPane sp;
  WenJian(){
    JMenuBar mb=new JMenuBar();
    setJMenuBar(mb);
    JMenu fileMenu=new JMenu("文件");
    mb.add(fileMenu);
    JMenu contMenu=new JMenu("目录");
    mb.add(contMenu);
    JMenu exitMenu=new JMenu("退出");
    mb.add(exitMenu);
    fileMenu.add(jm1=new JMenuItem("获取文件系统的属性"));
    fileMenu.addSeparator();
    fileMenu.add(jm2=new JMenuItem("获取文件名称及路径"));
    fileMenu.add(jm3=new JMenuItem("测试当前文件的属性"));
    fileMenu.add(jm4=new JMenuItem("取文件信息"));
    fileMenu.addSeparator();
    fileMenu.add(jm5=new JMenuItem("文件重命名"));
    contMenu.add(jm6=new JMenuItem("新建目录"));
    contMenu.add(jm7=new JMenuItem("显示目录内容"));
    exitMenu.add(jm8=new JMenuItem("退出程序"));
```

```java
        jm1.addActionListener(this);
        jm2.addActionListener(this);
        jm3.addActionListener(this);
        jm4.addActionListener(this);
        jm5.addActionListener(this);
        jm6.addActionListener(this);
        jm7.addActionListener(this);
        jm8.addActionListener(this);
        Container con=getContentPane();
        ta=new JTextArea("",20,50);
        sp=new JScrollPane();                            //构建滚动面板
        sp.setVerticalScrollBarPolicy(JScrollPane.VERTICAL_SCROLLBAR_ALWAYS);
        //设置显示垂直滚动条
        sp.getViewport().add(ta);                        //向浏览窗口添加组件
        con.add(sp);
        ta.setFont(new Font("宋体",Font.PLAIN,15));
        con.validate();
        validate();
        pack();
        setTitle("文件管理");
        setVisible(true);
        setDefaultCloseOperation(JFrame.EXIT_ON_CLOSE);
    }
    public void actionPerformed(ActionEvent e){
        String actionCommand=e.getActionCommand();
        if(e.getSource() instanceof JMenuItem){
            if("获取文件系统的属性".equals(actionCommand)){
                ta.setText("获取文件系统的一些属性："+"\n");
                ta.setText(ta.getText()+"path sepaiator: "+File.pathSeparator+"\n");
                ta.setText(ta.getText()+"path sepaiator char: "+File.
                        pathSeparatorChar+"\n");
                ta.setText(ta.getText()+"sepaiator: "+File.separator+"\n");
                ta.setText(ta.getText()+"sepaiator char: "+File.separatorChar+"\n");
                ta.setText(ta.getText()+"Class: "+File.class+"\n");
            }
            else if("获取文件名称及路径".equals(actionCommand)){
                String s=(String)JOptionPane.showInputDialog(null,"输入文件名或目
                                                录名","");
                if((s!=null)&&(s.length()>0)){
                    File file1=new File(s);
                    //getPath()方法得到一个文件的路径名
                    ta.setText("获取文件"+file1.getPath()+"的名称、路径等"+"\n");
                    //getName()方法得到一个文件名
                    ta.setText(ta.getText()+"文件名："+file1.getName()+"\n");
                    ta.setText(ta.getText()+"文件路径名："+file1.getPath()+"\n");
                    //getAbsolutePath()方法得到一个文件的绝对路径名
```

```
                ta.setText(ta.getText()+"文件的绝对路径名："+file1.
                        getAbsolutePath()+"\n");
            //getParent()方法得到一个文件的上一级目录名
            ta.setText(ta.getText()+"文件的上一级目录名为："+file1.
                        getParent()+"\n");
        }
    }
    else if("测试当前文件的属性".equals(actionCommand)){
        String s=(String)JOptionPane.showInputDialog(null,"输入文件名或目
                                            录名","");
        if((s!=null)&&(s.length()>0)){
            File file3=new File(s);
            ta.setText("测试文件"+file3.getPath()+"的属性"+"\n");
            //exists()检查 File 文件是否存在
            ta.setText(ta.getText()+"检查文件是否存在："+file3.
                        exists()+"\n");
            //canRead()方法返回当前文件是否可读
            ta.setText(ta.getText()+"是否可读："+file3.canRead()+"\n");
            //canWrite()方法返回当前文件是否可写
            ta.setText(ta.getText()+"是否可写"+file3.canWrite()+"\n");
            //isFile()方法返回当前 File 对象是否是文件
            ta.setText(ta.getText()+"是否是文件："+file3.isFile()+"\n");
            //isDirectory()方法返回当前 File 是否是目录
            ta.setText(ta.getText()+"是否是目录："+file3.isDirectory()+"\n");
        }
    }
    else if("取文件信息".equals(actionCommand)){
        String s=(String)JOptionPane.showInputDialog(null,"输入文件名","");
        if((s!=null)&&(s.length()>0)){
            File file4=new File(s);
            ta.setText("获取文件"+file4.getPath()+"的信息"+"\n");
            Calendar cd=Calendar.getInstance();
            //lastModified()方法得到文件最近修改的时间，该时间是相对于某一时刻的
            //相对时间
            cd.setTimeInMillis(file4.lastModified());
            ta.setText(ta.getText()+"最近修改文件的时间："+String.valueOf
                        (cd.getTime())+"\n");
            //length()方法得到以字节为单位的文件长度
            ta.setText(ta.getText()+"文件的长度为："+String.valueOf
                        (file4.length())+"\n");
        }
    }
    else if("文件重命名".equals(actionCommand)){
        String s=(String)JOptionPane.showInputDialog(null,
                "输入原文件名","");
        if((s!=null)&&(s.length()>0)){
```

```
                    File file2=new File(s);
                    String s1=(String)JOptionPane.showInputDialog(null,
                        "输入新文件名","");
                    if((s1!=null)&&(s1.length()>0)){
                        File GaiMing=new File(s1);
                        //renameTo()方法将当前文件更名为给定路径的新文件名
                        file2.renameTo(GaiMing);
                    }
                }
            }
            else if("新建目录".equals(actionCommand)){
                ta.setText("");
                String s=(String)JOptionPane.showInputDialog(null,
                    "输入新建目录名","");
                if((s!=null)&&(s.length()>0)){
                    File newML=new File(s);
                    newML.mkdir();                //建立一个新的目录
                }
            }
            else if("显示目录内容".equals(actionCommand)){
                String s=(String)JOptionPane.showInputDialog(null,
                    "输入目录名","");
                if((s!=null)&&(s.length()>0)){
                    File file5=new File(s);
                    String[] Str;
                    Str=file5.list();
                    ta.setText("列出目录"+file5.getPath()+"目录下所有内容: "+"\n");
                    for(int i=0;i<Str.length;i++){
                        ta.setText(ta.getText()+Str[i]+"\n");
                    }
                }
            }
            else if("退出程序".equals(actionCommand)){
                System.exit(0);
            }
        }
    }
    public static void main(String args[]){
        WenJian WJ=new WenJian();
    }
}
```

【应用扩展】

程序实现了对单个文件或目录属性的读取，也可以利用 **File** 同时获得多个目录或文件的信息。此时，首先需要定义一个文件过滤类，然后修改相应的事件处理程序。

文件过滤类的定义如下：

```
class Filter implements FilenameFilter{
    String extent;
    Filter(String extent){
        this.extent=extent;
    }
    public boolean accept(File dir,String name){
        if(extent.equals("*"))return true;
        return name.endsWith("."+extent);
    }
}
```

【相关知识及注意事项】

1. 文件 File 类

File 类属于 java.io 包，它以一种与系统无关的方式来描述一个文件对象的属性。目录在 Java 中作为一种特殊文件，即文件名的列表，通过类 File 所提供的方法，可得到文件或目录的描述信息，包括名字、路径、长度、可读、可写等，也可以生成新文件和新目录、修改文件和目录，查询文件属性或者删除文件。File 类常用的构造方法如表 5-1 所示。

表 5-1　File 类的常用构造方法

构造方法	主要功能
File(String path)	创建一个文件对象，参数 path 表示文件路径名
File(String path,String filename)	创建一个文件对象，path 表示文件路径名，filename 表示文件名
File(File dir,String filename)	创建一个文件对象，dir 表示文件的目录名，filename 表示文件名

2. File 类的常用方法

File 类对象创建后，可以应用其相关方法来获取文件的信息，File 类的常用方法有如下几种：

（1）文件名的相关方法，如表 5-2 所示。

表 5-2　文件名的处理方法

方法	主要功能
String getName()	得到一个不包含路径的文件名
String getParent()	得到文件上一级目录名
String getPath()	返回文件路径名
File getParentFile ()	得到文件对象的父路径名
String getAbsolutePath()	得到一个文件的绝对路径名
File getAbsoluteFile()	等价于 new File(this. getAbsolutePath())
boolean renameTo(File newName)	将当前 File 对象改名为给定路径的新文件名

（2）文件属性的相关方法，如表 5-3 所示。

表 5-3　文件属性的处理方法

方法	主要功能
boolean exists()	测试当前 File 对象指示的文件是否存在
boolean canWrite()	测试当前 File 对象是否可写
boolean canRead()	测试当前 File 对象是否可读
boolean isFile()	测试当前 File 对象是否是文件
boolean isDirectory()	测试当前 File 对象是否是目录
long lastModified()	获取当前 File 对象的最后修改时间
long length()	获取当前 File 对象的长度
boolean setLastModified(long time)	设置当前 File 对象的最后修改时间
boolean setReadOnly()	设置当前 File 对象的访问权限为只读属性

（3）目录操作的相关方法，如表 5-4 所示。

表 5-4　目录操作的处理方法

方法	主要功能
boolean mkdir()	创建目录
boolean mkdirs()	创建目录，包括所有不存在的父目录
String[ ] list()	获取目录下的所有文件，并保存在字符串数组中
String[ ] list(FilenameFilter filter)	获取目录下的所有满足文件过滤器 filter 规定的文件

下面的实例演示了利用 File 类显示指定文件的属性，运行结果如图 5-2 所示。

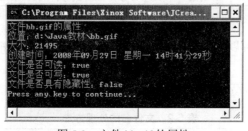

图 5-2　文件 bb.gif 的属性

```
import java.io.*;
import java.util.*;
import java.text.SimpleDateFormat;
public class EX5_1{
    public static void main(String args[]){
        SimpleDateFormat matter=new SimpleDateFormat("yyyy 年 MM 月 dd 日 E HH 时 mm
                                                        分 ss 秒");
        File file=new File("d:\\Java 教材","bb.gif");
        //getName()方法获取当前文件的名称
        System.out.println("文件"+file.getName()+"的属性");
        //getPath()方法获取当前文件的路径
        System.out.println("位置: "+file.getPath());
```

```
//length()方法获取文件的大小
System.out.println("大小: "+String.valueOf(file.length()));
Calendar cd=Calendar.getInstance();
//lastModified()方法得到文件最近修改的时间，该时间是相对于某一时刻的相对时间
cd.setTimeInMillis(file.lastModified());
System.out.println("创建时间: "+String.valueOf(matter.format
                    (cd.getTime())));
//canRead()方法返回当前文件是否可读
System.out.println("文件是否可读: "+file.canRead());
//canWrite()方法返回当前文件是否可写
System.out.println("文件是否可写: "+file.canWrite());
//isHiddern()方法测试当前文件是否具有隐藏属性
System.out.println("文件是否具有隐藏性: "+file.isHidden());
    }
}
```

5.2　"记事本"实例

【实例说明】

创建简单的记事本，使用 JFileChooser 打开和保存文件。该记事本使用户能够打开现有的文件，编辑这个文件，并将笔记保存到当前文件或者指定的文件。可以在文本域中显示并编辑这个文件。运行结果如图 5-3 所示。

图 5-3　简单记事本窗口

【实例目的】

（1）学习并掌握 Java 中的文件选择对话框的使用方法。
（2）学习并掌握 Java 的文件输入输出字节流、文件输入输出字符流的应用技巧。
（3）学习并掌握 Java 的缓冲字节输入输出流、缓冲字符输入输出流的应用技巧。
（4）学习并掌握 Java 的数据输入输出流的应用技巧。

【技术要点】

（1）定义图形用户主界面。
（2）定义实现各个菜单项的 ActionEvent 事件处理方法。
（3）定义 open()方法，当用户单击打开菜单命令时，调用 open()方法。
（4）定义 save()方法，当用户单击保存菜单命令时，调用 save()方法。

【代码及分析】

```java
//文件 notepad.java
import java.awt.*;
import java.awt.event.*;
import java.io.*;
import java.util.*;
import javax.swing.*;
import java.text.SimpleDateFormat;
public class notepad extends JFrame implements ActionListener{
    JMenuItem jmiOpen,jmiSave,jmiExit,jmiAbout;
    JTextArea jta=new JTextArea();
    JLabel jlblStatus=new JLabel();
    JFileChooser jFileChooser=new JFileChooser();
    public notepad() {
        JMenuBar mb=new JMenuBar();
        setJMenuBar(mb);
        JMenu fileMenu=new JMenu("文件");
        mb.add(fileMenu);
        JMenu helpMenu=new JMenu("帮助");
        mb.add(helpMenu);
        fileMenu.add(jmiOpen=new JMenuItem("打开"));
        fileMenu.add(jmiSave=new JMenuItem("保存"));
        fileMenu.addSeparator();
        fileMenu.add(jmiExit=new JMenuItem("退出"));
        helpMenu.add(jmiAbout=new JMenuItem("关于"));
        jFileChooser.setCurrentDirectory(new File("."));
        getContentPane().add(new JScrollPane(jta),BorderLayout.CENTER);
        getContentPane().add(jlblStatus,BorderLayout.SOUTH);
        jmiOpen.addActionListener(this);
        jmiSave.addActionListener(this);
```

```
    jmiExit.addActionListener(this);
    jmiAbout.addActionListener(this);
    setTitle("简单记事本");
    setSize(300,300);//设置界面大小
    setVisible(true);//设置对象可见
    setDefaultCloseOperation(JFrame.EXIT_ON_CLOSE);//关闭窗口时终止程序的运行
}
public void actionPerformed(ActionEvent e){
    String actionCommand=e.getActionCommand();
    if(e.getSource() instanceof JMenuItem){
        if("打开".equals(actionCommand))
            open();
        else if("保存".equals(actionCommand))
            save();
        else if("关于".equals(actionCommand))
            JOptionPane.showMessageDialog(this
                                        ,"Demonstrate Using File Dialogs"
                                        ,"About This Demo"
                                        ,JOptionPane.INFORMATION_MESSAGE
                                        );
        else if("退出".equals(actionCommand))
            System.exit(0);
    }
}
private void open(){
    //如果选择的是"打开"对话框的"打开"按钮
    if(jFileChooser.showOpenDialog(this)==JFileChooser.APPROVE_OPTION){
        open(jFileChooser.getSelectedFile());//调用 open 方法
    }
}
private void open(File file){
    try{
        FileInputStream fin=new FileInputStream(file);//文件输入流
        BufferedInputStream in=new BufferedInputStream(fin);
        //连接成带缓冲区的输入流
        byte[] b=new byte[in.available()];//创建 byte 类型的数组
        in.read(b,0,b.length);//读取多个字节放入数组 b 中
        jta.setText(new String(b,0,b.length));
        in.close();//关闭输入流
        jlblStatus.setText(file.getName()+" Opened");
    }catch(IOException ex){
        jlblStatus.setText("Error opening "+file.getName());
    }
}
private void save(){
```

```
        //如果选中的是"保存"对话框的"保存"按钮
        if(jFileChooser.showSaveDialog(this)==JFileChooser.APPROVE_OPTION){
            save(jFileChooser.getSelectedFile());//调用 save 方法
        }
    }
    private void save(File file){
        try{
            FileOutputStream fout=new FileOutputStream(file);//文件输出流
                    BufferedOutputStream out=new BufferedOutputStream(fout);
                    //连接成带缓冲区的输出流
            byte[] b=(jta.getText()).getBytes();//创建 byte 数组
            out.write(b,0,b.length);//向输出流中写入字节数组 b
            out.close();//关闭输出流
            jlblStatus.setText(file.getName()+" Saved");
        }catch(IOException ex){
            jlblStatus.setText("Error saving "+file.getName());
        }
    }
    public static void main(String args[]){
        notepad frame=new notepad();
    }
}
```

【应用扩展】

在该实例中使用的输入输出流是字节输入输出流，如果打开的文件包含有汉字，则将会出现乱码现象，读者可以思考一下如何解决该问题。

【相关知识及注意事项】

1. 文件选择对话框

文件选择对话框 JFileChooser 是 Java 提供的对文件进行存取时出现的对话框，专门用来处理文件访问等相关事务，方便用户选择打开与保存文件的路径。JFileChooser 的常用方法如表 5-5 所示。

表 5-5　JFileChooser 的常用方法

方法	主要功能
JFileChooser()	建立文件选择对话框 JFileChooser，并打开用户默认路径
JFileChooser(File directory)	建立文件选择对话框 JFileChooser，并打开路径 directory
JFileChooser(String directory)	建立文件选择对话框 JFileChooser，并打开路径 directory
void approveSelection()	在对话框中单击选取按钮时，调用该方法
void cancelSelection()	在对话框中单击取消按钮时，调用该方法
File getCurrentDirectory()	返回当前目录
int getDialogType()	返回此对话框的类型

续表

方法	主要功能
int getFileSelectionMode()	返回当前的文件选择模式
String getName(File f)	返回文件名
File getSelectedFile()	返回选中的文件
File[ ] getSelectedFiles()	如果将文件选择器设置为允许选择多个文件，则返回选中文件的列表
void setApproveButtonText (String txt)	设置对话框上确认按钮的标题。默认情况下按钮标题为"打开"或"保存"
void setCurrentDirectory (File dir)	设置当前目录
void setDialogType (int type)	设置对话框类型
void setDialogTitle(String txt)	设置对话框标题
void setFileFilter(FileFilter filter)	设置当前文件过滤器
void setFileHidingEnabled(boolean b)	设置是否显示隐藏文件。如果 b 为 true，则表示不显示隐藏文件
void setFileSelectionMode(int mode)	设置文件选择模式
void setMultiSelectionEnabled(boolean b)	设置是否可以选择多个文件，如果 b 为 true，则表示可以
void setSelectedFile(File file)	设置选中的文件
int showDialog(Component parent,String txt)	显示对话框，选取按钮的标题为 txt，其父窗口为 parent
int showOpenDialog(Component parent)	显示打开文件对话框
int showSaveDialog(Component parent)	显示保存文件对话框

说明：

（1）getDialogType()方法，返回当前对话框的类型。对话框的类型为：OPEN_DIALOG、SAVE_DIALOG、CUSTOM_DIALOG。

（2）getFileSelectionMode()方法，返回当前的文件选择模式。setFileSelectionMode(int mode)方法，设置文件选择模式。文件选择模式为：FILES_ONLY、DIRECTORIES_ONLY、FILES_AND_DIRECTORIES。

（3）showDialog(Component parent,String txt)方法，显示对话框，选取按钮的标题为 txt，其父窗口为 parent，返回值表示所单击的按钮。

```
CANCEL_OPTION        //取消
APPROVE_OPTION       //确定
```

2. 基本输入和输出流

基本输入和输出流是定义基本的输入输出操作的抽象类，在 Java 中经常使用它们的子类，对应于不同数据源和输入和输出任务，以及不同的输入输出流。

1）InputStream 类和 OutputStream 类

InputStream 类和 OutputStream 类都是抽象类，不能用来创建对象，只能使用它们的派生类进行字节流的读写。Reader 和 Writer 是输入输出字符流的抽象类，所有其他的输入输出字符流都是它们派生的子类。

（1）InputStream 类。InputStream 是一个定义了 Java 流式字节输入模式的抽象类，它提供了有其子类共用的一些接口来统一基本的读操作，但作为抽象类，它不能直接生成对象，只有通过全部实现其接口的子类来生成程序中需要的对象，而且 InputStream 的子类一般会将 InputStream 中定义的方法重写，以提高效率或适应特殊流的需要。InputStream 类的常用方法如表 5-6 所示。

表 5-6　InputStream 类的常用方法

方法	主要功能
int read()	读取一个字节
int read(byte b[])	读取多个字节，放置到字节数组 b 中，通常读取的字节数量为 b 的长度
int read(byte b[],int off,int len)	读取 len 个字节，放到以下标 off 开始的字节数组 b 中
int available()	返回值为流中尚未读取的字节的数量
long skip(long n)	读指针跳过 n 个字节不读，返回值为实际跳过的字节数量
void close()	关闭此输入流并释放与该流关联的所有系统资源
void mark(int readlimit)	在此输入流中标记当前的位置
void reset()	把读指针重新指向用 mark 方法记录的位置
boolean markSupported()	当前的流是否支持读指针的记录功能

（2）OutputStream 类。OutputStream 是一个定义了 Java 流式字节输出模式的抽象类，它提供了所有其子类共用的一些接口来统一基本的写操作，同样作为抽象类，它也不能直接生成对象，只有通过全部实现其接口的子类来生成程序中需要的对象，而且 OutputStream 的子类一般会将 OutputStream 中定义的方法重写，以提高效率或适应特殊流的需要。OutputStream 类的常用方法如表 5-7 所示。

表 5-7　OutputStream 类的常用方法

方法	主要功能
void write(int b)	向流中写入一个字节 b
void write(byte b[])	往流中写一个字节数组 b
void write(byte b[],int off,int len)	把字节数组 b 中从下标 off 开始，长度为 len 的字节写入流中
void flush()	清空输出流，并输出所有被缓存的字节
void close()	关闭流

2）Reader 类和 Writer 类

尽管字节流提供了处理任何类型输入输出操作的足够功能，但它们不能直接操作 Unicode 字符，为此 Java 设计了字符流类。字符流主要用于对 16 位 Unicode 国际统一标准字符编码进行输入和输出，实现程序和文本数据输入和输出的标准化和国际化。输入/输出字符流的两个基类分别是 Reader 类和 Writer 类。Reader 类提供读取字符数据的相关方法，Writer 类提供对字符数据进行写操作的各种方法。Reader 类和 Writer 类都是抽象类，不能用来创建对象，只能使用它们的派生类进行字符流的读写。

（1）Reader 类。Reader 是处理所有字符输入流的父类，常用方法如表 5-8 所示。

表 5-8　Reader 类的常用方法

常用方法	主要功能
int read()	读取一个字符，返回值为读取的字符数
int read(char cbuf[ ])	读取一系列字符到数组 cbuf[]中，返回值为实际读取的字符数量
int read(char cbuf[],int off,int len)	读取 len 个字符，从数组 cbuf[]的下标 off 处开始存放，返回值为实际读取的字符数
void close()	关闭流
int ready()	标识该文件是否可读，是否到达文件尾
long skip(long n)	跳过 n 个字符

（2）Writer 类。Writer 类是处理所有字符输出流的父类。常用方法如表 5-9 所示。

表 5-9　Writer 类的常用方法

方法	主要功能
void write(int c)	将 c 的低 16 位写入输出流
void write(char cbuf[])	将字符数组 cbuf[]写入输出流
void write(char cbuf[],int off,int len)	将字符数组 cbuf[]中从 off 位置开始的 len 个字符写入输出流
void write(String str)	将字符串 str 中的字符写入输出流
void write(String str,int off,int len)	将字符串 str 中从 off 位置开始的 len 个字符写入输出流
void flush()	清空输出流，并输出所有被缓存的字节
void close()	关闭流

3．文件字节流

文件字节流指的是 FileInputStream 类和 FileOutputStream 类，它们分别继承了 InputStream 和 OutputStream 类，用来实现对字节流文件的输入输出处理，由它们提供的方法可以打开本地主机上的文件，并进行顺序的读写。

1）FileInputStream 类

FileInputStream 是 InputStream 类的直接子类，该类提供了三个构造方法，利用文件名或 File 对象创建输入流对象，在流对象生成的同时，文件被打开，然后利用该类提供的方法就可以进行文件的读数据操作。

FileInputStream 类提供了以字节的方式从一个已经存在的文件中顺序读取数据的方法。若指定的文件不存在，则抛出 FileNotFoundException 异常，该异常必须捕获或声明抛出。表 5-10 列出了 FileInputStream 类的构造方法。

表 5-10　FileInputStream 类的构造方法

构造方法	主要功能
FileInputStream(String filename)	利用文件名创建 FileInputStream 类对象
FileInputStream(File file)	利用 File 类对象创建 FileInputStream 类对象
FileInputStream(FileDescriptor fdObj)	利用文件描述符创建 FileInputStream 类对象

FileInputStream 类的使用，分以下三个步骤进行：

（1）创建 FileInputStream 类对象。

（2）从新创建的文件输入流对象中读取数据。

从文件中读取数据有两种方式：一是直接利用 FileInputStream 类提供的 read()方法来完成读取操作；二是以 FileInputStream 类对象为原始数据源，再加上其他功能强大的输入流如 DataInputStream 流完成读取操作。

（3）使用 close()方法关闭输入流。

2）FileOutputStream 类

FileOutputStream 类是 OutputStream 类的直接子类，该类提供把数据写到一个文件或者文件描述符中的方法。

FileOutputStream 类提供了创建文件并写入数据的方法，利用文件名或 File 对象创建文件输出流对象，如果指定路径的文件不存在，则自动创建一个新文件，如果指定路径已有一个同名文件，则该文件的内容可以被保留或者删除。表 5-11 列出了 FileOutputStream 类的构造方法。

表 5-11　FileOutputStream 类的构造方法

构造方法	主要功能
FileOutputStream(String filename)	利用文件名创建输出流对象，原先的文件被覆盖
FileOutputStream(String filename, boolean append)	参数 append 指定是覆盖原文件的内容还是在文件尾添加内容，默认为覆盖方式
FileOutputStream(FileDescriptor fdObj)	利用文件描述符创建输出流对象
FileOutputStream(File file)	利用 File 类对象创建输出流对象

FileOutputStream 类的使用，分以下三个步骤进行：

（1）创建 FileOutputStream 类对象。

（2）向文件的输出流对象中写入数据。

向文件中写入数据有两种方式：一是直接利用 FileOutputStream 类提供的 write()方法来完成写操作；二是以 FileOutputStream 类对象为原始数据源，再加上其他功能强大的输出流如 DataOutputStream 流完成写操作。

（3）数据输入完毕，使用 close()方法关闭输出流。

4．缓冲字节流

缓冲是计算机中使用最广泛的一项技术。CPU 有缓存，磁盘本身有数据读写缓存，都是为了缓解高速设备和低速设备之间直接读写操作的解决方法。对 I/O 进行缓冲是一种常见的性能优化，缓冲流为 I/O 流增加了内存缓冲区。

BufferedInputStream 类和 BufferedOutputStream 类实现了对 I/O 进行缓冲的功能，分别代表输入缓冲和输出缓冲。

1）BufferedInputStream 类

对于 BufferedInputStream 类，当读取数据时，数据首先读入缓冲区，在程序需要数据时再从缓冲区中读取数据。BufferedInputStream 类的常用构造方法如表 5-12 所示。

表 5-12　BufferedInputStream 类的构造方法

方法	主要功能
BufferedInputStream(InputStream in)	将任意的字节输入流串接成一个带缓冲区的字节输入流
BufferedInputStream(InputStream in, int size)	将任意的字节输入流串接成一个带缓冲区的字节输入流，缓冲区大小是 size 字节

注意：要使用 BufferedInputStream 类来读取缓冲区里的数据，必须先创建 FileInputStream 对象，再以它为参数来创建 BufferedInputStream 类对象。

2）BufferedOutputStream 类

在使用 BufferedOutputStream 进行输出时，数据首先写入缓冲区，当缓冲区满时，其中的数据再写入所串接的输出流。用该类提供的方法 flush() 可以强制将缓冲区的内容全部写入输出流。BufferedOutputStream 类的常用构造方法如表 5-13 所示。

表 5-13　BufferedOutputStream 类的构造方法

方法	主要功能
BufferedOutputStream(OutputStream in)	将任意的字节输出流串接成一个带缓冲区的字节输出流
BufferedOutputStream(OutputStream in,int size)	将任意的字节输出流串接成一个带缓冲区的字节输出流，缓冲区大小是 size 字节

注意：要使用 BufferedOutputStream 类将数据写入缓冲区里，其过程与 BufferedInputStream 的读出过程相似，必须先创建 FileOutputStream 对象，再以它为参数来创建 BufferedOutputStream 类对象，然后利用此对象将数据写入缓冲区内。所不同的是，缓冲区内的数据要用 flush() 方法将它清空，这个操作也就是将缓冲区内的数据全部写到文件内的操作。

下面的实例演示了文件字节流 FileInputStream 和 FileOutputStream、缓冲字节流 BufferedInputStream 和 BufferedOutputStream 的使用方法。该实例使用带缓冲区的字节流将任意类型的文件 test1.txt 复制到文件 test2.txt，源文件名和目标文件名都在程序中指定。

```java
import java.io.*;
public class EX5_2 {
    public static void main(String args[])throws IOException{
        int i;
        FileInputStream fin=null;
        FileOutputStream fout=null;
        BufferedInputStream bin=null;
        BufferedOutputStream bout=null;
        try{
            fin=new FileInputStream("test1.txt");      //文件输入流
            bin=new BufferedInputStream(fin);          //连接成带缓冲区的输入流
            fout=new FileOutputStream("test2.txt");    //文件输出流
            bout=new BufferedOutputStream(fout);       //连接成带缓冲区的输出流
        }catch(FileNotFoundException e1){
            System.out.println(e1);
```

```
      }
      try{
        do{
          i=bin.read();              //从 bin 对象中读取数据
          if(i!=-1) bout.write(i);   //向 bout 对象中写入数据
          bout.flush();
        }while(i!=-1);
      }catch(IOException e2){
        System.out.println(e2);
      }
      fin.close();
      fout.close();
      bin.close();
      bout.close();
    }
}
```

5．文件字符流

上面的实例使用文件字节流 FileInputStream 和 FileOutputStream 进行输入输出，由于汉字在文件中占用了两个字节，如果使用字节流，读取不当会出现乱码现象，而采用文件字符流 FileReader 类和 FileWriter 类就可以避免这个现象，因为在 Unicode 字符中一个汉字被看作一个字符。

1）FileReader 类

FileReader 类以字符为单位从文件中读取数据。通常将 FileReader 类的对象视为一个以字符为基本单位的无格式的字符输入流。FileReader 类的常用构造方法如表 5-14 所示。

表 5-14　FileReader 类的构造方法

构造方法	主要功能
FileReader(String filename)	利用文件名创建一个输入流对象
FileReader(File file)	利用 File 对象创建一个输入流对象
FileReader(FileDescriptor fd)	根据文件描述符创建一个输入流对象

2）FileWriter 类

FileWriter 类以字符为单位向文件中写入数据。通常将 FileWriter 类的对象视为一个以字符为基本单位的无格式的字符输出流。FileWriter 类的常用构造方法如表 5-15 所示。

表 5-15　FileWriter 类的构造方法

构造方法	主要功能
FileWriter(String filename)	利用文件名创建输出流对象，原先的文件被覆盖
FileWriter(String filename,boolean append)	参数 append 指定是覆盖原文件的内容还是在文件尾添加内容，默认为覆盖方式
FileWriter(File f)	利用 File 类对象创建输出流对象
FileWriter (FileDescriptor fd)	利用文件描述符创建输出流对象

6. 缓冲字符流

输入流 FileReader 和输出流 FileWriter 虽然可以方便地完成输入和输出操作，但是有时对输入和输出有较快的时间要求时，只依靠基本输入和输出并不能提高输入输出效率，所以通过使用缓冲流类在内存中建立缓冲区，发挥内存存取速度快的优势，从而提高输入输出效率。

1）BufferedReader 类

BufferedReader 类可用来读取字符缓冲区里的数据，它继承自 Reader 类，因而也可以使用 Reader 类提供的方法。表 5-16 列出了 BufferedReader 类常用的构造方法。

表 5-16　BufferedReader 类的构造方法

构造方法	主要功能
BufferedReader(Reader in)	创建缓冲区字符输入流
BufferedReader(Reader in,int size)	创建缓冲区字符输入流，并设置缓冲区大小

注意：要使用 BufferedReader 类来读取缓冲区里的数据，必须先创建 FileReader 对象，再以它为参数创建 BufferedReader 类对象，然后读取缓冲区里的数据。

BufferedReader 类继承了 Reader 类提供的基本方法外，还增加了对整行字符的处理方法。

```
String readLine() throws IOException
```
//从输入流中读取一行字符，行结束标记为回车符、换行符或者连续的回车换行符

2）BufferedWriter 类

BufferedWriter 类用来将数据写入缓冲区，它继承自 Writer 类，因此可以使用 Writer 类提供的方法。表 5-17 列出了 BufferedWriter 类常用的构造方法。

表 5-17　BufferedWriter 的构造方法

构造方法	主要功能
BufferedWriter (Writer out)	创建缓冲区字符输出流
BufferedWriter (Writer out,int size)	创建缓冲区字符输出流，并设置缓冲区大小

注意：要使用 BufferedWriter 类将数据写入缓冲区里，其过程与 BufferedReader 类的读出过程相似，必须先创建 FileWriter 对象，再以它为参数来创建 BufferedWriter 类对象，然后利用此对象将数据写入缓冲区内。所不同的是，缓冲区内的数据最后别忘了要用 flush()方法将它清空，这个操作也就是将缓冲区内的数据全部写到文件内的操作。

另外，BufferedWriter 类提供了一个相当好用的方法 newLine()，它可写入换行字符，而且与操作系统无关，使用它可确保程序跨平台运行。

```
void newLine() throws IOException
```
//向字符输出流中写入一个行结束标记，该标记不是简单的换行符，而是由系统定义的属性 Line.separator

下面的实例演示了利用缓冲字符流给已知文本添加行号的过程，运行前后 test3 的内容如图 5-4 所示。

```
import java.io.*;
public class EX5_3 {
    public static void main(String args[])throws IOException{
        FileReader fin=null;
        BufferedReader bin=null;
```

图 5-4   运行前后 test3.txt 的内容

```
FileWriter fout=null;
BufferedWriter bout=null;
String s=null;
File file=new File("test3.txt");
File tempfile=new File("temp.txt");
try{
   fin=new FileReader(file);              //文件输入流
   bin=new BufferedReader(fin);           //连接成带缓冲区的输入流
   fout=new FileWriter(tempfile);         //文件输出流
   bout=new BufferedWriter(fout);         //连接成带缓冲区的输出流
   int i=0;
   s=bin.readLine();              //读取一行
   while(s!=null){//当文件还有文本行可读时
      i++;
      bout.write(i+" "+s);   //添加行号
      bout.newLine();             //写入换行字符
       s=bin.readLine();
   }
   fin.close();
   bin.close();
   bout.flush();
   bout.close();
   fout.close();
   fin=new FileReader(tempfile);
   bin=new BufferedReader(fin);
   fout=new FileWriter(file);
   bout=new BufferedWriter(fout);
   s=bin.readLine();
   while(s!=null){
      bout.write(s);
      bout.newLine();
      s=bin.readLine();
   }
       fin.close();
```

```
            bin.close();
            bout.flush();
            bout.close();
            fout.close();
            tempfile.delete();
        }catch(Exception ee){
        }
    }
}
```

5.3 "学生信息管理系统"实例

【实例说明】

本实例实现了一个简单的学生信息管理系统，在该系统中可以录入每个学生的信息，将每个人的信息输入完毕后，单击"录入信息"按钮将录入单条记录，可以显示该通讯录中所有的信息，还可以通过输入姓名查询学生的信息。运行结果如图 5-5 所示。

图 5-5 学生信息管理系统

【实例目的】

（1）学习并掌握 Java 中对象输入输出流的使用方法。
（2）学习并掌握 Java 中文件的随机输入输出的使用方法。

【技术要点】

（1）定义图形用户主界面。
（2）定义实现各个菜单项的 ActionEvent 事件处理方法。
（3）定义实现各个按钮的 ActionEvent 事件处理方法。

【代码及分析】

```java
//文件 message.java
import java.io.*;
import javax.swing.*;
import javax.swing.*;
import java.awt.*;
import java.awt.event.*;
class Information implements Serializable{
  String name;//姓名
  String num;//学号
  String store;//成绩
  public Information(String name,String num,String store){
  //构造方法用于生成信息对象
    this.name=name;
    this.num=num;
    this.store=store;
  }
  private void writeObject(ObjectOutputStream outObj)throws IOException{
  //重写该方法，以指定的格式写入
    outObj.writeUTF(name);
    outObj.writeUTF(num);
    outObj.writeUTF(store);
  }
  private void readObject(ObjectInputStream inObj)throws IOException{
  //重写该方法，以指定的格式读出
    name=inObj.readUTF();
    num=inObj.readUTF();
    store=inObj.readUTF();
  }
}
public class message extends JFrame implements ActionListener{
    Information info=new Information("","","");
    JMenuBar menubar=new JMenuBar();
    JMenu menu=new JMenu("菜单选项");
```

```java
JMenuItem mt1,mt2,mt3;
CardLayout layout;
JPanel pn,pn1,pn2,pn3,pn4;
JTextArea ta,ta1;
JTextField tf1,tf2,tf3,tf4;
JScrollPane sp;
Box baseBox,boxV1,boxV2;
Container con;
JButton bt1,bt2;
FileInputStream fin=null;
FileOutputStream fout=null;
ObjectInputStream bin=null;
ObjectOutputStream bout=null;
File file=new File("学生管理.txt");
public message() {
    mt1=new JMenuItem("录入");
    mt2=new JMenuItem("显示");
    mt3=new JMenuItem("查找");
    mt1.addActionListener(this);
    mt2.addActionListener(this);
    mt3.addActionListener(this);
    menu.add(mt1);
    menu.add(mt2);
    menu.add(mt3);
    menubar.add(menu);
    setJMenuBar(menubar);
    tf1=new JTextField(12);
    tf2=new JTextField(12);
    tf3=new JTextField(12);
    bt1=new JButton("录入信息");
    bt1.addActionListener(this);
    boxV1=Box.createVerticalBox();
    boxV1.add(new Label("输入姓名"));
    boxV1.add(Box.createVerticalStrut(8));
    boxV1.add(new Label("输入学号"));
    boxV1.add(Box.createVerticalStrut(8));
    boxV1.add(new Label("输入成绩"));
    boxV1.add(Box.createVerticalStrut(8));
    boxV1.add(new Label("单击录入"));
    boxV2=Box.createVerticalBox();
    boxV2.add(tf1);
    boxV2.add(Box.createVerticalStrut(8));
    boxV2.add(tf2);
    boxV2.add(Box.createVerticalStrut(8));
    boxV2.add(tf3);
    boxV2.add(Box.createVerticalStrut(8));
```

```
        boxV2.add(bt1);
        baseBox=Box.createHorizontalBox();
        baseBox.add(boxV1);
        baseBox.add(Box.createVerticalStrut(10));
        baseBox.add(boxV2);
        pn1=new JPanel();
        pn1.add(baseBox);
        ta=new JTextArea(12,20);
        ta.setBackground(Color.cyan);
        sp=new JScrollPane();
        sp.setVerticalScrollBarPolicy(JScrollPane.VERTICAL_SCROLLBAR_ALWAYS);
        sp.getViewport().add(ta);
        pn2=new JPanel();
        pn2.setLayout(new BorderLayout());
        pn2.add(sp,BorderLayout.CENTER);
        ta1=new JTextArea(12,20);
        tf4=new JTextField(12);
        bt2=new JButton("查询");
        bt2.addActionListener(this);
        pn3=new JPanel();
        pn3.setLayout(new GridLayout(2,2));
        pn3.add(new JLabel("输入姓名"));
        pn3.add(tf4);
        pn3.add(new JLabel("单击查询"));
        pn3.add(bt2);
        pn4=new JPanel();
        pn4.setLayout(new BorderLayout());
        pn4.add(pn3,BorderLayout.NORTH);
        pn4.add(ta1,BorderLayout.CENTER);
        pn=new JPanel();
        layout=new CardLayout();
        pn.setLayout(layout);
        pn.add("one",pn1);
        pn.add("two",pn2);
        pn.add("three",pn4);
        con=getContentPane();
        con.add(pn);
        setTitle("学生管理系统");
        setDefaultCloseOperation(JFrame.EXIT_ON_CLOSE);
        setSize(420,380);
        setVisible(true);
    }
    public void actionPerformed(ActionEvent e){
        if(e.getSource()==mt1){
            layout.show(pn,"one");
        }
```

```
else if(e.getSource()==bt1){
   try{
      fout=new FileOutputStream("tf.txt");        //文件输出流
      bout=new ObjectOutputStream(fout);          //对象输出流
      info.name=tf1.getText();
      info.num=tf2.getText();
      info.store=tf3.getText();
      bout.writeObject(info);                      //将信息对象写入文件中
      bout.close();
      fout.close();
   }catch(IOException e2){}
   try{
      fin=new FileInputStream("tf.txt");           //文件输入流
      bin=new ObjectInputStream(fin);              //对象输入流
      info=(Information)bin.readObject();          //从文件中读入信息对象
      String s;
      RandomAccessFile out=new RandomAccessFile(file,"rw");
      //创建随机文件对象为可读写
      if(file.exists()){
         long length=file.length();                //取得文件的大小
         out.seek(length);                         //将文件指示器移动到文件结尾处
      }
      //写入信息数据
      out.writeUTF(info.name+"\n");
      out.writeUTF(info.num+"\n");
      out.writeUTF(info.store+"\n");
      out.close();
      bin.close();
      fin.close();
   }catch(Exception eee){
   }
}
else if(e.getSource()==mt2){
   layout.show(pn,"two");
   ta.setText("");
   try{
      RandomAccessFile in=new RandomAccessFile(file,"r");
      //创建随机文件对象为只读
      String s=null;
      while((s=in.readUTF())!=null){                //将文件中的内容读出
         ta.append("name:"+s);
         ta.append("num:"+in.readUTF());
         ta.append("store:"+in.readUTF()+"\n");
      }
      in.close();
   }catch(Exception e1){}
```

```
        }
        else if(e.getSource()==mt3){
           layout.show(pn,"three");
        }
        else if(e.getSource()==bt2){
            String s=tf4.getText();
            try{
               RandomAccessFile in=new RandomAccessFile(file,"r");
               String s1=null;
               s1=in.readUTF();
               s1=s1.trim();
               while(s1!=null){
                  if(s.equals(s1)){
                     ta1.setText("name:"+s1);
                     ta1.append("\nnum:"+in.readUTF());
                     ta1.append("store:"+in.readUTF());
                     break;
                  }
                  in.readUTF();
                  in.readUTF();
                  s1=in.readUTF();
                  s1=s1.trim();
               }
            }catch(Exception e4){
               ta1.setText("not found!");
            }
        }
     }
     public static void main(String args[]){
        message mg=new message();
     }
}
```

【应用扩展】

该实例只是实现了一个简单的学生信息管理系统，在该系统中只有录入、显示和查找三个功能，读者可以根据需要再增加其他的功能，比如删除、修改等。

【相关知识及注意事项】

1. 串行化的概念

创建的对象在一般情况下，随着生成该对象的程序的终止而结束。但是有时候，需要将对象的状态保存下来，在需要时再将对象恢复。这种能记录自己状态以便将来再恢复的能力称为对象的持续性 Persistence。对象通过写出描述自己状态的数值来记录自己，这个过程叫做对象的串行化 Serialization。串行化的主要任务是写出对象实例变量的值。串行化的目的是为 Java 的运行环境提供一组可以访问的特性。

在 java.io 包中，接口 Serializable 用来作为实现对象串行化的工具，只有实现了 Serializable 的类对象才可以被串行化。Serializable 接口中没有定义任何方法，只是一个特殊标记，用来告诉 Java 编译器这个对象参加了串行化的协议。

2. 对象输入输出流

要串行化一个对象，必须与一定的输入输出流对象联系起来，通过输出流对象将对象状态保存下来，再通过输入流对象将对象状态恢复。在 Java.io 包中，提供了专门的保存和读取串行化对象的类，分别为 ObjectInputStream 类和 ObjectOutputStream 类。

ObjectInputStream 类和 ObjectOutputStream 类分别是 InputStream 类和 OutputStream 类的子类。ObjectInputStream 类和 ObjectOutputStream 类创建的对象称为对象输入流和对象输出流。对象输入流使用 readObject()方法可以从源中读取一个对象到程序中，对象输出流使用 writeObject()方法可以将一个对象保存到输出流中。

1）ObjectInputStream 类

ObjectInputStream 的指向应该是一个输入流对象，因此当准备从一个文件中读入一个对象到程序中时，首先用 FileInputStream 创建一个文件输入流，如下所示：

```
FileInputStream fi=new FileInputStream("D:\\student.txt");
ObjectInputStream si=new ObjectInputStream(fi);
```

2）ObjectOutputStream 类

ObjectOutputStream 的指向应该是一个输出流对象，因此当准备将一个对象写入到文件时，首先用 FileOutputStream 创建一个文件输出流，如下所示：

```
FileOutputStream fo=new FileOutputStream("D:\\student.txt");
ObjectOutputStream so=new ObjectOutputStream(fo);
```

下面的实例演示了对象输入输出流的用法，运行结果如图 5-6 所示。

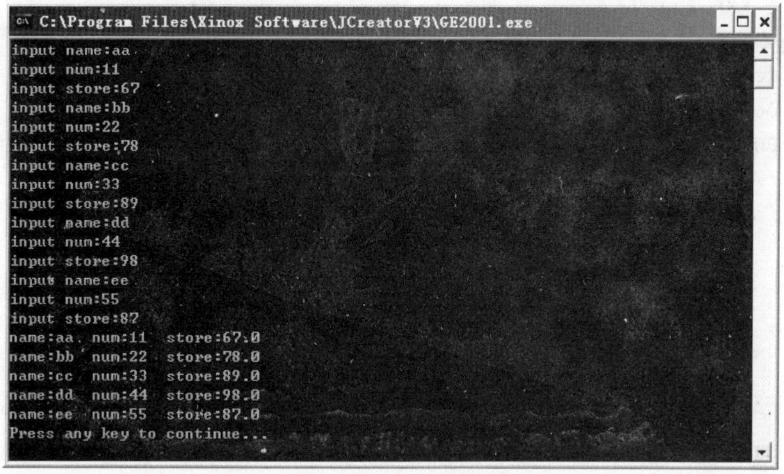

图 5-6　对象输入输出流

```
import java.io.*;
class Information implements Serializable{
    String name;                    //姓名
    String num;                     //学号
    Float store;                    //成绩
```

```java
    public Information(String name,String num,Float store){
      //构造方法用于生成信息对象
      this.name=name;
      this.num=num;
      this.store=store;
    }
    private void writeObject(ObjectOutputStream outObj)throws IOException{
      //重写该方法，以指定的格式写入
      outObj.writeUTF(name);
      outObj.writeUTF(num);
      outObj.writeFloat(store);
    }
    private void readObject(ObjectInputStream inObj)throws IOException{
      //重写该方法，以指定的格式读出
      name=inObj.readUTF();
      num=inObj.readUTF();
      store=inObj.readFloat();
    }
  }
public class EX5_4 {
   Information info[]=new Information[5];
   FileInputStream fin=null;
   FileOutputStream fout=null;
   ObjectInputStream bin=null;
   ObjectOutputStream bout=null;
   String s1,s2,s3;
    public EX5_4() {
       try{
          fout=new FileOutputStream("test4.txt");       //文件输出流
          bout=new ObjectOutputStream(fout);            //对象输出流
          BufferedReader buf=new BufferedReader(new InputStreamReader(System.in));
          //缓冲输入流
          for(int i=0;i<5;i++){
             System.out.print("input name:");
             s1=buf.readLine();
             System.out.print("input num:");
             s2=buf.readLine();
             System.out.print("input store:");
             s3=buf.readLine();
             Float f;
             f=Float.parseFloat(s3);
             info[i]=new Information(s1,s2,f);
             bout.writeObject(info[i]);//将信息写入文件
          }
          bout.close();
          buf.close();
```

```
         fout.close();
      }catch(IOException e1){
      }
      try{
         fin=new FileInputStream("test4.txt");        //文件输入流
         bin=new ObjectInputStream(fin);              //对象输入流
         for(int i=0;i<5;i++){
            info[i]=(Information)bin.readObject();    //从文件中读出信息
            String s;
            s=Float.toString(info[i].store);
            System.out.println("name:"+info[i].name+"  num:"+info[i].num+
                            " store:"+s);
         }
         bin.close();
         fin.close();
      }catch(Exception e2){
      }
   }
   public static void main(String args[]){
      EX5_4  mg=new EX5_4();
   }
}
```

3．RandomAccessFile 类

前面学习了几个用来处理文件的输入输出流，只能对文件进行顺序访问，不能对文件进行随机访问。Java 中的 RandomAccessFile 类提供了随机读写文件的功能。随机读写的一个应用是对含有许多记录的文件进行操作，程序员可以跳到文件的任意位置来读取数据，如果在访问一个文件时，不想把文件从头读到尾，并希望像访问数据库一样访问一个文件，使用 RandomAccessFile 类是最好的选择。

RandomAccessFile 类创建的流与前面的输入输出流不同，RandomAccessFile 类既不是输入流 InputStream 类的子类，也不是输出流 OutputStream 类的子类。RandomAccessFile 类创建的流既可以指向源又可以指向目的地，换句话说，当想对一个文件进行读写操作时，可以创建一个指向该文件的 RandomAccessFile 流，这样既可以从这个流中读取文件的数据，也可以通过这个流写入数据到文件。这个类通过实现 DataInput 和 DataOutput 接口进行定义。

表 5-18 列出了 RandomAccessFile 类的常用方法。

表 5-18　RandomAccessFile 类的常用方法

方法	主要功能
RandomAccessFile(String name,String mode)	利用文件名创建一个 RandomAccessFile 对象，并指定文件的操作模式 mode（r 为读模式，rw 为读写模式）
RandomAccessFile(File file,String mode)	利用 File 对象创建一个 RandomAccessFile 对象，并指定文件的操作模式 mode（r 为读模式，rw 为读写模式）
void close()	关闭文件
long getFilePointer()	获取读写位置

续表

方法	主要功能
long length()	获取文件长度
int read()	从文件中读取一个字节的数据
boolean readBoolean()	从文件中读取一个布尔值
byte readByte()	从文件中读取一个字节
char readChar()	从文件中读取一个字符
double readDouble()	从文件中读取一个双精度浮点值
float readFloat()	从文件中读取一个单精度浮点值
void readFully(byte b[])	读 b.length 字节放入数组 b，完全填满该数组
int readInt()	从文件中读取一个 int 值
String readLine()	从文件中读取一个文本行
String readUTF()	从文件中读取一个 UTF 字符串
void seek()	定位读写位置
void setLength(long newlength)	设置文件的长度
int skipBytes(int n)	在文件中跳过给定数量的字节
void write(int b)	向文件写入指定的字节
void writeBoolean(boolean v)	把一个布尔值作为单字节值写入文件
void writeByte(int v)	向文件写入一个字节
void writeBytes(String s)	向文件写入一个字符串
void writeChar(char c)	向文件写入一个字符
void writeDouble(double v)	向文件写入一个双精度浮点值
void writeFloat(float v)	向文件写入一个单精度浮点值
void writeInt(int v)	向文件写入一个 int 值
void writeUTF(String s)	向文件写入一个 UTF 字符串

注意：RandomAccessFile 类中的方法都有可能产生 IOException 异常，因此要把实现文件对象操作的相关语句放在 try 块中，并用 catch 块来捕捉异常对象。

下面的实例演示了 RandomAccessFile 流的用法，运行结果如图 5-7 所示。

图 5-7   RandomAccessFile 流

```java
import java.io.*;
class Information implements Serializable{
  String name;   //姓名
  String num;    //学号
  Float store;   //成绩
  public Information(String name,String num,Float store){
  //构造方法用于生成信息对象
    this.name=name;
    this.num=num;
    this.store=store;
  }
}
public class EX5_5 {
    public EX5_5() {
        Information info[]=new Information[3];
        info[0]=new Information("zhangsan","111",78f);
        info[1]=new Information("lisi","222",89f);
        info[2]=new Information("wangwu","333",86f);
        try{
           RandomAccessFile ra=new RandomAccessFile("infor.txt","rw");
           for(int i=0;i<3;i++){
               ra.writeUTF(info[i].name);
               ra.writeUTF(info[i].num);
               String s;
               s=Float.toString(info[i].store);
               ra.writeUTF(s+"\n");
           }
           ra.close();
        }catch(IOException e1){
        }
        System.out.println("请输入查询姓名：");
        try{
           RandomAccessFile rar=new RandomAccessFile("infor.txt","r");
           BufferedReader buf=new BufferedReader(new InputStreamReader
                                       (System.in));   //缓冲输入流
           String s,s1,s2;
           s=buf.readLine();
           System.out.println("查询结果：");
           while((s1=rar.readUTF())!=null){
              if(s1.equals(s)){
                 System.out.print(s1+"\n"+rar.readUTF()+"\n"+rar.readUTF());
                 break;
              }
              rar.readUTF();
              s1=rar.readUTF();
           }
```

```
        rar.close();
    }catch(Exception e2){
        System.out.println("not found!");
    }
}
public  static void main(String args[]){
    EX5_5  mg=new EX5_5();
}
}
```

5.4　"文件的压缩和解压缩"实例

【实例说明】

现在的文件越来越大，一幅位图可能需要 10000 个字节，45 分钟的波形文件需要 475MB 空间，大的文件既耗费空间又不便于传输。数据压缩技术可以减小文件占用的存储空间。本例利用 java.util.zip 包中所提供的类实现压缩和解压缩 zip 格式的文件。运行时，首先输入源文件和目标文件，然后根据需要单击"压缩文件"或"释放文件"按钮，进行相应的操作。在本实例中，不仅能压缩和解压缩文件，还可以压缩或解压缩包含有多个文件的文件夹，运行效果同 WinZip 压缩软件一样。程序运行界面如图 5-8 所示。

图 5-8　压缩和解压缩文件

【实例目的】

（1）学习并掌握 Java 中的 ZipInputStream 和 ZipOutputStream 类的使用。
（2）学习并掌握 Java 中的 ZipEntry 类的使用。
（3）学习并掌握 Java 中的 ZipFile 类的使用。

【技术要点】

（1）定义图形用户主界面。
（2）定义实现各个按钮的 ActionEvent 事件处理方法。

（3）定义实现压缩的方法 zip()。

（4）定义实现解压缩的方法 unzip()。

【代码及分析】

```java
//文件 ZipEx.java
import java.awt.*;
import java.awt.event.*;
import javax.swing.*;
import java.io.*;
import java.util.*;
import java.util.zip.*;
public class ZipEx extends JFrame implements ActionListener{
    JTextArea ta=new JTextArea();
    JButton bt1=new JButton("压缩文件");
    JButton bt2=new JButton("释放文件");
    JTextField t1=new JTextField();
    JTextField t2=new JTextField();
    File file1,file2;
    public ZipEx(){
        JScrollPane jsp=new JScrollPane(ta);
        JPanel p1=new JPanel(new GridLayout(2,2));
        p1.add(new JLabel("源文件",JLabel.CENTER));
        p1.add(t1);
        p1.add(new JLabel("目标文件",JLabel.CENTER));
        p1.add(t2);
        JPanel p2=new JPanel();
        p2.add(bt1);
        p2.add(bt2);
        getContentPane().add(jsp,"Center");
        getContentPane().add(p1,"North");
        getContentPane().add(p2,"South");
        bt1.addActionListener(this);
        bt2.addActionListener(this);
        setVisible(true);
        setSize(460,300);
        setTitle("压缩解压文件演示");
        setDefaultCloseOperation(JFrame.EXIT_ON_CLOSE);
    }
    public void actionPerformed(ActionEvent e){
        String sour=t1.getText();
        String dest=t2.getText();
        file1=new File(sour);
        file2=new File(dest);
        if(e.getSource()==bt1){
            ta.setText("\n"+"Zip file from "+file1.getName()+" to "+file2.
                    getName()+"\n");
```

```
            try{
                zip(file1,file2);
            }catch(Exception err){err.printStackTrace();}
        }
        if(e.getSource()==bt2){
            ta.setText("\n"+"Unzip file from "+file1.getName()+" to "+file2.
                    getName()+"\n");
            if(!file2.exists())              //如果 file2 不存在，则建立
                file2.mkdirs();
            try{
                unzip(file1,file2);
            }catch(Exception err){err.printStackTrace();}
        }
    }
    void zip(File sourfile,File destfile)throws Exception{
        File files[]=null;
        if(sourfile.isDirectory()){          //如果 sourfile 是目录
            files=sourfile.listFiles();
        }
        else{                    //如果 sourfile 是文件
            files=new File[1];
            files[0]=sourfile;
        }
        if(!destfile.exists()){               //如果 destfile 不存在，则建立
            File zipdir=new File(destfile.getParent());
            if(!zipdir.exists()){
                zipdir.mkdirs();
            }
            destfile.createNewFile();
        }
        FileOutputStream fos=new FileOutputStream(destfile);
        ZipOutputStream zos=new ZipOutputStream(fos);
        zos.setMethod(ZipOutputStream.DEFLATED);
        zos.setComment("A test of Java Zipping");
        FileInputStream fis=null;
        BufferedInputStream dis=null;
        ZipEntry ze=null;
        ta.append("Starting zip ...\n");
        int c;
        for(int i=0;i<files.length;i++){
            if(files[i].isFile()){
                fis=new FileInputStream(files[i]);
                dis=new BufferedInputStream(fis);
                ze=new ZipEntry(files[i].getName());     //以文件名为参数设置ZipEntry对象
                zos.putNextEntry(ze);
                while((c=dis.read())!=-1){               //从源文件读出，写入压缩文件
```

```
             zos.write(c);
           }
           dis.close();
        }
     }
     zos.close();
     ta.append("\t"+"zipped  "+sourfile.getName()+"\n");
     ta.append("zip complete.\n");
  }
  void unzip(File sourfile,File destfile)throws Exception{
     byte b[]=new byte[100];
     ta.append("Starting Unzip ...\n");
     try{
        ZipInputStream in=new ZipInputStream(new FileInputStream(sourfile));
        ZipEntry ze=null;
        while((ze=in.getNextEntry())!=null){//获得入口
           File file=new File(destfile,ze.getName());
           FileOutputStream out=new FileOutputStream(file);
           int n=-1;
           while((n=in.read(b,0,100))!=-1){          //从压缩文件读出，写入目标文件
              out.write(b,0,n);
           }
           out.close();
        }
        in.close();
     }catch(IOException ee){
        System.out.println(ee);
     }
     ta.append("\t"+"unzipped  "+sourfile.getName()+"\n");
     ta.append("unzip complete.\n");
  }
  public static void main(String args[]){
     new ZipEx();
  }
}
```

【应用扩展】

在实例中解压缩以后的文件都存放在指定的文件夹中，可以考虑一下如何让该程序如
WinZip 软件提供的功能一样，可以将压缩以后的文件直接解压缩到原来的文件夹中。

【相关知识及注意事项】

1. ZipEntry 类

ZipEntry 类表示 zip 文件中的一个压缩文件和文件夹。ZipEntry 类常用的构造方法如表 5-19
所示。

表 5-19　ZipEntry 常用的构造方法

方法	主要功能
ZipEntry(String name)	使用指定名称创建新的 ZIP 条目
ZipEntry(ZipEntry ze)	使用从指定 ZIP 条目获取的字段创建新的 ZIP 条目

2. ZipFile 类

ZipFile 类用来从一个 zip 文件中读取所有 ZipEntry 对象。ZipFile 类的常用方法如表 5-20 所示。

表 5-20　ZipFile 类的常用方法

方法	主要功能
ZipFile(File file)	打开供阅读的 zip 文件，由指定的 File 对象给出
ZipFile(File file ,int mode)	打开新的 zip 文件以使用指定模式从指定 File 对象读取
ZipFile(String name)	打开 zip 文件进行阅读
public Enumeration entries()	返回 zip 文件条目的枚举
ZipEntry getEntry(String name)	返回指定名称的 zip 文件条目，如果未找到，则返回 null
String getName()	返回 zip 文件的路径名
InputStream getInputStream(ZipEntry entry)	返回输入流以读取指定 zip 文件条目的内容

3. ZipInputStream 类

此类为读取 zip 文件格式的文件实现输入流过滤器。包括对已压缩和未压缩条目的支持。使用 ZipInputStream 类创建的输入流对象，可以读取压缩到 zip 文件中的各个文件（解压缩）。假设要解压一个名为 ss.zip 的文件，首先使用 ZipInputStream 的构造方法 public ZipInputStream (InputStream in)创建一个对象 in，例如：

```
FileInputStream fin=new FileInputStream("ss.zip");
ZipInputStream zin=new ZipInputStream(fin);    //创建一个 zip 输入流
```

然后，让 ZipInputStream 对象 zin 找到 ss.zip 中的下一个文件，例如：

```
ZipEntry ze=zin.getNextEntry();
```

最后，zin 调用 read()方法读取找到的该文件（解压缩）。

下面的实例就是用来读取 zip 文件的，该实例演示了 ZipInputStream 的使用方法，运行结果如图 5-9 所示。

图 5-9　读取 zip 文件

```java
import java.io.*;
import java.util.*;
import java.util.zip.*;
public class EX5_6{
    public static void main(String args[]){
      try{
        String s;
        BufferedReader buf=new BufferedReader(new InputStreamReader(System.in));
        System.out.println("请输入压缩文件名：");
        s=buf.readLine();
        File f=new File(s);
        System.out.println("请输入存放解压文件的文件名：");
        s=buf.readLine();
        File dir=new File(s);
        byte b[]=new byte[100];
        dir.mkdir();
        ZipInputStream in=new ZipInputStream(new FileInputStream(f));
        //压缩输入流
        ZipEntry ze=null;
        System.out.println("压缩文件"+f.getName()+"所包含的内容为：");
        while((ze=in.getNextEntry())!=null){      //获得入口
          File file=new File(dir,ze.getName());
          FileOutputStream out=new FileOutputStream(file);
          int n=-1;
          System.out.println(file.getName());   //显示文件名称
          while((n=in.read(b,0,100))!=-1){       //从压缩文件读出，往目标文件写入
              out.write(b,0,n);
          }
          out.close();
        }
        in.close();
      }catch(IOException ee){
        System.out.println(ee);
      }
    }
}
```

4. ZipOutputStream 类

此类为以 zip 文件格式写入的文件实现输出流过滤器。包括对已压缩和未压缩条目的支持。使用 ZipOutputStream 类创建的输出流对象，可以向压缩文件中写入各个文件（压缩）。假设要压缩一个名为 student.txt 的文件，首先使用 ZipOutputStream 的构造方法 public ZipOutputStream（OutputStream out）创建一个对象 zout，例如：

```java
FileOutputStream fout=new FileOutputStream("student.txt");
ZipOutputStream zout=new ZipOutputStream(fout);        //创建一个 zout 输出流
```

然后，zout 调用 write()方法将源文件写入压缩文件（压缩）。

ZipOutputStream 类的常用方法如表 5-21 所示。

表 5-21　ZipOutputStream 类的常用方法

方法	主要功能
void putNextEntry(ZipEntry e)	开始写入新的 zip 文件条目并将流定位到条目数据的开始处
void setMethod(int method)	设置用于后续条目的默认压缩方法
void setComment(String comment)	设置 zip 文件注释

下面的实例用来将源文件压缩，该实例演示 ZipOutputStream 类的使用方法，运行结果如图 5-10 所示。

图 5-10　ZipOutputStream 类

```java
import java.io.*;
import java.util.*;
import java.util.zip.*;
public class EX5_7{
    public static void main(String[] args){
        try{
            String name[]=new String[5];
            File file[]=new File[5];
            File dir=null;
            BufferedReader buf=new BufferedReader(new InputStreamReader(System.in));
            System.out.println("请输入 5 个要进行压缩的文件名：");
            for(int i=0;i<name.length;i++){
                name[i]=buf.readLine();
                file[i]=new File(name[i]);
            }
            System.out.println("请输入压缩文件名：");
            dir=new File(buf.readLine());
            FileOutputStream fout=new FileOutputStream(dir);
            ZipOutputStream zout=new ZipOutputStream(fout);          //压缩输出流
            ZipEntry ze=null;
            FileInputStream fin=null;
            BufferedInputStream bin=null;
            for(int i=0;i<name.length;i++){                          //对每个文件进行处理
                fin=new FileInputStream(file[i]);
```

```
        bin=new BufferedInputStream(fin);
        ze=new ZipEntry(file[i].getName());    //以文件名为参数设置ZipEntry对象
        zout.putNextEntry(ze);
        int c;
        while((c=bin.read())!=-1) zout.write(c);
        bin.close();
        fin.close();
    }
    zout.close();
    fout.close();
    System.out.println("\nAll files ziped to "+dir.getName()+"\n");
}catch(IOException e){
    }
  }
}
```

本章小结

　　本章主要介绍文件和数据流的基础知识。通过 4 个实例讲解 Java 中输入输出流的使用方法与技巧。"文件管理"实例主要讲解的内容有：文件 File 类和 File 类的常用方法以及如何利用文件类对文件属性等进行操作；"简单记事本"实例主要讲解的内容有：如何使用文件选择对话框、文件字节流和字符流、缓冲字节流和字符流以及数据输入输出流的应用场合以及使用技巧；"学生信息管理系统"实例主要讲解的内容有：什么是串行化以及为什么要进行串行化、如何使用对象输入输出流以及如何对文件进行随机读取，即文件字节流的随机访问的问题；"文件的压缩和解压缩"实例主要讲解的内容有：如何利用压缩输入流对压缩文件进行解压缩操作、如何利用压缩输出流对文件进行压缩操作以及对文件进行压缩和解压缩过程中的一些操作步骤。

习题 5

一、选择题

1. Java 对文件类提供了许多操作方法，其中能获得文件对象父路径名的方法是（　　）。

    A．getAbsolutePath()　　　　　　　　　　B．getParentFile()

    C．getAbsoluteFile()　　　　　　　　　　D．getName()

2. RandomAccessFile 类提供了对文件随机访问的方式，下面方法中可以改变文件指针的位置的是（　　）。

    A．seek()　　　　　　　　　　　　　　　B．getFilePointer()

    C．length()　　　　　　　　　　　　　　D．readInt()

3. File 类的构造方法 public File(String parent,String child)中，参数 child 是（　　）。

    A．子文件夹名　　　　　　　　　　　　　B．子文件夹对象名

　　　C．文件名　　　　　　　　　　　　　D．文件对象名

4．用文件字节输出流对文件进行写操作时，先要创建文件输出流对象并打开文件，文件数据流 FileOutputStream 的构造方法是：

```
public FileOutputStream(String name,boolean append)
```

其中参数 append 的值为 true 表示（　　　　）。

　　　A．将原文件的内容覆盖　　　　　　　B．在原文件的尾部添加数据
　　　C．在原文件的指定位置添加数据　　　D．创建一个新文件

5．下列 InputStream 类中（　　　）方法可以用于关闭流。

　　　A．skip()　　　　　　B．close()　　　　　C．reset()　　　　　D．mark()

6．用于输入压缩文件格式的 ZipInputStream 类所属的包是（　　　）。

　　　A．java.util　　　　　B．java.io　　　　　C．java.nio　　　　D．java.util.zip

7．在程序读入字符文件时，能够以该文件作为直接参数的类是（　　　）。

　　　A．FileReader　　　　　　　　　　　　B．BufferdReader
　　　C．FileInputStream　　　　　　　　　　D．ObjectInputStream

二、填空题

1．在 Java 语言中，I/O 类被分割为输入流与输出流两部分，所有的输入流都是从抽象类 InputStream 和＿＿＿＿＿＿＿＿＿＿继承而来的，所有输出流都是从抽象类＿＿＿＿＿＿＿＿＿和 Writer 继承来的。

2．用于创建随机访问文件的类是＿＿＿＿＿＿＿＿＿＿＿＿。

3．创建了一个文件输入流后，就可以从该流中通过调用它的＿＿＿＿＿＿＿＿＿＿方法来读取字节。

4．File 类中利用＿＿＿＿＿＿＿＿＿＿方法来判断指定文件是否是目录。

5．通常串行化时需要重写＿＿＿＿＿＿＿＿＿＿方法和 readObject()方法，可以控制读取数据流的方式。

6．下面的程序利用 BufferedWriter 类将 5 个随机数写入缓冲区，然后将缓冲区内的数据全部写入文件 random.txt 中。请在划线处填写合适的代码。

```
import java.io.*;
public class TestFile{
   public static void main(String args[]) throws IOException{
     FileWriter fw=new FileWriter("random.txt");
     BufferedWriter bfw=_____;
     for(int i=1;i<=5;i++){
       bfw.write(Double.toString(Math.random()));
       bfw.newLine();
     }
     _____;
     fw.close();
   }
}
```

三、判断题

1. Java 中通常用 FileInputStream 和 FileOutputStream 类来处理以字节为主的输入输出工作。（ ）

2. 为了对读取的内容进行处理后再输出，需要使用 RandomAccessFile 类。（ ）

四、简答题

1. 请问 InputStream、OutputStream、Reader 和 Writer 类的功能有何差异？

2. 写出 InputStream 类的 read()方法的三种形式，并说明其中参数的含义。

3. RandomAccessFile 类和其他输入输出类有何差异？它实现了哪些接口？

五、程序设计题

1. 编写程序，利用 FileInputStream 类和 FileOutputStream 类复制文件，并利用 File 类显示文件中的字节数，其中源文件和目标文件名通过键盘输入。图 5-11 给出了该程序的一个运行样例。

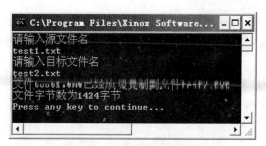

图 5-11 文件字节流的复制

2. 编写程序，制作一个文本文件阅读器，文件菜单设置"打开"和"退出"命令，可以打开本地硬盘上的文本文件，并将文件内容显示到文本框中，文本框不能编辑，退出命令能够退出程序。程序运行界面如图 5-12 所示。

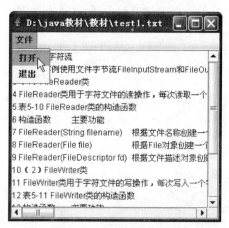

图 5-12 文本文件阅读器

3. 创建 10 个点坐标，写入 D:\t1.txt 文件中，然后随机修改任意一个点的坐标，并显示在屏幕上。程序运行界面如图 5-13 所示。

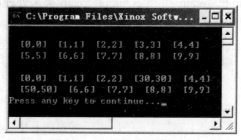

图 5-13　点坐标的随机修改

第 6 章　Java 的 Applet 编程

教学目标与要求： 本章主要介绍 Java 中的另外一类小应用程序，也是 Java 在网络上的主要应用：Java Applet。通过对本章的学习，读者应该掌握以下内容：

- Applet 的生命周期
- Applet 程序的创建和执行过程
- Applet 与 Application 的区别
- Applet 程序间的通信以及和浏览器之间的通信

教学重点与难点： Java Applet 程序的创建和执行。

6.1　"绘制统计图"实例

【实例说明】

本实例设计一个 Applet 小应用程序，通过 HTML 向 Applet 传递参数，绘制出统计图。程序运行结果如图 6-1 所示。

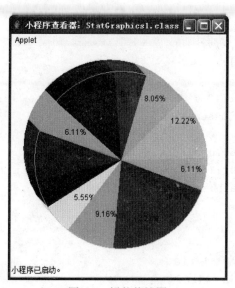

图 6-1　饼状统计图

【实例目的】

（1）掌握 JApplet 类及实现一个简单 Applet 程序的过程。

（2）掌握 Applet 小应用程序的基本结构以及 init()、start()、paint()、stop() 和 destroy() 等方法在程序中的作用。

（3）掌握 HTML 文件中与 Applet 相关的标记。

（4）掌握 Applet 小程序与网页之间的传值方法。

（5）掌握 Font 类和 Color 类的常用方法及其使用。

【技术要点】

（1）在 HTML 文件中使用<param>标记，定义参数，并指定参数的值。

（2）在 Applet 小应用程序的 init()方法中，使用 getParameter()方法读取 HTML 文件中的参数值，在 paint()方法中利用画圆弧的方法绘制圆盘状统计图。

【代码及分析】

```java
//文件 StatGraphics.java
import java.awt.*;
import java.applet.*;
import java.math.*;
import javax.swing.*;
public class StatGraphics extends JApplet {
 int a[]=new int[12];
 public void init() {
   for(int i=0;i<12;i++)          //取得 12 个月份的参数值
       a[i]=Integer.parseInt(this.getParameter("m"+(i+1)));
 }
public void paint(Graphics g) {//绘制图形
  int i,j,sum=0,qsum,x,y;
  int q[]=new int[12];
  double qq;
  Color c[]=new Color[12];
  for(i=0;i<12;i++)sum=sum+a[i];
  for(i=0;i<12;i++){
      q[i]=(int)(360.0*a[i]/sum+0.5);
      c[i]=new Color((int)(Math.random()*256),(int)(Math.random()*256),
          (int)(Math.random()*256));
  }
  for(i=0;i<20;i++){
      qsum=0;
      for(j=0;j<12;j++){
        g.setPaintMode();
        g.setColor(c[j]);
        g.fillArc(20+i,20+i,280,280,qsum,q[j]);      //填充圆弧
        if(i==19){
          g.setXORMode(Color.black);
          if(qsum<180)qq=qsum+q[j]*4/5.0f;
              else qq=qsum+q[j]*2/5.0f;
          x=178+(int)(100*Math.cos(qq*Math.PI/180));
```

```
            y=178-(int)(100*Math.sin(qq*Math.PI/180));
            g.drawString((int)(q[j]*100/360.0*100)/100.0f+"%",x,y);
          }
        qsum=qsum+q[j];
      }
    }
  g.setPaintMode();
  g.setColor(Color.lightGray);
  g.drawOval(38,38,280,280);
  }
}
```

编写 Applet 程序后，首先要用 java 编译器编译成字节码文件，然后编写相应的 HTML 文件才能够正常执行。HTML 文件的具体代码实现如下：

```html
<html>
<head></head>
<body bgcolor="000000">          //设置背景颜色
<center>
<applet code="StatGraphics.class"  width  ="300"  height  ="300" >
<param name="m1"    value="200">
<param name="m2"    value="130">
<param name="m3"    value="100">
<param name="m4"    value="200">
<param name="m5"    value="100">
<param name="m6"    value="150">
<param name="m7"     value="80">
<param name="m8"     value="90">
<param name="m9"    value="150">
<param name="m10"   value="200">
<param name="m11"   value="140">
<param name="m12"   value="100">
</applet>
</center>
</body>
</html>
```

【应用扩展】

利用画矩形的方法，也可以绘制出统计图。例如：

```java
//文件 StatGraphics.java
import java.awt.*;
import java.applet.*;
import java.math.*;
import javax.swing.*;
public class StatGraphics extends JApplet {
    int a[]=new int[12];
    String title;
```

```
    public void init() {
         for(int i=0;i<12;i++)
                   a[i]=Integer.parseInt(this.getParameter("m"+(i+1)));
         title=this.getParameter("title");
    }
public void paint(Graphics g) {
          g.setFont(new Font(this.getFont().getName(),
                       this.getFont().getStyle(),30));
     g.drawString(title, 190, 60 );
     g.drawLine(30,30,30,320);
     g.drawLine(30,320,470,320);
     g.setFont(new Font(this.getFont().getName(),
                    this.getFont().getStyle(),15));
     for(int i=0;i<12;i++){
       g.setColor(new Color((int)(Math.random()*256),
            (int)(Math.random()*256),(int)(Math.random()*256)));
       g.fillRect(35+i*35,320-a[i],30,a[i]);
       g.drawString((i+1)+"月",35+i*35,340);
     }
    }
}
```

HTML 文件的具体代码实现如下：

```
<html>
<head></head>
<body bgcolor="000000">
<center>
<applet code = "StatGraphics.class"  width= "600"  height= "400"  >
<param name="m1"  value="200">
<param name="m2"  value="130">
<param name="m3"  value="100">
<param name="m4"  value="200">
<param name="m5"  value="100">
<param name="m6"  value="150">
<param name="m7"  value="80">
<param name="m8"  value="90">
<param name="m9"  value="150">
<param name="m10"  value="200">
<param name="m11"  value="140">
<param name="m12"  value="100">
<param name="title"  value="产值统计图">
</applet>
</center>
</body>
</html>
```

程序运行结果如图 6-2 所示。

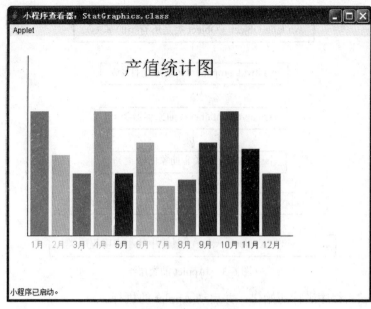

图 6-2 柱状统计图

【相关知识及注意事项】

1. Java Applet 简介

Java 程序分为 Application 和 Applet 两种类型。Applet 是用 Java 编写的小应用程序，它能够嵌入在 HTML 网页中，并由支持 Java 的 Web 浏览器解释执行。Applet 是一种为通过 Web 浏览器在 Internet 上工作而设计的 Java 程序，其特点如下：

（1）Applet 不能作为一个独立程序单独运行，需经下载后在网页浏览器里运行。

（2）要生成 Applet 小应用程序，必须创建 Applet 类或 JApplet 类的子类，然后根据用户的需要，重写 Applet 类或 JApplet 类中部分方法的内容。

（3）Applet 本身就隐含地代表了一个图形用户界面。

（4）在 Applet 程序中没有 main()方法。

Applet 类属于 AWT，是一种特殊的 Panel，它是 Java Applet 程序的最外层容器。Applet 容器的默认布局策略与 Panel 一致，都是 FlowLayout。

如果使用 Swing 组件编写 Applet，则 Applet 必须扩展 javax.swing.JApplet 类来实现，以 JApplet 作为顶层容器，在其中加入 Swing 组件，从而保证所有的绘图和更新动作都能够正确地执行。JApplet 容器的默认布局是 BorderLayout。JApplet 直接由 Applet 扩展而来具体的继承层次如图 6-3 所示。

2. Applet 的生命周期

从运行开始到运行结束，Applet 程序总表现出不同的状态，例如，初始化、绘制图形、启动、退出等，这些状态的改变是由浏览器根据自己的需要自动调用相应的方法实现的。Applet 在浏览器中工作的一般原理是：

（1）首先进入含有 Applet 的 Web 页面，并将 WWW 服务器上对应的 Applet 字节码通过网络下载到客户端浏览器。

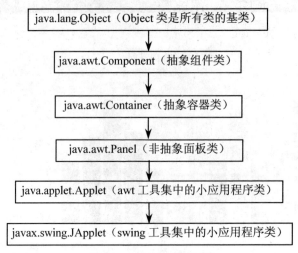

图 6-3　JApplet 的类层次

（2）对 Applet 程序进行初始化，并启动 Applet 的执行。

（3）当用户离开当前含有 Applet 的页面时或最小化当前页面时，浏览器会暂时停止 Applet 的执行，让出 CPU 资源。

（4）当用户又再次回到含有 Applet 的页面时，Applet 程序会继续执行。

（5）当用户查看完信息关闭浏览器时，浏览器会自动调用 Applet 类中的方法来终止小应用程序的执行，并释放程序占用的所有系统资源。

根据 Applet 的工作原理，其生命周期如图 6-4 所示。

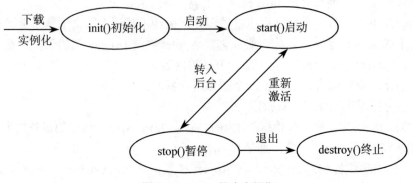

图 6-4　Applet 的生命周期

在整个生命周期中经常用到的方法有：

（1）init()方法：初始化。当 Applet 第一次被浏览器加载时便执行该方法，主要任务是进行初始化操作，如处理由浏览器传递进来的参数、添加用户接口组件、加载图像和音频文件等；在 Applet 的整个生命周期中，只执行一次。

（2）start()方法：启动执行。start()方法在 Applet 的生命周期中可执行多次，而 init()只执行一次。start()方法是 Applet 的主体，在方法体中可以执行一些任务或者启动相关的线程来执行任务，例如开始动画或声音的播放等。

（3）stop()方法：暂停执行。与 start()成对出现，因此它也是可以被多次执行的。当用户离开正在运行的 Applet 时，浏览器便会调用 stop()方法停止 Applet 的执行。若没有定义 stop()方法，当用户离开后，Applet 就会继续使用系统资源。一般情况下，在 Applet 中不包含动画、声音等程序，通常不必重写该方法。

（4）destroy()方法：终止执行。当浏览器关闭时，系统调用 destroy()方法释放 Applet 程序占用的系统资源。在 Applet 生命周期中，destroy()方法只执行一次。此方法只能用于 Applet 程序中，一般不需要重写。

（5）paint()方法。paint()方法可以使 Applet 在浏览器中显示某些信息，如文字、色彩、背景或图像等。在 Applet 的生命周期中 paint()方法可以多次被调用。例如，当 Applet 被其他页面遮挡，然后又重新放到最前面，以及改变浏览器窗口大小，或者 Applet 本身需要显示信息时，都会导致浏览器调用 paint()方法。

paint()方法在 java.applet.Applet 类中定义，由系统自动调用。在 Applet 程序中 paint()方法必须被重写，以绘制 Applet 的图形界面。

重写 paint()方法的一般格式：

```
public void paint(Graphics g){
    …  //方法体
}
```

其中，参数 g 代表一个图形对象，即 Applet 的图形界面，浏览器会自动创建并将其传递给 paint()方法。

例如：

```
public void paint(Graphics g){
    g.drawString("这是一个 Applet 程序", 10, 10);
}
```

其中，drawString()方法用于在屏幕上显示一行字符，drawString()方法有三个参数：第一个参数是一个字符串，指定在屏幕上显示的内容，第二个和第三个参数以坐标形式指定显示字符串的位置。

3. Applet 程序的基本结构

```
import java.awt.*;
import java.applet.*;
public class AppletClassName extends Applet{
public void init(){
   //初始化变量、装载图片、读取参数值等
}
public void start(){
//启动程序执行或恢复程序执行
}
public void stop(){
//挂起正在执行的程序，暂停程序的执行
}
public void destroy(){
//终止程序的执行，释放资源
}
public void paint(Graphics g){
```

```
//完成绘制图形等操作
    }
}
```

在上述结构中，并不是所有的方法都是必需的，用户根据自己的需要重写相应的方法，一般情况下 init()方法和 paint()方法是必须重写的。

如果在创建小应用程序时，继承的是 JApplet 类，主类的结构不发生改变，但在 Applet 中加入组件或绘制图形等方面有所变化。另外，继承 JApplet 类时需要引用的包和类声明语句如下：

```
import javax.swing.*;
import java.awt.*;
public class JAppletClassName extends JApplet{…}
```

Applet 程序与 Application 程序之间的比较，如表 6-1 所示。

表 6-1　Applet 程序与 Application 程序之间的比较

Applet 程序	Application 程序
Applet 基本上是为在 Web 上运行而设计的	应用程序是为独立运行而设计的
Applet 是通过扩展 Applet 类或 JApplet 类创建的	应用程序不受这种限制
Applet 通过 appletviewer 或在支持 Java 的浏览器上运行	应用程序使用 Java 解释器运行
Applet 的执行从 init() 方法开始	应用程序的执行从 main()方法开始
Applet 必须至少包含一个 public 类，否则编译器就会报告一个错误。在该类中不一定要声明 main( )方法	对于应用程序，public 类中必须包括 main( )方法，否则无法运行

4. HTML 文件中与 Applet 相关的标记

由于 Applet 小程序本身不能够独立执行，必需配合使用 HTML 文件才能够使用。因此，介绍一下 HTML 文件中与 Applet 相关的标记。

```
<html>
<applet
code=appletFile.class              //给出已编译好的 Applet 字节码文件名
width=pixels    height=pixels      //指定 Applet 显示区域的大小
[codebase=codebaseURL]             //Applet 字节码文件的地址
[alt=alternateText]                //如果浏览器不支持 Applet 时，显示的替代文本
[name=appletInstanceName]          //给 Applet 取名，用于同页面 Applet 之间的通信
[align=alignment]                  //对齐方式
[vspace=pixels] [hspace=pixels]    //预留的边缘空白
>
[<param name=appletparameter1 value=value>]   //参数名称及其值
[<param name=appletparameter2 value=value>]
[alternateHTML]
</applet>
</html>
```

在 Applet 标记的格式中，方括号[]表示其中的内容是可选的，但 code、width、height 这三个标记必须进行设置，否则 Applet 将无法运行。<applet>标记不区分大小写。

　　Applet 标记包含的主要属性有：

　　（1）code 和 codebase：code 指明了 Applet 的字节码文件名，如果 code 使用时没有带一个相应的 codebase，这个字节码文件就会从包含这个 Applet 的网页的同一个地方载入。

　　（2）align：定义 Applet 与网页其他部分的位置关系，可以取的值有 LEFT，RIGHT，TEXTTOP，TOP，ABSMIDDLE，MIDDLE，BASELINE，BOTTOM，ABSBOTTOM。

　　（3）vspace 和 hspace：定义 Applet 显示区上下（vspace）和左右（hspace）两边空出的间距。

　　（4）param：将参数传递给 Applet，在 Applet 程序中通过 getParameter()方法获得参数值。

　　Application 程序通过命令行将参数传给 main()方法，而 Applet 程序通过在 HTML 文件中采用<param>标记定义参数。参数允许用户定制 Applet 的操作。通过定义参数，提高 Applet 的灵活性，使得所开发的 Applet 不需要重新编码和编译，就可以在多种环境下运行。

　　Applet 被下载时，在其 init()方法中使用 getParameter()方法获取参数。方法 getParameter(String name)，返回在 HTML 文件的<param>标记中指定参数 name 的值。如果指定参数 name 在 HTML 文件没有被说明，该方法将返回 null。

　　注意：<applet>和</applet>标记必须成对出现，并且一定要指明载入的字节码文件名和 Applet 显示区域的宽度和高度。HTML 标记名称不区分大小写，但是属性值区分大小写。

　　5. Applet 中输出文字的基本方法

　　在 Applet 中经常需要输出一些文字，用来显示注释信息，在 Graphics 类中提供了各种输出文字的方法，如表 6-2 所示。

表 6-2　Graphics 类中绘制文本的基本方法

方法	主要功能
drawBytes(byte[] data, int offset, int length, int x, int y)	将字节数组转化为字符串进行显示输出，显示区域的左下角坐标为(x,y)
drawChars(char[] data, int offset, int length, int x, int y)	将字符数组转化为字符串进行显示输出，显示区域的左下角坐标为(x,y)
drawString(String str, int x, int y)	将字符串进行显示输出，显示区域的左下角坐标为(x,y)

6.2　"同页 Applet 间的通信"实例

【实例说明】

　　本实例建立两个 Applet 小应用程序，一个完成发送信息功能，另一个完成接收信息功能。程序运行结果如图 6-5 所示。

【实例目的】

　　学习并掌握同页 Applet 间的通信。

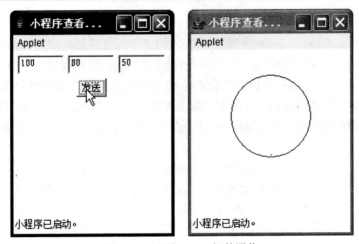

图 6-5   同页 Applet 间的通信

【技术要点】

为了完成同页 Applet 间的通信，在 HTML 文件中使用 name 属性定义第二个 Applet 的名字；在第一个 Applet 程序中，通过 getAppletContext()方法得到当前运行页的环境上下文 AppletContext 对象，再通过这个对象的 getApplet()方法得到指定名字的 Applet 对象，从而完成同页 Applet 间的通信。

【代码及分析】

```java
//文件 OneApplet.java 发送信息
import java.awt.*;
import java.applet.*;
import java.awt.event.*;
public class OneApplet extends Applet implements ActionListener{
  TextField t1=new TextField(5);
  TextField t2=new TextField(5);
  TextField t3=new TextField(5);
  Button btn=new Button("发送");
  public void init(){
      add(t1);
      add(t2);
      add(t3);
      add(btn);
      btn.addActionListener(this);
  }
  public void actionPerformed(ActionEvent e){
      //得到当前运行页的环境上下文 AppletContext 对象，再获得另一个 Applet
    AnotherApplet anthor=(AnotherApplet)getAppletContext().
                         getApplet("AnotherApplet");
    if(anthor!=null){
      anthor.draw(Integer.parseInt(t1.getText().trim()),
```

```
                        Integer.parseInt(t2.getText().trim()),
                        Integer.parseInt(t3.getText().trim())
                    );
        }
    }
}
//文件 AnotherApplet.java 接收信息
import java.awt.*;
import java.applet.*;
public class AnotherApplet extends Applet{
  public void draw(int x,int y,int r){
      Graphics g=this.getGraphics();          //取得窗口的绘图区
      g.drawOval(x-r,y-r,2*r,2*r);             //在绘图区中绘制圆形
  }
}
```

为了在浏览器中运行上述小应用程序，需要编写 HTML 文件。在 HTML 文件中同时嵌入两个已经编译好的 Applet 字节码文件，当运行 HTML 文件时，会同时启动两个程序一起运行，即弹出两个小应用程序浏览器。HTML 文件的具体内容如下：

```
<html>
<body bgcolor="000000">
<center>
<applet code="OneApplet.class" width="200" height="200">
</applet>
<applet name="AnotherApplet"  code="AnotherApplet.class"  width="200"
            height="200" >
</applet>
</center>
</body>
</html>
```

【应用扩展】

Applet 间的通信，可以在两个 Applet 之间进行通信，还可以在多个 Applet 之间相互进行通信。

【相关知识及注意事项】

1. 同页 Applet 间的通信

在同一个 HTML 页面中，可以嵌入多个 Applet 小应用程序，它们可以通过 java.applet 包中提供的接口、类方法进行通信。例如，Applet 环境上下文接口 AppletContext。在 Applet 类中提供了如下方法可以得到当前运行网页的环境上下文 AppletContext：

```
public AppletContext getAppletContext()
```

通过 AppletContext，可以得到当前 Applet 运行环境的信息。在 AppletContext 和 Enumeration 接口中，还定义了一些方法实现同一页中多个 Applet 间的通信，如表 6-3 所示。

表 6-3　AppletContext 和 Enumeration 接口的方法

接口	方法	主要功能
AppletContext	public Applet getApplet(String s)	取得同一个 HTML 文件中具有名字 s 的 Applet
	public Enumeration getApplets()	取得在同一个 HTML 文件中所有的 Applet
Enumeration	public Boolen hasMoreElements()	测试 Enumeration 对象中是否还包含更多的 Applet
	public Object nextElement ()	返回 Enumeration 对象中的下一个 Applet

2．Applet 与浏览器间的通信

在 Applet 类中提供了多种方法，使之可以与浏览器进行通信。常用的 Applet 与浏览器通信的方法如表 6-4 所示。

表 6-4　Applet 与浏览器间的通信方法

方法	主要功能
String getAppletInfo()	获取 Applet 的信息，如 Applet 的设计者、版本号
URL getCodeBase()	获取当前 Applet 的 URL 地址
URL getDocumentBase()	获取嵌入 Applet 的 HTML 文件的 URL 地址
Image getImage(URL url)	取得地址为 url 的图像文件
Image getImage(URL url, String image)	取得地址为 url、名称为 image 的图像文件
AudioClip getAudioClip(URL url)	取得地址为 url 的 AudioClip 对象（音频文件）
AudioClip getAudioClip(URL url, String autoclip)	取得地址为 url、名称为 autoclip 的 AudioClip 对象
String getParameter (String s)	获取 HTML 文件中名称为 s 的参数的值
String[][] getParameterInfo ()	获取 HTML 文件中所有参数的信息

本章小结

本章主要介绍 Java Applet 小应用程序。

通过"绘制统计图"实例，介绍 Applet 的类层次、Applet 的生命周期及相关方法、Applet 程序的基本结构、HTML 文件中与 Applet 相关的标记以及 Applet 中输出文字的基本方法；通过"同页 Applet 间的通信"实例，介绍同页 Applet 间的通信、Applet 与浏览器间的通信。

习题 6

一、选择题

1．Applet 类的直接父类是（　　）。

    A．Component 类　　　B．Container 类　　C．Frame 类　　　　D．Panel 类

2．Applet 运行时，被浏览器或 appletviewer 调用的第一个方法是（　　）。

    A．paint()　　　　　　B．init()　　　　　　C．start()　　　　　D．destroy()

3．关于 paint()方法，以下说法错误的是（　　）。

  A．由 Java 自动调用

  B．当窗口从隐藏变成显示时自动执行

  C．从缩小图标还原之后自动执行

  D．方法没有参数

4．在 Applet 生命周期中，下面（　　　）方法是在装载 Applet 时被调用。

  A．destroy()   B．start()   C．init()   D．stop()

5．Applet 的运行过程要经历 4 个步骤，其中哪个不是运行步骤？（　　　）

  A．浏览器加载指定 URL 中的 HTML 文件

  B．浏览器显示 HTML 文件

  C．浏览器加载 HTML 文件中指定的 Applet 类

  D．浏览器中的 Java 运行环境运行该 Applet

6．将一个 HTML 文件中的参数传递到 Applet 中，参数名字为 name，在 Applet 中如何接收？（　　　）

  A．public void init(){

    String s=getParameter("name");

    ……

    }

  B．public static void main(String args[]){

    String s=args[0];

    ……

    }

  C．public static void main(String args[]){

    String s=getParameter("name");

    ……

    }

  D．public void init(){

    int name=getParameter("name");

    ……

    }

二、填空题

1．Applet 生命周期中的关键方法包括＿＿＿＿＿＿＿＿、＿＿＿＿＿＿＿＿、＿＿＿＿＿＿＿＿、＿＿＿＿＿＿＿＿。

2．每个 applet 必须定义为＿＿＿＿＿＿＿＿的子类。

3．一个 applet 标记中，必须出现的属性项有＿＿＿＿＿＿＿＿、＿＿＿＿＿＿＿＿、＿＿＿＿＿＿＿＿。

4．编写同时具有 Applet 与 Application 的特征的程序。具体方法是：作为 Application 要定义 main() 方法，并且把 main() 方法所在的类定义为一个＿＿＿＿＿＿＿＿类。为使该程序成为一个 Applet，main() 方法所在的这个类必须继承 Applet 类或＿＿＿＿＿＿＿＿类。

三、判断题

1. 每个 Java Applet 均派生自 Applet 类，但不需加载 Applet 类，系统会自动加载。（   ）
2. Java 的坐标系统是相对于窗口的，以像素为单位，原点位于窗口的左上角。（   ）

四、简答题

1. 描述 Applet 的一般工作原理，Applet 的基本结构和每一个方法的作用，在 Applet 的常用方法中，哪些只运行一次，哪些运行多次？

2. 简述 Applet 的执行方式。

3. 简述在 Applet 中 paint()方法、repaint()方法和 update()方法之间的关系和区别。

4. 阅读如下程序，给出运行结果。

```
//文件 Ex6_4_1.java
import java.awt.Graphics;
import java.applet.Applet;
public class Ex6_4_1 extends Applet{
    String s;
    public void init(){
        s="Hello World!";
    }
    public void paint(Graphics g){
        g.drawString(s,25,25);
    }
}
```

五、程序设计题

1. 编写一个 Applet 程序，显示字符串，设置字符串的显示位置、字体、大小和颜色。

2. 编写一个 Applet 程序，在 HTML 文件中接收 PARAM 参数，并将参数的内容显示在浏览器中。

3. 编写一个 Applet 程序，在不同行使用不同颜色显示自己的基本信息（姓名、学号、性别等）。

第 7 章　多媒体与图形学程序设计

教学目标与要求：本章主要介绍图形设计、图像处理和 Java Applet 小应用程序在多媒体方面的应用等内容。通过对本章的学习，读者应该掌握以下内容：

- 绘制文本
- 绘制基本图形
- 字体颜色的设置
- Java 2D 图形的绘制
- 图像的创建、加载与显示
- 计算机动画
- 声音加载与播放

教学重点与难点：绘制图形；图像的创建、加载与显示；Java Applet 在多媒体方面的重要应用。

7.1　"文字与图形绘制"实例

【实例说明】

使用各种颜色绘制文字以及各种图形，屏幕效果如图 7-1 所示。

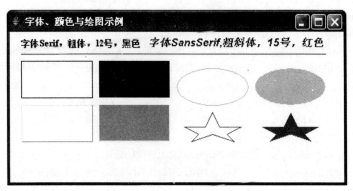

图 7-1　字体、颜色与绘图

【实例目的】

（1）学习并掌握 Graphics 类常用的绘制各种线段、曲线、矩形、圆形和多边形的方法。

（2）学习并掌握 Graphics 类的两种绘图模式，特别是异或模式的颜色 XOR 运算规则。

（3）学习并掌握在 paint()或 paintComponent()方法中进行绘图的过程以及在其他方法中进行绘图的基本步骤。

【技术要点】

（1）界面设计：一个窗口，在窗口内绘制图形和文字。
（2）界面实现：创建一个 JFrame 类的子类，重写该类的 paint()方法完成绘制图形的工作。

【代码及分析】

```java
//Graphic.java
import java.awt.*;
import javax.swing.*;
public class Graphic extends JFrame{
    public Graphic(){
        super("字体、颜色与绘图示例");          //设置窗口标题
        setSize(480,240);                    //设置窗口大小
        setVisible(true);                    //使窗口可见
    }
    public void paint(Graphics g)    {
        super.paint(g);
        g.setFont(new Font("Serif",Font.BOLD,12));            //设置字体
        g.setColor(Color.BLACK);                              //设置颜色
        g.drawString("字体 Serif，粗体，12 号，黑色",20,50);      //绘制字符串
        g.setFont(new Font("SansSerif",Font.BOLD+Font.ITALIC,15));
        g.setColor(new Color(255,0,0));
        g.drawString("字体 SansSerif,粗斜体，15 号，红色",200,50);
        g.drawLine(20,60,450,60);                //绘制直线
        g.setColor(Color.BLUE);
        g.drawRect(20,70,100,50);                //绘制矩形
        g.fillRect(130,70,100,50);               //绘制实心矩形
        g.setColor(Color.YELLOW);
        g.draw3DRect(20,130,100,50,true);        //绘制三维凸起矩形
        g.fill3DRect(130,130,100,50,false);      //绘制三维凹陷实心矩形
        g.setColor(Color.pink);
        g.drawOval(240,80,100,50);               //绘制椭圆
        g.fillOval(350,80,100,50);               //绘制实心椭圆
        g.setColor(Color.MAGENTA);
        int xValues[]={250,280,290,300,330,310,320,290,260,270};
        int yValues[]={160,160,140,160,160,170,180,170,180,170};
        g.drawPolygon(xValues,yValues,10);  //绘制空心多边形
        int xValues2[]={360,390,400,410,440,420,430,400,370,380};
        g.fillPolygon(xValues2,yValues,10); //绘制实心多边形
    }
    public static void main(String args[]){
        Graphic myGraphic=new Graphic();                //产生 Graphic 类的一个实例
        myGraphic.setDefaultCloseOperation(JFrame.EXIT_ON_CLOSE);  //关闭窗口
    }
}
```

【应用扩展】

利用基本的绘图方法，在窗口中绘制一个小车模型。程序设计提示如下：

（1）界面设计：一个窗口，窗口中放置一个绘制图形的面板。

（2）界面实现：创建一个 JFrame 类的子类，再创建一个 JPanel 类的子类。在窗口类中添加一个面板类的对象，在面板类的 paint()方法中完成绘制图形的工作。

```java
//文件 BasicGraphicsDemo.java
import java.awt.*;
import java.awt.event.*;
import javax.swing.*;
import java.util.*;
public class BasicGraphicsDemo extends JFrame {
    public BasicGraphicsDemo() {
        this.getContentPane().add(new ShapesPanel());    //将面板添加到窗体中
        setTitle("基本绘图演示");
        setSize(400,270);
        setVisible(true);
    }
    public static void main(String args[]) {
        BasicGraphicsDemo mainFrame=new BasicGraphicsDemo();
    }
}
class ShapesPanel extends JPanel{
    ShapesPanel(){
        setBackground(Color.white);                 //设置背景色
        setOpaque(true);                            //设置非透明
    }
    public void paint(Graphics g){
        Font font=new Font("宋体",Font.PLAIN,20);
        g.setFont(font);
        g.setColor(Color.black);
        g.drawString("小汽车",20,60);               //绘制文字"小汽车"
        g.drawArc(140,20,120,120,5,175);            //画圆弧
        g.drawRect(160,38,80,50);                   //画矩形
        g.setColor(Color.red);                      //设置颜色
        g.fillRoundRect(100,90,200,50,10,10);       //绘制圆角长方形并填满红色
        g.setXORMode(Color.blue);                   //设置绘图模式为"异或"方式
        g.fillOval(120,120,50,50);                  //绘制左圆形并填满颜色：上面的半
                                                    //圆为蓝色，下面的半圆为绿色
        g.fillOval(230,120,50,50);                  //绘制右圆形并填满颜色：上面的半
                                                    //圆为蓝色，下面的半圆为绿色
        g.setPaintMode();                           //设置绘图模式为正常模式
        g.setColor(Color.black);
        g.drawLine(20,170,380,170);                 //绘制线段
        int x[]={20,60,120,150,200,220,300,340,380};
```

```
        int y[]={172,198,172,190,172,198,172,190,172};
        g.fillPolygon(x,y,9);                    //利用点坐标画多边形并填满颜色
    }
}
```

程序运行结果如图 7-2 所示。

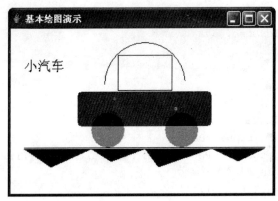

图 7-2   小车模型

【相关知识及注意事项】

1. 绘图表面

为了在 Java 程序中进行绘图和绘画，需要一个可以操作的表面。在 AWT 程序中，这个绘图表面通常是一个 Cavans 组件。在 Swing 程序中，可以直接在顶层窗口（通常是 JApplet 和 Jframe）上绘图，或者在 JPanel 的子类上绘图。

2. 图形环境和图形对象

要在 Java 中绘图，需要理解 Java 坐标系统。

绘制图形时，均是以窗口左上角为原点，坐标为(0,0)，水平向右为正 x 方向，垂直向下为正 y 方向，如图 7-3 所示。坐标值为整数，坐标的单位是像素，它是显示器分辨率的最小单位。

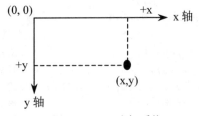

图 7-3   Java 坐标系统

在屏幕上绘图需要使用 Java 图形环境，每个 Java 组件（包括 Swing 组件）都有一个与之关联的图形环境，也称图形上下文，用 java.awt.Graphics 类的一个对象表示。Graphics 对象用于管理图形环境，并在屏幕上绘制代表文本或其他图形对象的像素。Graphics 类是所有图形上下文的抽象基类，这个上下文允许应用程序将图形绘制到由不同设备实现的组件上，以及绘制到空闲屏幕的映像中。

一个 Graphics 对象封装了 Java 支持的基本绘图操作所需的状态信息。此状态信息包括下

列属性：

　　（1）要被绘制到其上的组件对象。

　　（2）绘制和剪贴坐标的平移原点。

　　（3）当前的剪贴板。

　　（4）当前颜色。

　　（5）当前的字体。

　　（6）当前的逻辑像素操作函数（XOR 或 Paint）。

　　（7）当前的 XOR 替换颜色。

　　3．使用 Graphics 类绘图

　　Java 中的 Graphics 类包含各种绘图方法，用于绘制直线、矩形、多边形、圆和椭圆等图形并进行简单的图形处理。

　　当在 AWT 和 Swing 顶层容器上绘图时，需要重写组件的 paint()方法；当在 Swing 的 JComponent 的子类组件上绘图时，则需重写 paintComponent()方法。在这两种方法下，都是以一个 Graphics 对象作为参数。paint()方法和 paintComponent()方法的首部分别为：

```
public void paint(Graphics g)
public void paintComponent(Graphics g)
```

　　绘图都是用 Graphics 类的对象来完成的。绘图一般在 paint()或 paintComponent()方法中进行，若在其他方法中绘图，可先使用 getGraphics()方法取出 Graphics 对象，即窗体的绘图区，然后在绘图区中进行绘图。例如：

```
public class AnotherApplet extends Applet{
    public void draw(int x,int y,int r){
        Graphics g=this.getGraphics();            //取得窗口的绘图区
        g.drawOval(x-r,y-r,2*r,2*r);              //在绘图区中绘制圆形
    }
}
```

　　Graphics 类中绘制图形的主要方法如表 7-1 所示，表中的绘图方法只要给定的参数合乎要求就一定能够绘制出所需的图形。

表 7-1　绘图的基本方法

类型	方法	主要功能
绘制线段	drawLine(int x1,int y1,int x2 ,int y2)	绘出线段
绘制矩形	drawRect(int x,int y,int width ,int height)	绘出矩形，图形的左上角坐标为(x,y)
	fillRect(int x,int y,int width ,int height)	用当前颜色填充指定的矩形
	drawRoundRect(int x,int y,int width , int height,int arcWidth,int arcHeight)	绘制圆角矩形，图形的左上角坐标为(x,y)
	fillRoundRect(int x,int y,int width , int height,int arcWidth,int arcHeight)	用当前颜色填充指定的圆角矩形
	draw3DRect(int x,int y,int width , int height,boolean raised)	绘制指定矩形的一个突出显示的三维轮廓，图形的左上角坐标为(x,y)
	fill3DRect(int x,int y,int width , int height,boolean raised)	用当前颜色填充一个突出显示的三维矩形

类型	方法	主要功能
绘制椭圆	drawOval(int x,int y,int width ,int height)	绘制椭圆形，图形的左上角坐标为(x,y)
	fillOval(int x,int y,int width ,int height)	用当前颜色填充由指定矩形限定的椭圆
绘制圆弧	drawArc(int x,int y,int width,int height, int startAngle,int arcAngle)	绘制一个由指定矩形限定的椭圆弧，图形的左上角坐标为(x,y)
	fillArc(int x,int y,int width,int height, int startAngle,int arcAngle)	用当前颜色填充一个由指定矩形限定的椭圆弧
绘制多边形	drawPolygon(int[] xPoints,int[] yPoints, int nPoints)	绘制由 x 和 y 坐标数组定义的闭合多边形
	fillPolygon(int[] xPoints,int[] yPoints, int nPoints)	用当前颜色填充由 x 和 y 坐标数组定义的闭合多边形

4. Graphics 类的绘图模式

1）正常模式（覆盖模式）

Graphics 类的 setPaintMode()方法可以设置绘图模式为正常模式，例如：

```
g. setPaintMode();
```

g 使用正常模式绘制图形时，就是用 g 本身的颜色来绘制图形。

2）异或模式（XOR 模式）

Graphics 类有一个 setXORMode(Color color)方法，Graphics 对象 g 可以使用该方法将绘图模式设置为 XOR（异或）模式。例如：

```
g.setXORMode(Color.blue);
```

g 使用 XOR 模式绘制图形时，如果 g 本身的颜色是 c（注意 c 不能取值 Color.yellow），g 实际上使用颜色 c 与其相遇的颜色（可以是背景色）做 XOR 运算后的颜色来绘制图形。

若绘图模式设置为：

```
g.setXORMode(Color.blue);
```

XOR 运算规则如下：

（1）若 g 的颜色 c 与其相遇的颜色相同，XOR 运算后的颜色为绘图模式设置时指定的颜色，此处为 Color.blue。

（2）若 g 的颜色 c 与其相遇的颜色不同，XOR 运算后的颜色为两种不同颜色的混合色。

（3）g 用颜色 c 绘制一个图形后，如果在同一位置用颜色 c 重复绘制该图形，相当于清除该图形。

5. 字体和颜色设置

Graphics 类中设置/获取字体、颜色的基本方法，如表 7-2 所示。

表 7-2　设置/获取字体、颜色的基本方法

方法	主要功能
setColor(Color c)	设置绘图颜色的颜色为 c
setFont(Font f)	设置绘图的字体为 f
getColor()	获取绘图的颜色

续表

方法	主要功能
getFont()	获取绘图的字体
getFontMetrics()	获取当前字体的字体度量
getFontMetrics(Font f)	获取指定字体的字体度量
getHeight()	返回字体的高度值
stringWidth(String str)	返回字符串的总宽度

设置或获取颜色值，还可以通过 Color 类的常用方法来实现。Color 类的常用方法如表 7-3 所示。

表 7-3　Color 类构造方法与成员方法

方法	主要功能
Color(float r,float g,float b)	用指定的红、绿和蓝色值创建一个颜色，其中每个值在 0.0～1.0 范围内
Color(int r,int g,int b)	用指定的红、绿和蓝色值创建一个颜色，其中每个值在 0～255 范围内
boolean equals(Object obj)	测试颜色是否相等
int getRed()	返回颜色的红色分量值
int getGreen()	返回颜色的绿色分量值
int getBlue()	返回颜色的蓝色分量值
Color brighter()	返回比当前颜色亮一点的颜色
Color draker()	返回比当前颜色暗一点的颜色

对于图形组件，还可以使用与颜色相关的方法分别设置或获取组件的背景色和前景色。相关的 4 个方法如下：

```
public void setBackground(Color c)        //设置组件的背景色
public Color getBackground(Color c)       //取得组件的背景色
public void setForeground(Color c)        //设置组件的前景色
public Color getForeground(Color c)       //取得组件的前景色
```

Font 类的一个对象表示一种字体的显示效果，包括字体、字形和字号等内容，通过它可以设置字母或符号的大小和外观。要创建一种字体，可以使用 Font()构造方法，其格式如下：

```
Font(String font_name,int font_style,int font_size)
```

其中，参数 font_name 指定字体名称，如 Courier、Dialog、Helvetica、Monospaced、SanaSerif、Serif、TimesRomans 等。参数 font_style 指定字形，Font 类有三个字形常量，分别是 Font.PLAIN（正常字体）、Font.BOLD（粗体）和 Font.ITALIC（斜体），它们可以组合使用，如 Font.BOLD+Font.ITALIC。参数 font_size 指定字体大小，以像素点为单位。

Font 对象创建以后不能立即生效，要想使用新定义的 Font 对象代表的字体，必须使用 setFont()方法进行设置。例如：

```
font=new Font("TimesRoman",Font.BOLD,font_size);
g.setFont(font);
```

Font 类还有很多其他的常用方法，如表 7-4 所示。

表 7-4   Font 类的常用方法

方法	主要功能
int getStyle()	返回当前字体风格的整数值
int getSize()	返回当前字体大小的整数值
String getName()	返回当前字体名称字符串
boolen isPlain()	测试当前字体是否是正常字体
boolean isBold()	测试当前字体是否是粗体
boolean isItalic()	测试当前字体是否是斜体

7.2   "Java 2D 图形绘制"实例

【实例说明】

本实例要求使用 Graphics2D 类绘制一个 Java 2D 图形，屏幕效果如图 7-4 所示。

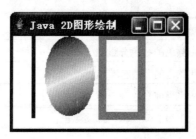

图 7-4   Java 2D 图形绘制

【实例目的】

（1）了解 Java 2D 图形及 Graphics2D 类的绘图功能。
（2）学习并掌握使用 Graphics2D 类绘制 Java 2D 图形。
（3）学习设置渐变颜色的方法。
（4）学习设置画笔宽度的方法

【技术要点】

（1）导入包 java.awt.geom。
（2）将图形对象强制转换为 Graphics2D 类型，设置画笔宽度或绘图渐变色。
（3）创建 2D 图形对象，通过 draw()方法绘制。

【代码及分析】

```java
//文件 Draw2D.java
import java.awt.*;
import javax.swing.*;
import java.awt.geom.*;
```

```
public class Draw2D extends JFrame{
    public Draw2D (){
        super("Java 2D 图形绘制") ;
        setSize(230,150);
        setVisible(true);          //设置对象可见
    }
    public void paint(Graphics g){
        super.paint(g) ;
        Graphics2D g_2d=(Graphics2D)g;        //将图形对象强制转换为 Graphics2D 类型
        //用红色宽度为 5.0 的画笔绘制 2D 线段
        g_2d.setPaint(Color.red);
        g_2d.setStroke(new BasicStroke(5.0f));        //设置画笔宽度为 5.0
        Line2D line=new Line2D.Double(30.5f,30.5f,30.5f,130.5f);  //创建一个线段对象
        g_2d.draw(line);          //绘制线段
        //用蓝黄渐变色绘制 2D 椭圆
        g_2d.setPaint(new GradientPaint(5,30,Color.blue,35,100,Color.yellow,
                        true));      //设置渐变色
        Ellipse2D ellipse=new Ellipse2D.Double (45,30,65,100); //创建 个椭圆对象
        g_2d.fill(ellipse);      //填充椭圆
        //用绿色宽度为 10.0 的画笔绘制 2D 矩形
        g_2d.setPaint(Color.green);
        g_2d.setStroke(new BasicStroke(10.0f));       //设置画笔宽度为 10.0
        Rectangle2D rectangle=new Rectangle2D.Double(120,30,50,100);
        //创建一个矩形对象
        g_2d.draw(rectangle);          //绘制矩形
    }
    public static void main(String args[]){
        Draw2D myDraw2D=new Draw2D();
        myDraw2D.setDefaultCloseOperation(JFrame.EXIT_ON_CLOSE);
    }
}
```

【应用扩展】

还可以利用 AffineTransform 类实现平移、缩放或旋转一个图形。

（1）使用 AffineTransform 类创建一个对象。

（2）调用 AffineTransform 类对象的三个方法实现对图形的变换操作。例如

```
translate(double a,double b)     //将图形沿 x 轴移动 a 个像素、沿 y 轴移动 b 个像素
scale(double a,double b)         //将图形沿 x 轴缩放 a 倍、沿 y 轴缩放 b 倍
rotate(double num,double x,double y)  //将图形以(x,y)为轴点顺时针或逆时针旋转 num 个弧度
```

【相关知识及注意事项】

1. Graphics2D 类的绘图新功能

在使用 Graphics 类进行绘图时，可发现其线形宽度是固定不变的。作为 Graphics 类的扩展子类，java.awt. Graphics2D 类提供了更多功能：

（1）绘制任何宽度的直线。

（2）用渐变颜色和纹理来填充图形。

（3）平移、旋转、伸缩、切变二维图形，对图像进行模糊、锐化等操作。

（4）构建重叠的文本和图形。

要访问 Graphics2D 类的功能，必须使用如下语句将传递给 paint 方法的 Graphics 对象引用强制转换为 Graphics2D 引用：

```
Graphics2D g2d=( Graphics2D)g;
```

2. Java 2D 图形

Java 2D 图形位于 java.awt.geom 包中，包括 Line2D.Double、Rectangle2D.Double、RoundRectangle-2D.Double、Arc2D.Double 和 Ellipse2D.Double 等类。这些类分别代表一种图形，并用双精度浮点数指定图形的尺寸。

Graphics2D 类使用的坐标系统与 Graphics 类的不同，它可以使用 Float、Double 数值来描述图形的位置。因而每个类还存在单精度浮点数的表达方式，如 Line2D. Float。

3. 使用 Graphics2D 类绘制 Java 2D 图形

使用 Graphics2D 类绘制一个 Java 2D 图形，首先要创建一个实现了 Shape 接口的类的对象，即 Java 2D 图形对象，然后再调用 Graphics2D 类的 draw(Shape s)或 fill(Shape s)方法绘制或填充一个图形。

例如：

```
//文件 Graphics2D_Demo.java
import java.awt.*;
import java.applet.*;
import java.awt.geom.*;
public class Graphics2D_Demo extends Applet{
  public void paint(Graphics g){
      g.setColor(Color.blue) ;
      Graphics2D g_2d=(Graphics2D)g;             //将图形对象强制转换为 Graphics2D 类型
      Ellipse2D ellipse=new Ellipse2D.Double (20,30,100,50); //创建一个椭圆对象
      Line2D line=new Line2D.Double(70,30,70,10) ;  //创建一个线段对象
      g_2d.setColor(Color.red);
      g_2d.draw(line);     //绘制线段
      for(int i=1,k=0;i<=6;i++){
          ellipse.setFrame(20+k,30,100-2*k,50);      //创建内切椭圆
          if(i<=5)
            g_2d.draw(ellipse);        //绘制椭圆
          else
            g_2d.fill(ellipse);   //绘制椭圆并填满颜色
          k=k+5;
      }
    }
}
```

程序运行结果如图 7-5 所示。

图 7-5　灯笼

与 Graphics 类不同，Graphics2D 类绘制直线、矩形、多边形、椭圆、弧等基本曲线，都统一用 Graphics2D 类的 draw(Shape s)方法，而不是绘制各种图形有各种不同的方法。

4. 画笔宽度的设置

Graphics 类创建的画笔的宽度是默认的，不能改变。在 Java 2D 中可以改变画笔的宽度。

首先使用 BasicStroke 类创建一个供画笔选择线条宽度的对象，然后 Graphics2D 对象调用 setStroke(BasicStroke　a)方法设置线条宽度。

例如：

```
g_2d.setStroke(new BasicStroke(5.0f));      //设置画笔宽度为 5.0
```

5. 颜色渐变及设置

Java 2D 还允许使用渐变颜色。

1）生成带渐变颜色的图形绘制属性

使用 GradientPaint 类可以定义一个渐变颜色对象。GradientPaint 类的构造方法如下：

```
GradientPaint(float x1,float y1,Color color1,float x2,float y2,Color color2,
boolean cyclic)
```

其中，参数 color1、color2 决定这个渐变颜色从颜色 color1 渐变到颜色 color2；参数 x1、y1、x2、y2 决定了渐变的强弱，即要求颜色 color1 从点(x1,y1) 出发到达点(x2,y2)时变成颜色 color2。当参数 cyclic 设置为 true 时，颜色的渐变将是周期性的，即当颜色渐变到终点时循环起点的颜色，当参数 cyclic 设置为 false 时，颜色的渐变将是非周期性的。

2）设置带渐变的颜色

在进行设置之前，一般要先保存原来的图形绘制属性设置，即通过 Graphics2D 类的成员方法 getPaint()获取图形绘制的当前属性设置，然后通过赋值语句将其记录在一个临时变量中，以便用来恢复图形的绘制属性设置。

Graphics2D 类的成员方法

```
setPaint(Paint paint)
```

将当前图形绘制属性设置为参数 paint 指定的属性设置。

7.3　"电子相册"实例

【实例说明】

在 Applet 中，利用组合框 JComboBox 选择图像、浏览图像。程序运行结果如图 7-6 所示。

图 7-6　电子相册

【实例目的】

（1）学习并掌握在 Applet 中加载图像和显示图像的基本方法。
（2）学会使用图像跟踪技术。
（3）掌握组合框 JComboBox 的使用方法。
（4）进一步掌握 Applet 中参数的设置与获取的方法。

【技术要点】

（1）使用组合框 JComboBox，选择图像进行浏览。
（2）使用图像跟踪技术，可以等图像全部装载后再进行显示。

【代码及分析】

```java
//文件 Album.java
import java.applet.*;
import java.io.*;
import java.awt.*;
import java.awt.event.*;
import javax.swing.*;
public class Album extends JApplet implements ActionListener{
    private JComboBox C1;
    private Image img[];
    private int totalPics;
    private int index=0;
    private MediaTracker imagetracker;   //图像跟踪器
    public void init(){
        this.setLayout(null);
        C1=new JComboBox();
        C1.setBounds(10,10,200,20);
        totalPics=Integer.parseInt(getParameter("TotalPic"));
        img=new Image[totalPics];
        String s="";
        // 在 JComboBox 中添加所有选项
```

```
        for(int i=0;i<totalPics;i++){
            s=getParameter("Text" + (i+1));
            C1.addItem(s);
        }
        //实例化一个 MediaTracker，将图像对象作为参数传入
        imagetracker=new MediaTracker(this);
        for(int i=0;i<totalPics;i++){
            s=getParameter("Picture"+(i+1));
            img[i]=getImage(getDocumentBase(),s);
            imagetracker.addImage(img[i],0);
        }
        try{
            imagetracker.waitForID(0);
        }catch(InterruptedException e){}
        add(C1);
        C1.addActionListener(this);
    }
    public void actionPerformed(ActionEvent e){
        index=C1.getSelectedIndex();
                repaint();
    }
    public void paint(Graphics g){
        g.setColor(this.getBackground());
        g.fillRect(10,40,300,160);          //用背景色清除刚刚浏览过的图像
        g.drawImage(img[index],10,40,this);
    }
}
```

【应用扩展】

在窗体中浏览图像时，若利用翻页按钮和组合框可以方便地选择图像。

编程提示：利用 JPanel 对象显示图像，将 JPanel 对象添加到一个卡片布局的面板上，再将面板添加到窗体的内容窗格中。

```
//文件 PictureBrowse.java
import java.awt.*;
import java.awt.event.*;
import javax.swing.*;
import javax.swing.border.*;
import java.util.*;
class PictureBrowse extends JFrame implements ActionListener,ItemListener{
    String fname[]={"dog1.gif","dog2.gif","dog3.gif","dog4.gif"};
    Browse pp;
    JPanel p1=new JPanel();
    JPanel p2=new JPanel();
    JButton next=new JButton("下页");
    JButton prev=new JButton("上页");
```

```java
    JButton first=new JButton("首页");
    JButton last=new JButton("尾页");
    JComboBox comb=new JComboBox(fname);
    public PictureBrowse() {
        setSize(400,200);
        setTitle("图片浏览程序");
        pp=new Browse(fname);
        p2.add(next);
                p2.add(prev);
                p2.add(first);
                p2.add(last);
                p2.add(comb);
        next.addActionListener(this);
        prev.addActionListener(this);
        first.addActionListener(this);
        last.addActionListener(this);
        comb.addItemListener(this);
        p1.setLayout(new FlowLayout(FlowLayout.LEFT));
        p1.add(pp);
        this.getContentPane().add(pp,"Center");
        this.getContentPane().add(p2,"South");
        setVisible(true);
    }
    public void itemStateChanged(ItemEvent e){
      pp.dd.show(pp,(String)comb.getSelectedItem());
    }
    public void actionPerformed(ActionEvent e){
      int total=fname.length;
      if(e.getSource()==next){pp.dd.next(pp); }
      else if(e.getSource()==prev){pp.dd.previous(pp); }
      else if(e.getSource()==first){pp.dd.first(pp); }
      else if(e.getSource()==last){pp.dd.last(pp); }
    }
    public static void main(String args[]) {
      //JFrame.setDefaultLookAndFeelDecorated(true);
      Font font = new Font("JFrame", Font.PLAIN, 14);
      PictureBrowse mainFrame = new PictureBrowse();
    }
}
class Browse extends JPanel {
  CardLayout dd=new CardLayout();
  boolean f=false;
  Picture pic;
  Browse(String fname[]){
    setLayout(dd);
    for(int i=0;i<fname.length;i++){
```

```
        pic=new Picture(fname[i]);
        add(fname[i],new JScrollPane(pic));
      }
    }
}
class Picture extends JPanel{
  Image im;
  MediaTracker tracker=new MediaTracker(this);
  Picture(String fname){
    Toolkit tool=Toolkit.getDefaultToolkit();    //建立 Toolkit 对象
    im=tool.getImage(fname);                      //使用 Toolkit 对象打开图像
    tracker.addImage(im,0);                       //进行跟踪
    try{
      tracker.waitForAll();
    }catch(InterruptedException e){}
          this.setPreferredSize(new Dimension(im.getWidth(this),
                               im.getHeight(this)));
  }
  public void paintComponent(Graphics g){
    g.drawImage(im,100,0,this);
  }
}
```

程序运行结果加图 7-7 所示.

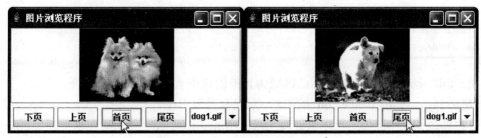

图 7-7　图像浏览

【相关知识及注意事项】

1. 在 Applet 中创建、加载和显示图像

1）使用 java.awt.Image 类创建、加载和显示图像

在 Java 中，图像的处理基本上是围绕 java.awt.Image 类进行的。目前，Java 支持的图像格式有 gif、jpg（或 jpeg）和 png 三种。

图像创建、加载和显示的基本步骤如下：

（1）通过加载图像而生成一个 Image 对象。

（2）通过 Graphics 类或 Graphics2D 类的 drawImage()方法将 Image 对象显示出来。

Image 是一个抽象类，即不能直接用 new 运算符来创建 Image 对象。创建 Image 对象可以通过 Applet 类的 getImage()方法来获得。getImage()方法有两种格式：

```
getImage(URL url)                          //取得地址为 url 的图像文件
getImage(URL url,String name)              //取得地址为 url、名称为 name 的图像文件
```

例如：

```
URL url=new URL("http://www.xyz.com/image1.gif");
//取得地址为 url 的图像文件 image1.gif
Image image1=getImage(url);
//载入与 HTML 文件在同一个目录下的图像文件 image2.gif
Image image2=getImage(getDocumentBase(),"image2.gif");
//载入与 Applet 小应用程序在同一个目录下的图像文件 image3.gif
Image image3=getImage(getCodeBase(),"image3.gif");
```

其中，getCodeBase()用来取得 Applet 小应用程序所在的 URL 地址，getDocumentBase() 用来取得 Applet 嵌入的 HTML 文件所在的 URL 地址。

注意：应将 getImage()方法编写在 init()方法中。

在 Applet 的 paint()方法中，调用 Graphics 类的 drawImage()方法加载显示图像。drawImage() 方法的基本格式如下：

```
//按原大小显示图片 image
public boolean drawImage(Image image,int x,int y,ImageObserver observer)
//按指定大小显示图片 image，图片宽度为 width，高度为 height
public boolean drawImage(Image image,int x,int y,int width,int height,
ImageObserver observer)
```

其中，参数 image 是被绘制的 Image 对象；x、y 是要绘制指定图像的矩形的左上角所处 的位置；observer 是加载图像时的图像观察器。

例如：

```
g.drawImage(image,x,y,this);                //按原大小显示图片 image
g.drawImage(image,x,y,width,height,this);   //按指定大小显示图片 image，图片宽度
                                            //为 width，高度为 height
```

其中，this 关键字代表图像显示的区域为目前的这个 Applet 窗口。

2）使用 javax.swing.ImageIcon 类创建、加载和显示图像

创建、加载和显示图像也可以通过对 javax.swing.ImageIcon 类的操作来实现。ImageIcon 类比 Image 类更易于使用，它不是抽象类，程序可以直接创建 ImageIcon 对象。最后，调用 ImageIcon 类的 paintIcon 方法来显示图像。

例如：

```
ImageIcon img=new ImageIcon("image.gif");
img.paintIcon(this,g,120,0);    //g 为 Graphics 类的对象，图像的左上角坐标为(120,0)
```

2. 使用媒体跟踪器类跟踪图像的加载

在 Applet 中获取一个图像文件，可以调用 getImage()方法。但是由于网络传输的速度较慢， 所以要将所需要的图像完全装载需要较长时间。为了能够等图像完全加载完再显示图像，以避 免显示出残缺不全的图像，需要对图像加载情况进行跟踪。跟踪图像可使用 java.awt.MediaTracker 类。MediaTracker 类提供请求或等待图像等资源的加载、判别加载状态 等功能。这些功能对计算机动画很有用。例如，不断地等待并在确认某一帧图像加载完成之后 再加载下一帧图像，从而在一定程度上提高了动画播放的质量。

使用 MediaTracker 需要如下三个步骤：

（1）实例化一个 MediaTracker，注意要将显示图片的 Component 对象作为参数传入。

（2）将要装载的 Image 对象加入 MediaTracker。

（3）调用 MediaTracker 的 waitForID()方法，等待加载过程的结束。

MediaTracker 类的常用方法如表 7-5 所示。

表 7-5　MediaTracker 类的方法

方法	主要功能
MediaTracker(Component)	创建一个媒体跟踪器，跟踪给定组件的图像
addImage(Image img,int ID)	向当前媒体跟踪器跟踪的图像列表添加一个图像
checkAll()	检测此媒体跟踪器跟踪的所有图像是否全被载入
checkID(int ID)	检测此媒体跟踪器跟踪的指定标识 ID 的图像是否已全被载入
removeImage(Image,int ID)	从媒体跟踪器中删除指定标识 ID 的图像
waitForAll()	开始加载媒体跟踪器跟踪的所有图像
waitForID(int ID)	开始加载媒体跟踪器跟踪的指定标识 ID 的图像

每幅图像有唯一的一个标识 ID，此标识 ID 可控制图像的返回优先次序。注意，具有较低的 ID 的图像比具有较高的 ID 的图像优先装载。

除 MediaTracker 类以外，利用 ImageObserver 接口也可以跟踪图像的加载情况。

7.4　"单击鼠标绘制图像"实例

【实例说明】

本实例创建一个窗口，使得在窗口中任意位置单击鼠标都会以该位置为中心绘制指定图像。程序运行结果如图 7-8 所示。

图 7-8　单击鼠标绘制图像

【实例目的】

（1）学习并掌握在 JPanel 中加载图像和显示图像的基本方法。

（2）进一步学会使用图像跟踪技术。

（3）掌握鼠标事件的处理方法。

【技术要点】

（1）界面设计：创建一个窗口，窗口中放置一个绘制图像的面板。

（2）界面实现：创建一个类继承 JFrame 类，再创建一个类继承 JPanel 类。在窗口类中添加一个面板类的对象，在面板类的构造方法中初始化图像。

（3）功能设计：使面板响应鼠标单击事件，在单击位置绘制指定图像。

（4）功能实现：在面板类的构造方法中注册 MouseListener 监听器，在面板类中重写面板绘制方法，绘制指定图像。使用内部类继承 MouseAdapter 适配器，在其 mousePressed ()方法中获取鼠标位置，调用重新绘制方法。

（5）创建一个程序入口类。

【代码及分析】

```java
//文件 MouseDraw.java
import java.awt.*;
import java.awt.event.*;
import javax.swing.*;
public class MouseDraw{
    public static void main(String args[]){
        MouseFrame frame=new MouseFrame();
        frame.setDefaultCloseOperation(JFrame.EXIT_ON_CLOSE);
        frame.show();
    }
}
class MouseFrame extends JFrame{
    public static final int WIDTH=300;
    public static final int HEIGHT=200;
    public MouseFrame(){
        setTitle("利用鼠标绘制图像");
        setSize(WIDTH,HEIGHT);
        MousePanel panel=new MousePanel();              //生成面板对象
        Container contentpane=getContentPane();         //获取窗体的内容面板
        contentpane.add(panel);                         //将面板添加到窗体中
    }
}
class MousePanel extends JPanel{
    private Image im;
    private int imageWidth;
    private int imageHeight;
    private int mousex,mousey,x,y;
    public MousePanel(){
        String imageName="dog.gif";
        im=Toolkit.getDefaultToolkit().getImage(imageName);
        MediaTracker tracker=new MediaTracker(this);    //使用图像追踪器
        tracker.addImage(im,0);                         //将图像添加到图像追踪器中
```

```
        try{
            tracker.waitForID(0);                //加载图像
        }catch(InterruptedException e){
            e.printStackTrace();
        }
        imageWidth=im.getWidth(this);            //获取图像的宽
        imageHeight=im.getHeight(this);          //获取图像的高
        addMouseListener(new MouseHandler());
    }
    public void paintComponent(Graphics g){      //面板的绘制方法
        super.paintComponent(g);
        g.drawImage(im,x,y,null);                //在指定位置绘制图像
    }
    private class MouseHandler extends MouseAdapter{      //处理单击鼠标事件
        public void mousePressed(MouseEvent e){
            mousex=e.getX();
            mousey=e.getY();
            //图像绘制的中心坐标
            x=mousex-imageWidth/2;
            y=mousey-imageHeight/2;
            repaint();
        }
    }
}
```

【应用扩展】

　　（1）利用鼠标可以绘制图像，也可以拖动图像。鼠标拖动图像时，需要捕获鼠标拖曳事件。例如：下面的实例实现了用鼠标拖动图像，当鼠标在图像区域内按下时，图像出现红色边框，拖动鼠标图像随之移动。抬起鼠标时边框消失，并完成拖动。

```
import java.awt.event.*;
import java.awt.*;
import java.awt.image.*;
import javax.swing.*;
import java.awt.geom.*;
public class PictureMove extends JFrame{
    public PictureMove() {
        this.getContentPane().add(new MyPanel());
        setTitle("用鼠标拖动图像");
        setSize(300,200);
        setVisible(true);
    }
    public static void main(String[] args) {
        new PictureMove();
    }
}
```

```java
class MyPanel extends JPanel implements MouseMotionListener,MouseListener{
  int x=0,y=0;        //图像显示的最初位置
  int dx=0,dy=0;      //鼠标相对位置
  BufferedImage bimage1,bimage2;
  boolean downState=false;
  private Image image;
  public MyPanel(){
    this.setBackground(Color.white);
    image = this.getToolkit().getImage("dog.gif");
    MediaTracker tracker=new MediaTracker(this);      //使用图像追踪器
    tracker.addImage(image,0);                        //将图像添加到图像追踪器中
    try{
        tracker.waitForID(0);                         //加载图像
     }catch(InterruptedException e){
       e.printStackTrace();
     }
    //创建缓冲区图像
    bimage1 = new BufferedImage(image.getWidth(this),image.getHeight(this),
            BufferedImage.TYPE_INT_ARGB);
    bimage2 = new BufferedImage(image.getWidth(this),image.getHeight(this),
            BufferedImage.TYPE_INT_ARGB);
    //准备缓冲区图像
    Graphics2D g2D1 = bimage1.createGraphics();
    Graphics2D g2D2 = bimage2.createGraphics();
    g2D1.drawImage(image,0,0,this);
    g2D2.drawImage(image,0,0,this);
    g2D2.drawRect(1,1,image.getWidth(this)-3,image.getHeight(this)-3);
    //加边框的缓冲图像 2
    this.addMouseMotionListener(this);
    this.addMouseListener(this);
  }
  public void paintComponent(Graphics g){
    super.paintComponent(g);
    Graphics2D g2D = (Graphics2D)g;
    if(!downState)
      g2D.drawImage(bimage1,x,y,this);    //将缓冲区图像 1 绘制到面板
    else
      g2D.drawImage(bimage2,x,y,this);    //将缓冲区图像 2 绘制到面板
  }
  public void mousePressed(MouseEvent e){
    if(e.getX()>=x&&e.getX()<x+bimage1.getWidth(this)&&e.getY()>=
y&&e.getY()<y+bimage1.getHeight(this)){
      downState=true;                     //按下状态
      setCursor(Cursor.getPredefinedCursor(Cursor.HAND_CURSOR));   //鼠标形状为小手
      dx=e.getX()-x;dy=e.getY()-y;
```

```
            repaint();
        }
    }
    public void mouseEntered(MouseEvent e){}
    public void mouseExited(MouseEvent e){}
    public void mouseClicked(MouseEvent e){}
    public void mouseReleased(MouseEvent e){
        this.setCursor(Cursor.getPredefinedCursor(Cursor.DEFAULT_CURSOR));
        //鼠标形状为指针
        downState=false;                        //抬起状态
        repaint();
    }
    public void mouseMoved(MouseEvent e){}
    public void mouseDragged(MouseEvent e){        //鼠标拖曳事件
    if(downState){
        x=e.getX()-dx;
        y=e.getY()-dy;
        repaint();
    }
    }
}
```

程序运行结果如图 7-9 所示。

图 7-9　用鼠标拖动图像

（2）利用鼠标还可以绘制或移动几何图形。在下面的程序中，当在画布上按下鼠标左键时，在鼠标指针位置处绘制一个圆；按下鼠标右键时，在鼠标指针位置处绘制一个矩形；当鼠标指针退出画布时，清除绘制的全部图形。

```
import java.awt.*;
import java.awt.event.*;
class MyCanvas extends Canvas implements MouseListener{
    int left=-1,right=-1;
    int x=-1,y=-1;
    MyCanvas(){
        setBackground(Color.cyan) ;
        addMouseListener(this);
    }
    public void paint(Graphics g){
```

```
    if(left==1) {
            g.drawOval(x-10,y-10,30,30);     //画圆
    }
  else if(right==1){
            g.drawRect(x-8,y-8,16,16);        //画矩形
    }
  }
  public void mousePressed(MouseEvent e){
            x=e.getX();
            y=e.getY();
            if(e.getModifiers()==InputEvent.BUTTON1_MASK){
                    left=1;
                    right=-1;
                    repaint();
              }
            else if(e.getModifiers()==InputEvent.BUTTON3_MASK){
                    right=1;
                    left=-1;
                    repaint();
                }
    }
  public void mouseReleased(MouseEvent e){}
  public void mouseEntered(MouseEvent e){}
  public void mouseExited(MouseEvent e){
            left=-1;
            right=-1;
            repaint();
    }
  public void mouseClicked(MouseEvent e){}
  public void update(Graphics g) {
            if(left==1||right==1){
                    paint(g);        //绘制图形
            }
            else{
                    super.update(g);    //清除绘制的图形
            }
    }
  }
public class MouseDemo{
  public static void main(String args[]){
      Frame f=new Frame();
      f.setBounds(100,100,200,200);f.setVisible(true);
      f.addWindowListener(new WindowAdapter(){
              public void windowClosing(WindowEvent e){
                      System.exit(0);
                  }
            });
```

```
        f.add(new MyCanvas(),BorderLayout.CENTER);
        f.validate();
    }
}
```

程序运行结果如图 7-10 所示。

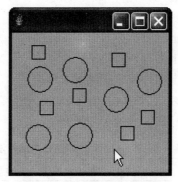

图 7-10　　单击鼠标绘制图形

【相关知识及注意事项】

1. 在 Application 中创建、加载和显示图像

在应用程序 Java Application 中，经常使用 Frame、JFrame 或 JPanel 组件，而它们没有提供 getImage()方法，要加载图像需要使用 java.awt.Toolkit 类。

Toolkit 类有一个获取图像的 getImage()方法。Toolkit 是一个抽象类，不能用构造方法直接创建 Toolkit 对象，但可以通过某一个组件的 getToolkit()方法获得一个 Toolkit 对象，也可以使用 Toolkit 类提供的静态方法 getDefaultToolkit()建立 Toolkit 对象。例如：

```
Toolkit tool=组件.getToolkit();
Toolkit tool=Toolkit.getDefaultToolkit();
```

有了 Toolkit 对象以后，就可以利用该对象所提供的方法 getImage()方法加载图像了。

2. 鼠标事件

鼠标事件类 MouseEvent 继承自 InputEvent 类，也属于低层事件类的一种，只要鼠标的按钮按下、鼠标指针进入或移出事件源，或者是移动、拖拽鼠标时，皆会触发鼠标事件。MouseEvent 类的常用方法如表 7-6 所示。

表 7-6　MouseEvent 类的常用方法

方法	主要功能
int getClickCount()	返回与此事件关联的鼠标单击次数
Point getPoint()	返回事件相对于事件源组件的 x 和 y 位置
int getX()	返回事件相对于事件源组件的水平 x 坐标
int getY()	返回事件相对于事件源组件的垂直 y 坐标
int getModifiers()	返回此事件的修饰符掩码
Object getSource()	返回触发当前鼠标事件的事件源

Java 以 MouseListener 接口和 MouseMotionListener 接口来处理鼠标事件。

1）MouseListener 接口

如果事件源使用 addMouseListener(MouseListener listener)获取监听器，那么用户的下列 5 种操作可使得事件源触发鼠标事件：

（1）鼠标指针从组件之外进入。

（2）鼠标指针从组件内退出。

（3）鼠标指针停留在组件上面时，按下鼠标。

（4）鼠标指针停留在组件上面时，释放鼠标。

（5）鼠标指针停留在组件上面时，单击或连续单击鼠标。

要处理上述 5 个鼠标事件，必须实现 MouseListener 接口。MouseListener 接口中声明了用来处理不同事件的 5 个方法，如表 7-7 所示。

表 7-7   MouseListener 接口中的方法

方法	主要功能
void mouseClicked(MouseEvent e)	鼠标按键在组件上单击（按下并释放）时调用
void mouseExited(MouseEvent e)	鼠标离开组件时调用
void mouseEntered(MouseEvent e)	鼠标进入到组件上时调用
void mouseReleased(MouseEvent e)	鼠标按钮在组件上释放时调用
void mousePressed(MouseEvent e)	鼠标按键在组件上按下时调用

例如：

```
private class MouseHandler extends MouseAdapter{
    public void mousePressed(MouseEvent e){ //单击鼠标事件
        mousex=e.getX();
        mousey=e.getY();
        x=mousex-imageWidth/2;
        y=mousey-imageHeight/2;
        repaint();
    }
}
```

2）MouseMotionListener 接口

如果事件源使用 addMouseMotionListener(MouseListener listener)获取监听器，下列两种操作可使得事件源触发鼠标事件：

（1）在组件上拖动鼠标指针。

（2）在组件上移动鼠标指针。

MouseMotionListener 接口里声明了两个方法，用来处理"移动"和"拖拽"鼠标的事件，如表 7-8 所示。

表 7-8   MouseMotionListener 接口的方法

方法	主要功能
void mouseDragged(MouseEvent e)	鼠标按键在组件上按下并拖动时调用
void mouseMoved(MouseEvent e)	鼠标光标移动到组件上但无按键按下时调用

7.5　"花的缩放动画"实例

【实例说明】

用计时器控制花的缩放动画。程序运行结果如图 7-11 所示。

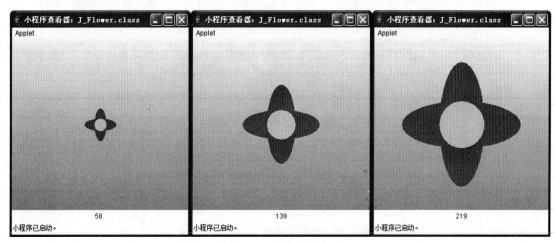

图 7-11　花的缩放动画

【实例目的】

（1）学习在 Applet 中通过计时器或多线程实现动画的方法。
（2）学习并掌握图像的双缓冲技术。

【技术要点】

该动画在帧的绘制过程中首先绘制背景。背景从上到下颜色均匀变化。动画角色是一朵品红色的花。它的花瓣由两个椭圆绘制而成，它的中心由一个圆绘制而成。这朵花在动画过程中不断放大或缩小。

【代码及分析】

```java
//文件 J_Flower.java
import java.awt.Color;
import java.awt.event.ActionEvent;
import java.awt.event.ActionListener;
import java.awt.event.MouseAdapter;
import java.awt.event.MouseEvent;
import java.awt.geom.Ellipse2D;
import java.awt.geom.Rectangle2D;
import java.awt.GradientPaint;
import java.awt.Graphics;
```

```java
import java.awt.Graphics2D;
import java.awt.image.BufferedImage;
import javax.swing.JApplet;
import javax.swing.Timer;
public class J_Flower extends JApplet implements ActionListener{
    int m_frame = 0;      // 当前帧的帧号
    Timer m_timer;        // 定时器
    boolean m_frozen = false;   // 定时器状态：当为 false 时，暂停；否则，启动
    boolean m_ready = true; // 缓存帧准备状态：当为 true 时，已准备好；否则，未准备好
    BufferedImage m_image =
        new BufferedImage(320, 320, BufferedImage.TYPE_INT_RGB ); // 帧缓存
    public void init( ){
        int delay = 50;
        m_timer = new Timer(delay, this);
        m_timer.setInitialDelay(0);
        m_timer.setCoalesce(true);
        getContentPane( ).addMouseListener(new MouseAdapter(){
            public void mousePressed(MouseEvent e){
                m_frozen = !m_frozen;
                if (m_frozen)
                    mb_stopAnimation( );
                else
                    mb_startAnimation( );
            } // 方法 mousePressed 结束
        }); // 父类型为类 MouseAdapter 的匿名内部类结束，并且方法调用结束
    } // 方法 init 结束
    public void start( ){
        mb_startAnimation( );
    } // 方法 start 结束
    public void stop( ){
        mb_stopAnimation( );
    } // 方法 stop 结束
    public void actionPerformed(ActionEvent e){
        m_frame++; // 当前帧号自增 1
        repaint( ); // 更新当前帧
    } // 方法 actionPerformed 结束
    public void mb_startAnimation( ){
        if (!m_frozen && !m_timer.isRunning( ))
            m_timer.start( );
    } // 方法 mb_startAnimation 结束
    public void mb_stopAnimation( ){
        if (m_timer.isRunning( ))
            m_timer.stop( );
    } // 方法 mb_stopAnimation 结束
    public void mb_draw( ){
        if (!m_ready)
```

```
            return;
        m_ready=false;  // 开始准备帧缓存
        Graphics2D g2d = m_image.createGraphics( );
        int i= (m_frame>0 ? m_frame%600 : (-m_frame)%600);
        double a= (i>300 ? 600-i : i);
        double b= a*6/16;
        double a_2= a/2;
        double b_2= b/2;
        g2d.setPaint(new GradientPaint(0, 0, new Color(187,255,204),
                                  0, 300, Color.green, true));
        g2d.fill( new Rectangle2D.Double( 0, 0, 320,  300)); // 绘制背景
        g2d.setColor( Color.magenta );
        g2d.fill( new Ellipse2D.Double( 160-b_2, 150-a_2, b, a));  // 绘制小花
        g2d.fill( new Ellipse2D.Double( 160-a_2, 150-b_2, a, b ));
        g2d.setColor( Color.orange );
        g2d.fill( new Ellipse2D.Double( 160-b_2, 150-b_2, b, b ));
        g2d.setPaint(Color.white);
        g2d.fill( new Rectangle2D.Double( 0, 300, 320, 20 ) );
        g2d.setColor(Color.black);
        g2d.drawString(""+m_frame, 150, 315);     // 显示当前帧号
        m_ready=true;  // 帧缓存已经准备好
    } // 方法 mb_draw 结束
  public void paint(Graphics q){
        if (m_ready)
            g.drawImage(m_image, 0, 0, 320, 320, this);
        mb_draw( );
    } // 方法 paint 结束
} // 类 J_Flower 结束
```

【应用扩展】

使用多线程技术，模拟文字渐显的动画效果。

```
//文件 FlyFont.java
import java.awt.*;
import java.awt.image.*;
import java.applet.*;
import javax.swing.*;
public class FlyFont extends JApplet implements Runnable{
    private BufferedImage buffer;
    private Graphics gContext;
    private Font font;
    private String string;
    private Thread thread;
    private int xpos,ypos,font_size=0;
    public void init(){
        String param;
        buffer=( BufferedImage)createImage(getSize().width,getSize().height);
```

```
    //帧缓存
    param=getParameter("text");
    if(param == null)
      string="You Can Input The String That You Want";
    else
      string=param;
  }
 public void start(){
    if(thread == null){
      thread= new Thread(this);
      thread.start();
    }
  }
public void stop(){
    if(thread!=null){
      thread.stop();
      thread=null;
    }
  }
 public void update(Graphics g){
    paint(g);
  }
 public void paint(Graphics g){
    // 开始准备帧缓存
    gContext=buffer.getGraphics();
    gContext.setColor(Color.black);
    gContext.fillRect(0,0,getSize().width,getSize().height);   // 绘制背景
    font=new Font("TimesRoman",Font.BOLD,font_size);
    gContext.setFont(font);
    gContext.setColor(Color.yellow);
    FontMetrics fm=gContext.getFontMetrics(font);
    int font_height=fm.getHeight();
    int w;
    int base_line=getSize().height/2+font_height/2;
    w=fm.stringWidth(string);
    w=(getSize().width-w)/2;
    gContext.drawString(string,w,base_line-=20);              // 绘制文本
    g.drawImage(buffer,0,0,this);  //在屏幕上显示帧缓存
    font_size++;                //字号加1
  }
 public void run(){
    while(true){
      repaint();
      if(font_size >getSize().height)
        font_size=0;
      try{
```

```
          Thread.sleep(50);
        }catch (InterruptedException e){}
      }
   }
}
```

程序运行结果如图 7-12 所示。

图 7-12 文字渐显效果

【相关知识及注意事项】

1. 计算机动画

计算机动画实际上就是以一定速率显示一系列的图像。这些图像可以是一些位图，也可以是通过图形绘制生成的图像，或者是由图像与图形联合绘制生成的图像。通常计算机动画显示的速率是每秒钟 8～30 帧。从程序编写的角度来看，在制作计算机动画的过程中最关键的是图像帧的生成、每秒钟帧数的控制以及帧与帧之间的切换。

2. 动画制作

动画制作主要分为基于图像的动画制作与基于图形的动画制作两种。

基于图像的动画制作是逐帧显示准备好的图像。例如，如图 7-13 所示的小猫就是利用一系列相近图片的更替实现的简单动画。

图 7-13 跑着的小猫

基于图形的动画制作主要是利用图形表示动画场景和动画角色，然后控制动画角色的运动，最终形成动画。例如，花的缩放动画。

采用前一种方式，通常需要很大的数据量；采用后一种方式，组成动画的每一帧主要由图形计算生成，一般来说会大幅度降低动画所需要的数据量。

3. 控制动画速率

1）通过计时器控制动画速率

每秒钟的帧数是衡量计算机动画质量的指标之一，帧与帧之间的时间间隔应当尽量相等，这种要求非常适合计时器的特点。

创建计时器之后，计时器不会自动启动。要启动计时器，可以通过 start()方法。该方法是计时器按规定时间向在计时器中注册的监听器对象发送定时事件。如果需要终止动画，则只要终止计时器就可以了。stop()可以终止计时器。

在计时器的监听器中，处理定时事件是通过一个实现了接口 java.awt.event.ActionListener 的类的成员方法 actionPerformed()实现的。在动画程序中，通常在 actionPerformed()方法中编写如何准备并显示动画帧。

2）通过线程控制动画速率

在 Applet 中实现计算机动画，一般需要多线程。通过在 Applet 的 start()方法中创建这个线程来启动动画，在 Applet 的 stop()方法中撤销这个线程，终止动画。在线程的 run()方法中每隔一定时间就调用一次 repaint()方法，repaint()方法会自动调用 update()方法，而 update()方法则先清除绘制区域，然后调用 paint()方法，再按一定规律重绘图形，从而形成动画。

Applet 中三个基本绘制方法的比较：

（1）void paint(Graphics g)方法。此方法进行图形绘制的具体操作。要在 Applet 组件中绘制图形，通常需要重写 paint()方法。该方法由系统自动调用。

（2）void update(Graphics g)方法。此方法用于更新图形。首先清除背景，然后设置前景，再调用 paint()方法完成图形的绘制。update()方法可以被修改，如为了减少闪烁可不清除而直接调用 paint()。一般情况下不用重写此方法。

（3）void repaint()方法。此方法用于重绘图形，当 Applet 程序对图形作了某些更改后，需通过调用 repaint()方法将变化后的图形显示出来。repaint()方法会自动调用 update()方法，然后再调用 paint()方法把图形重绘出来。

4. 避免动画闪烁

在动画运行的过程中常常可能出现不同程度的闪烁，原因是帧的绘制速度太慢，导致帧绘制速度慢的主要原因有两点：一是 Applet 在显示下一帧画面时，调用了 repaint()方法，在 repaint()方法调用 update()方法时，要清除整个背景，然后调用 paint()方法显示画面；另一个原因是由于 paint()方法要进行复杂的计算，图像中各像素的值不能同时得到，使得动画生成频率低。

针对上述原因，可以采用下面的方法来消除闪烁：一种方法是重写 update()方法，使该方法不进行背景的清除；另一种方法是采用双缓冲技术生成一幅后台图像，然后把后台图像一次显示到屏幕上。

1）重写 update()方法

例如：

```
public void update(Graphics g){
    paint(g);
}
```

2）采用双缓冲技术

图像缓冲技术就是建立缓冲区图像，在缓冲区中绘制图像，然后将缓冲区中绘制好的图像一次性地画在屏幕上。缓冲技术不仅可以解决闪烁问题，而且由于缓冲区图像是指在计算机内存中创建的图像，因此可以对其进行复杂的变换加工处理。

创建缓冲区图像，可以调用 java.awt.component 类的 createImage()方法，该方法返回一个 Image 对象，然后转换为 BufferedImage 对象。如：

```
BufferedImage buffer=(BufferedImage)createImage(getSize().width,
                    getSize().height); //创建一个 BufferedImage 对象
```

也可以利用构造方法来创建一个 BufferedImage 对象：

```
BufferedImage(int width,int height,int imageType)
```

参数 imageType 指定图像的类型。这里的图像类型指的是颜色的表示方法。参数 imageType 的常用值有 BufferedImage.TYPE_INT_RGB 和 BufferedImage.TYPE_INT_ARGB。其中常数 BufferedImage.TYPE_INT_RGB 表示图像的颜色由 R（红色）、G（绿色）和 B（蓝色）三个分量组成，而且这三个分量共同组成一个表示颜色的整数；常数 BufferedImage.TYPE_INT_ARGB 表示图像的颜色由 R（红色）、G（绿色）、B（蓝色）和 alpha（颜色的透明度）四个分量组成，而且这四个分量共同组成一个表示颜色的整数。

使用缓冲技术的基本方法是，先在缓冲区准备好图像，再将缓冲区中的图像显示在屏幕上。在缓冲区准备图像时，需要获取图形对象 Graphics 或 Graphics2D。可以通过如下方法建立：

```
Graphics2D gContext=buffer. createGraphics();   //获取 Graphics2D 图形对象
```

或

```
Graphics gContext=buffer. getGraphics();        //获取 Graphics 图形对象
```

一般在 paint()或 paintComponent()方法中可以直接在屏幕上显示缓冲区图像。

通过缓冲技术基本上可以解决在动画显示过程中的闪烁问题，但不能消除在动画运行过程中可能出现的帧与帧之间不连续和跳跃的现象。要解决这类问题，则必须处理好帧与帧之间的拼接，并提高准备绘制动画下一帧的速度。

7.6　"音频播放器"实例

【实例说明】

本实例是一个 Applet 程序，可以在组合框中选择一个音频文件，界面上有三个按钮，用来控制音频文件的播放。程序运行结果如图 7-14 所示。

图 7-14　音频播放器

【实例目的】

（1）学习播放音频文件的方法。

（2）掌握组合框 JComboBox 的使用方法以及相关的 ItemEvent 事件处理方法。

【技术要点】

（1）创建一个组合框组件，将音频文件放在选择列表中，当选择列表中的一个项目后，就启动一个创建音频对象的线程。

（2）利用 AudioClip 对象打开和播放音频文件。AudioClip 对象的 play()、loop()、stop() 三个方法可以控制声音的播放、循环播放以及停止。

【代码及分析】

```java
//文件 PlaySound.java
import java.applet.*;
import java.awt.*;
import java.awt.event.*;
import javax.swing.*;
public class PlaySound extends JApplet implements ActionListener,ItemListener{
    AudioClip clip;
    JComboBox choice;
    JButton button_play,button_loop,button_stop;
    public void init(){
        choice=new JComboBox();
        choice.setBounds(10,10,190,20);
        int N=Integer.parseInt(getParameter("总数"));
        for(int i=1;i<=N;i++){
            choice.addItem(getParameter(String.valueOf(i)));
        }
        button_play=new JButton("开始播放");
        button_loop=new JButton("循环播放");
        button_stop=new JButton("停止播放");
        button_play.addActionListener(this);
        button_stop.addActionListener(this);
        button_loop.addActionListener(this);
        choice.addItemListener(this);
        add(choice);
        add(button_play);
        add(button_loop);
        add(button_stop);
        setLayout(new FlowLayout());
        clip=getAudioClip(getCodeBase(),(String)choice.getSelectedItem());
    }
    public void itemStateChanged(ItemEvent e){
        clip.stop();
        clip=getAudioClip(getCodeBase(),(String)choice.getSelectedItem());
    }
    public void stop(){
        clip.stop();
```

```
  }
 public void actionPerformed(ActionEvent e){
    if(e.getSource()==button_play) {
        clip.play();
     }
   else if(e.getSource()==button_loop) {
        clip.loop();
     }
   else if(e.getSource()==button_stop) {
         clip.stop();
     }
  }
 }
```

HTML 文件中的具体代码实现如下：

```
<html>
<applet code="PlaySound.class" width="160" height="120">
<param name="1"  value ="LionKing.mid">
<param name="2"  value ="大长今">
<param name="3"  value ="嘻唰唰">
<param name="4"  value ="爸爸妈妈">
<param name="总数"  value="4">
</applet>
</html>
```

【应用扩展】

可以添加合适的音乐背景或意境。

【相关知识及注意事项】

1. 在 Applet 中播放音频

Java 支持多种音频文件格式，包括 Sun Audio 文件格式（.au）、Macintosh AIFF 文件格式（aif 或 aiff）、Windows Wave 文件格式（.wav）以及 Music Instrument Digital Interface 文件格式（mid 或 rmi）。Java 提供了两种播放音频的机制：Applet 类的 play()方法及 AudioClip 类的 play()方法。

1）Applet 类的 play()方法

Applet 类的 play()方法可以将音频文件的装载与播放一并完成，其格式如下：

```
void play(URL url)                 //播放网址为 url 的音频文件
void play(URL url,String name)         //播放网址为 url、名称为 name 的音频文件
```

例如，某音频文件 audio.au 与 applet 文件存放在一个目录下，可以表示为：

```
play(getCodeBase(),"audio.au");
```

2）AudioClip 类的 play()方法

Applet 类的 play()方法只能将音频播放一遍，若要想循环播放某音频，需要使用功能强大的 AudioClip 类，它可以更有效地管理音频的播放操作。该类属于 java.applet 包。

为了播放音频，必须首先获得一个 AudioClip 对象。AudioClip 类是抽象类，不能直接创

建对象，可以调用 Applet 类的 getAudioClip()方法建立。getAudioClip()方法能装载指定 URL 的音频文件，并返回一个 AudioClip 对象，其格式如下：

```
AudioClip getAudioClip(URL url)              //取得地址为 url 的 AudioClip 对象（音频文件）
AudioClip getAudioClip(URL url,String name)     //取得地址为 url、名称为 name 的
                                             //AudioClip 对象
```

还可以使用 Applet 类的 newAudioClip()方法获得一个 AudioClip 对象，其格式如下：

```
AudioClip newAudioClip(URL url)            //取得地址为 url 的 AudioClip 对象（音频文件）
```

得到 AudioClip 对象以后，就可以调用 AudioClip 类中提供的各种方法来操作其中的声音数据。AudioClip 类的主要方法有：

```
public void loop()                    //以循环的方式开始播放音频文件
public void play()                    //开始播放音频文件
public void stop()                    //停止播放音频文件
```

2. 在 Application 中播放音频

上述播放音频的方法不能用在 Application 中，因为 AudioClip 类和 getAudioClip()都属于 java.applet 包。在 Application 中播放音频，具体步骤如下：

（1）首先由音频文件创建一个 File 对象，例如：

```
File file=new File(" ding.wav");
```

（2）由 File 对象调用 toURL()方法返回一个 URL 对象，例如：

```
URL url=file. toURL();
```

（3）使用 Applet 类的 newAudioClip()方法获得一个 AudioClip 对象，例如：

```
clip=Applet. newAudioClip(url);
```

本章小结

本章主要介绍图形、图像和多媒体技术。通过"文字与图形绘制"实例，介绍了绘图表面、图形环境和图形对象的概念以及如何使用 Graphics 类绘图的方法；通过"Java 2D 图形绘制"实例，介绍了 Java 2D 图形、Graphics2D 类的绘图新功能以及如何使用 Graphics2D 类绘图的方法；通过"电子相册"实例，介绍在 Applet 中创建、加载和显示图像的方法以及如何使用媒体跟踪器类跟踪图像的加载；通过"单击鼠标绘制图像"实例，介绍在 Application 中创建、加载和显示图像的方法，并熟悉鼠标事件；通过"花的缩放动画"实例，介绍了计算机动画、动画制作的方法、控制动画速率的方法以及如何避免动画闪烁等内容；最后通过一个"音频播放器"实例，介绍在 Applet 中播放音频和在 Application 中播放音频的基本方法。

习题 7

一、阅读如下程序，分析其功能

```
import java.awt.*;
import javax.swing.*;
class RandomColorDemo extends JFrame{
```

```
static RandomColorDemo frm=new RandomColorDemo();
public static void main(String args[]){
    frm.setTitle("Random Color");
    frm.setSize(200,150);
    frm.setVisible(true);
}
public void paint(Graphics g){
    g.setClip(35,37,125,100);
    for(int x=10;x<=180;x=x+20)
      for(int y=30;y<=140;y=y+20) {
          int red=(int)(Math.random()*255);
          int green=(int)(Math.random()*255);
          int blue=(int)(Math.random()*255);
          g.setColor(new Color(red,green,blue));
          g.fillOval(x,y,15,15);
      }
}
}
```

二、程序设计题

1. 编写一个 Applet 程序，使用 Graphics 类的常用方法，绘制一面五星红旗。程序运行结果如图 7-15 所示。

图 7-15　绘制五星红旗

2. 编写一个 Applet 程序，实现一行文字的动画显示，即文字跑马灯。程序运行结果如图 7-16 所示。

图 7-16　文字跑马灯

3．编写一个 Applet 程序，按下鼠标绘制或擦除多边形：在多边形内按下鼠标，绘制多边形；在多边形外按下鼠标，擦除多边形。程序运行结果如图 7-17 所示。

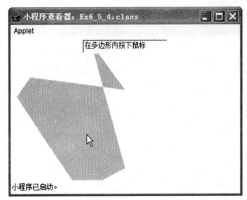 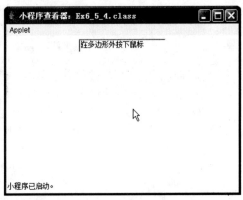

图 7-17　鼠标绘制或擦除多边形

4．编写一个 Applet 程序，画多个不同颜色嵌套的图形，当重新载入小应用程序时，颜色也可以发生变化。（提示：使用随机数产生随机颜色）。程序运行结果如图 7-18 所示。

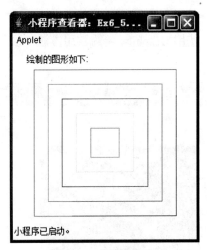

图 7-18　嵌套的矩形

第 8 章　综合实训

教学目标与要求： 本章实训内容是学习本教材后的综合训练，其中，综合实训 1 对应本教材第 1 章的内容，综合实训 2 对应第 2 章的内容，综合实训 3 对应第 4 章的内容，综合实训 4 对应第 3、6 和 7 章的内容，通过综合实训的实践，加深读者对所学内容的理解，增强读者综合运用知识的能力。

实训 1　简单的算术运算

【实训简介】

用线性同余法生成随机数序列的公式为：

$$r_k=(multiplier*r_{k-1}+increment)\%modulus$$

序列中的每一个数 r_k，可以由它的前一个数 r_{k-1} 计算出来。例如，如果有：

$$r_k=(79253*r_{k-1}+24897)\%65536$$

可以产生 65536 个不相同的整型随机数。设计一个方法作为随机数生成器，生成一位、两位或三位的随机数。利用这个随机数生成器，编写一个小学生四则运算的练习程序，要求：

（1）可以进行难度选择。一级难度用一位数进行计算，二级难度用两位数计算，三级难度用三位数计算。

（2）可以选择运算类型。包括加、减、乘、除。

（3）给出错误提示。

（4）可以统计成绩。

运行界面如图 8-1 所示。

【实训目的】

（1）熟练掌握 Java 中的数据类型，包括简单类型和复合类型。

（2）熟练掌握 Java 的运算符、表达式在实际开发中的应用。

（3）掌握 Java 中简单数据类型的输入和输出。

（4）熟练使用各种程序控制语句完成任务。

（5）掌握程序开发的一般步骤和方法。

【实训技术要点】

（1）使用给出的线性同余法生成随机数。

（2）定义字符界面菜单，提示用户进行操作。

（3）定义输入数据方法，在 main() 方法中调用该方法从键盘输入数据。

（4）定义输入运算符方法，在 main() 方法中调用该方法从键盘输入运算符。

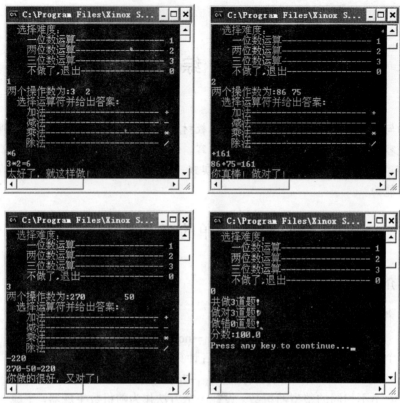

图 8-1　简单的算术运算

（5）定义运算方法，根据输入的数据和运算符进行计算。最后输出结果，包括做题总数、成绩等。

【代码实现】

```java
//文件 ExerciseSystem.java
import java.io.*;
public class ExerciseSystem{
    int a=0,b=0;
    int diffcon=0;
    char op='+';
    public int rand(int r){              //整型随机数生成方法
        return (13285*r+24897)%65536;
    }
    public int InputIntData()  throws IOException{//输入整型数据的方法
        byte buf[]=new byte[20];
        String str;
        System.in.read(buf);
        str=new String(buf);
        return Integer.parseInt(str.trim());     //trim()方法的功能是去掉当前字符
                                                 //串首尾的空格字符
    }
```

```
private void GetOPDatas(){ //根据难度系数分别将 a 和 b 生成一位数、二位数、三位数
    try{
        a=rand(b);
        b=rand(a);
    }catch(Exception e){}
    switch(diffcon){
        case 1: a%=9;        b%=9;        break;
        case 2: a%=99;       b%=99;       break;
        case 3: a%=999;      b%=999;      break;
    }
    if(a<b){        //使变量 a 的值大于变量 b 的值
        int t=a;        a=b;        b=t;
    }
}
private char InputOpr() throws IOException{ //输入运算符的方法
    return (char)System.in.read();
}
public void menu1(){        //输入一个合法的难度系数 1、2、3、0
    do{
        System.out.println("  选择难度：");
        System.out.println("    一位数运算------------------ 1");
        System.out.println("    两位数运算------------------ 2");
        System.out.println("    三位数运算------------------ 3");
        System.out.println("    不做了,退出----------------- 0");
        try{
            diffcon=InputIntData();
        }catch(IOException e){
            System.out.println("输入难度错误，系统退出！");
        }
    }while(diffcon!=0&&diffcon!=1&&diffcon!=2&&diffcon!=3);
}
public void selectOpr() throws IOException{    //选择运算符的方法
    do{
        System.out.println("  选择运算符并给出答案:");
        System.out.println("    加法---------------------- +");
        System.out.println("    减法---------------------- -");
        System.out.println("    乘法---------------------- *");
        System.out.println("    除法---------------------- /");
        try{
            op=InputOpr();
        }catch(IOException e){
            System.out.println("输入运算符错误!");
        }
    }while(op!='+'&&op!='-'&&op!='*'&&op!='/');
    return;
}
```

```java
    public int calculate(){          //进行计算的方法
        switch(op){
        case '+':  return a+b;
        case '-':   return a-b;
        case '*':  return a*b;
        case '/':
                if(b!=0)   return a/b;
                else {
                    b=1;
                    System.out.println(a+"/"+b+"="+a);
                    return a;
                }
        default:return -2;
        }
    }
    public static void main(String args[])throws IOException{
        ExerciseSystem es=new ExerciseSystem();
        int answer=0;
        int right=0,error=0,total=-1;
        while(true){
            total++;
            es.menu1();
            es.GetOPDatas();
            if(es.diffcon==0){
                System.out.println("共做"+total+"道题!");
                System.out.println("做对"+right+"道题!");
                System.out.println("做错"+error+"道题!");
                System.out.println("分数:"+(100.0*right/total));
                return;
            }
            System.out.println("两个操作数为:"+es.a+"\t"+es.b);
            try{
                es.selectOpr();
                }catch(IOException e){}
            try{
                    answer=es.InputIntData();
                }catch(IOException e){
                    System.out.println("数据输入错误!! ");
                }catch(java.lang.NumberFormatException e){
                    System.out.println("输入的数据格式错误!!! ");
            }
            System.out.println(""+es.a+(char)es.op+es.b+"="+answer);
            if(answer==es.calculate()){
                right++;
                switch(right%5){
                  case 0:System.out.println("恭喜你做对了! ");        break;
```

```
                case 1:System.out.println("太好了，就这样做！");          break;
                case 2:System.out.println("你真棒！做对了！");          break;
                case 3:System.out.println("你做的很好，又对了！");          break;
                case 4:System.out.println("Right! ^-^ ");  break;
                }
                continue;
        }
        else{
                error++;
                switch(error%3){
                    case 0: System.out.println("仔细想想！");          break;
                    case 1: System.out.println("不要马虎！");          break;
                    case 2: System.out.println("加油！总会成功的！"); break;
                }
        }
        while(answer!=es.calculate()){
            System.out.println("计算错误，重做！");
            System.out.println(""+es.a+(char)es.op+es.b+"=");
            try{
                    answer=es.InputIntData();
            }catch(IOException e){}
        }
    }
  }
}
```

程序能够给出错误提示，运行界面如图 8-2 所示。

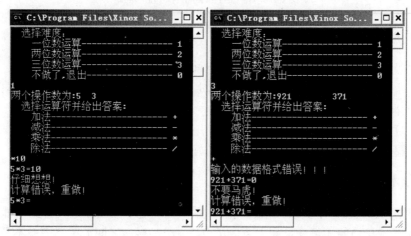

图 8-2 错误提示

【实训总结】

通过完成这个实训，把前面学过的大部分理论知识串到一起，完成了一个微型项目。从知识点上来说，涉及到多种运算符和表达式，流程控制语句中的分支、循环结构，简单数据的输入和输出等。实训题目比较简单，具备一些基础的理论知识就可以完成。要求学生在学习过程中，理论知识要扎实，更重要的是如何灵活地将理论知识应用于软件开发。

实训 2　教师学生类构造

【实训简介】

本实训设计一个应用程序，用来描述人类、学生类、研究生类、老师类和在职研究生老师类等主要权利和义务，可以定义为接口或类、抽象类等，每个类或接口中的常用方法主要有：人包括吃饭方法；学生有姓名、性别等属性和学习的方法；研究生中除了具备学生的基本方法外还和普通学生的学习方法不同；老师有工作的权利，当然老师首先应该是个人；另外还有一种特殊的人群，他们既是老师又是学生。程序运行界面如图 8-3 所示。

图 8-3　各类角色的不同权利和义务

【实训目的】

（1）学习并掌握面向对象程序设计的一般过程。

（2）学习并掌握面向对象中的类和对象的定义和使用方法，并在此过程中体会类、对象、继承和封装的概念。

（3）学习并掌握抽象类和接口的定义和使用方法，并理解接口和抽象类的作用。

（4）掌握包的定义和使用方法及使用它的好处。

【实训技术要点】

（1）根据题意绘制各个类或接口之间的关系，并确定哪些应该定义为类，哪些应该定义为接口，确定类或接口的成员变量和主要成员方法，类和接口之间的关系图并不是唯一的，程序中使用的关系图如图 8-4 所示。

（2）根据关系图定义各种类和接口中的详细内容。

（3）定义 main()方法，将上述的各种类和接口联系起来，完成最终的功能。

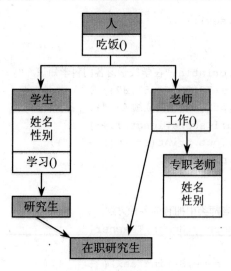

图 8-4　类或接口之间的关系

【代码实现】

```
//文件 HumanClass.java
package human;                       //创建包 human

interface Human{                     //定义人类接口,添加吃饭方法
    abstract void eat();
}

interface Teacher extends Human{     //定义老师接口,老师首先应该是人,添加工作方法
    void work();
}
//定义学生类,此类只是一般的学生总类,定义为抽象类,只是规定学生的一般格式,具体学生类中的
//每一个方法,在其子类中进行定义
abstract class Student implements Human{
    String name;
    String sex;
    Student(String name,String sex){
        this.name=name;
        this.sex=sex;
    }
    abstract void study();
    public void eat(){
            System.out.println("学生的生活费 150-200 之间。");
    }
}
//定义大学生类,作为学生的子类
class Univeser extends Student{
    Univeser(String name,String sex){
```

```
                super(name,sex);
        }
        void study(){
                System.out.println("在学校学习各门科学知识。");
                int score[]={78,95,62,51,87};
                System.out.print("他的成绩为：");
                for(int i=0;i<score.length;i++)
                        System.out.print(score[i]+"  ");
                System.out.println();
        }
}
//定义老师类，实现人类和老师类中拥有的各种方法
class TeacherOn implements Human,Teacher{
        String name,sex;
        TeacherOn(String name,String sex){
                this.name=name;
                this.sex=sex;
        }
        public void eat(){
                System.out.println("老师的生活费 350-400 之间");
        }
        public void work(){
                System.out.println("此人是老师，有工作。");
        }
}
//在职研究生即是老师又是学生，拥有老师和学生的权利和职责
class Teacher_Univeser extends Univeser implements Teacher{
        Teacher_Univeser(String name,String sex){
                super(name,sex);
        }
        public void eat(){
            System.out.println("即是老师又是学生的双重身份人的生活费在 250-300 之间。");
        }
        public void work(){
                System.out.println("此人：有一半老师的工作，另一半学生的职责。");
        }
}
//定义主类，将上述定义的类，进行组合完成总的功能
public class HumanClass{
        public static void main(String args[]){
                Univeser u=new Univeser("Tom","male");
                System.out.println("姓名："+u.name+"        "+"性别："+u.sex);
                u.eat();
                u.study();
                TeacherOn t=new TeacherOn("Marry","female");
                System.out.println("姓名："+t.name+"        "+"性别："+t.sex);
```

```
        t.eat();
        t.work();
        Teacher_Univeser tu=new Teacher_Univeser("Lina","female");
        System.out.println("姓名: "+tu.name+"        "+"性别: "+tu.sex);
        tu.eat();
        tu.work();
        tu.study();
    }
}
```

【实训总结】

通过本次综合实训，辅助理解类和对象、继承和多态等基本概念以及它们的实现方法，体会类和对象的定义和使用方法。继承是面向对象程序设计中经常使用的一种重要的编程手段，它定义了两个类之间的一种父子关系，通过继承机制可以更有效地组织程序结构，明确类之间的关系，充分利用已有类来完成更复杂的类的定义和使用，实现软件复用。

实训 3   模拟 100 米短跑比赛

【实训简介】

本实训是一个 Applet 程序，使用异常处理机制和多线程机制模拟两人百米赛跑的情况，每一次的比赛结果都是不可预知的，当比赛结束后可以清楚地看出是哪一位运动员得到了冠军。

为了使得程序的界面友好，可以借助小应用程序中的图形绘制方法，让每一位运动员适时地让出 CPU 给另外一名对手，让出的时间由随机函数 Math.random()产生，它的范围是 0～1 之间的小数，也可以适当扩大倍数。

启动程序在小应用程序浏览器中执行，最开始的运行结果是在小应用程序浏览器中只有一个"开始"按钮，单击按钮后，会出现两个标有名字的图形，同时向前移动，如图 8-5（a）所示，当其中一个图形到达图中标注的终点线时，所有的图形停止移动，并显示出最终的比赛结果，如图 8-5（b）所示。

【实训目的】

进一步学习并掌握多线程机制的实现方法。

【实训技术要点】

（1）使用小应用程序模拟 100 米赛跑情况，首先装入需要的各种软件包，并定义自己的小应用程序，定义必要的成员变量。

（2）在初始化 init()方法中，对小应用程序本身进行设置，例如背景色、布局管理器等，添加"开始"按钮，作为开始比赛的口令。

（3）编写处理事件的代码，即重写 ActionListener 接口中的 actionPerformed(ActionEvent e) 方法，在此方法中定义两个线程，并启动执行。

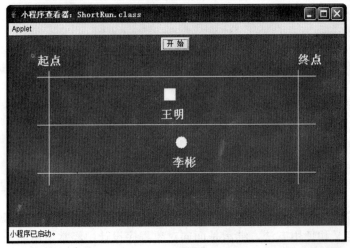

（a）比赛中

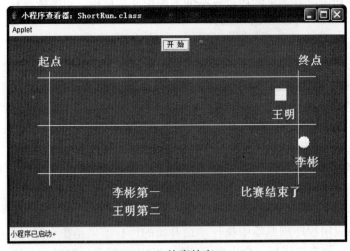

（b）比赛结束

图 8-5   100 米短跑比赛模拟结果

（4）在 Runnable 接口的 run()方法中，定义线程的主体执行内容，输出必要的字符显示信息和绘制必要的辅助图形，根据当前线程的名字确定要完成的操作，绘制参赛人员相对位置，当某一个人到达终点后，停止其他线程的执行，并显示最终的比赛结果，未到达终点时，随机产生一个等待时间，暂时让出 CPU 给其他的队员。

【代码实现】

```java
//文件 ShortRun.java
import java.applet.*;
import java.awt.*;
import java.awt.event.*;
public class ShortRun extends Applet implements Runnable,ActionListener{
    Button b=new Button(" 开 始 ");
    Thread thread1,thread2;
```

```
String param;
public void init(){
    add(b);
    b.addActionListener(this);
    param=getParameter("bgcolor");   //取得参数 bgcolor 的值
    setBackground(new Color(Integer.parseInt(param,16)));   //设置背景颜色
    }
public void actionPerformed(ActionEvent e){
    repaint();
    thread1=new Thread(this,"王明");
    thread1.start();
    thread2=new Thread(this,"李彬");
    thread2.start();
}
public void run(){
    int x,y;
    boolean flag=false;
    Graphics g=getGraphics();
    g.setColor(Color.yellow);
    g.setFont(new Font("TimesRoman",Font.BOLD,20));
    g.drawString("起点",50,50);
    g.drawLine(70,60,70,250);          //绘制左边的竖线
    g.drawString("终点",500,50);
    g.drawLine(500,60,500,250);
    g.setColor(Color.white);
    loop:for(x=50;x<=500;x+=10)
      for(y=150;y<=255;y+=40){
          if(((Thread.currentThread()).getName()).equals("王明")){
              g.clearRect(x-15,90,50,60);
              g.fillRect(x,90,20,20);             //绘制王明上方的小正方形
              g.drawString("王明",x-6,140);        //输出"王明"
              g.drawString("起点",50,50);
              g.drawLine(70,60,70,250);
              if(x==500){                         //王明到达终点
                  thread2.stop();
                  g.drawString("王明第一",180,270);
                  g.drawString("李彬第二",180,300);
                  break loop;
              }
              try{
                  Thread.sleep((int)(Math.random()*100));
              }catch(InterruptedException e){}

          }
          if(((Thread.currentThread()).getName()).equals("李彬")){
              g.clearRect(x-15,170,50,60);
```

```
        g.fillOval(x,170,20,20);                //绘制李彬上方的小圆形
        g.drawString("李彬",x-6,220);           //输出"李彬"
        g.drawString("终点",500,50);
        g.drawLine(500,60,500,250);             //绘制右边的竖线
        g.drawLine(50,70,530,70);               //绘制第 1 条横线
        g.drawLine(50,150,530,150);             //绘制第 2 条横线
        g.drawLine(50,230,530,230);             //绘制第 3 条横线
        String str;
        if(x==500){                             //李彬到达终点
            thread1.stop();
            g.drawString("李彬第一",180,270);
            g.drawString("王明第二",180,300);
            break loop;
        }
        try{
            Thread.sleep((int)(Math.random()*100));
        }catch(InterruptedException e){}
    }
}
g.drawString("比赛结束了",400,270);
    }
}
```

编写 Applet 程序后，首先要用 java 编译器编译成为字节码文件，然后编写相应的 HTML 文件才能够正常执行。HTML 文件的具体代码实现如下：

```
//文件 ShortRun.html
<html>
<head>
<title>模拟 100 米短跑比赛</title>
</head>
<body bgcolor="0099ff">
<div id="Layer1" style="position:absolute; left:50px; top:50px; width:453px;
        height:82px;z-index:1">
<font color="blue">
<applet code="ShortRun.class" width=580 height=320>  //该行的 3 个标记必须设置，
                                                     //否则 Applet 无法运行
<param name="bgcolor" value="0099ff">
</applet>
</font>
</div>
<font color="blue">
<center>
<h2>100 米短跑比赛</h2>
</center>
</font>
</body>
</html>
```

【实训总结】

通过本实训，读者可进一步理解异常、多线程和输入/输出等相关概念，理解 Java 中异常处理机制的作用和实现方法。本实训题目利用异常处理机制和多线程处理机制模拟 100 米比赛，体现了多线程机制在宏观上并行，微观串行的思想，并清楚地展示了多线程机制的实现方法。

实训 4　画笔程序

【实训简介】

本实训要求设计一个图形用户界面的画图程序，用鼠标在绘图区域画出满足自己需要的内容，可以设置线宽和颜色。图形可以正确存取。程序运行的参考界面如图 8-6 所示。

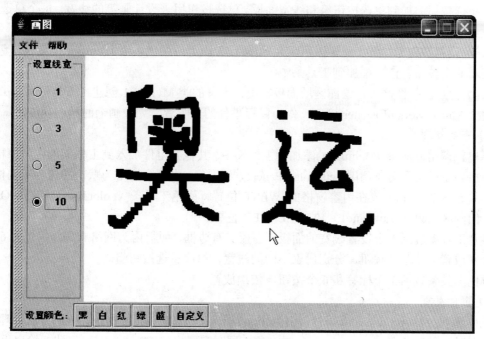

图 8-6　简单的画笔程序

【实训目的】

（1）熟练掌握 Java 图形用户界面程序的布局与设计。

（2）熟练掌握 Java 图形用户界面中组件的事件处理方法。

（3）熟练掌握 Java　Applet 的创建与使用。

（4）掌握 Java　Applet 的各种绘制方法。

（5）掌握 Java GUI 程序开发的一般步骤和方法。

【实训技术要点】

1）界面框架的实现

在 Java 中设计图形用户界面程序时，可选用 AWT 组件或 Swing 组件。本实训采用 Swing 组件进行设计和实现。本实训主窗口框架继承自 Swing 库中的 JFrame 类。类名称为 MyPaint，该类中包含方法 showPaint()，用来创建和管理主窗口框架。框架是一个容器，在这个容器中放入其他一些图形用户界面组件，如按钮和菜单，用来完成相关功能。

2）组件设计

本实训的界面框架主要包括 4 个部分：

（1）菜单栏：由类 JMenuBar 创建，包括两个菜单："文件"和"帮助"。每个菜单中又包括不同的菜单选项。每个菜单选项用于触发相应的事件。

（2）设置线宽工具条（单选按钮区）：用来设计线宽的选项。包括 1 个设置线宽的面板，由 JPanel 类创建，面板定义为带提示文字的边框。设置线宽面板按 6 行 1 列的网格布局，依次将各单选按钮添加到单选按钮组和线宽面板。单选按钮用来设计画笔的线宽。每个单选按钮都触发相应的事件，然后将线宽面板添加到线宽工具条。

（3）设置颜色工具条（普通按钮区）：用来设置画笔的颜色。由 JToolBar 类创建，包括 1 个标签和 6 个按钮，依次添加到工具条中。

（4）窗口的绘图区域：绘图区域面板，由自定义的类 MyPane1 创建，该类继承自 JPanel 并实现了 MouseMotionListener 接口，作为鼠标事件的监听者，完成画笔的绘制功能。

3）布局管理

菜单栏调用方法 setJMenuBar()添加到主框架中。其他各组件加入到主框架的内容窗格中，内容窗格由主框架类对象调用 getContentPane()方法取得，内容窗格中为默认的边界布局格式。线宽工具条（lineTool）放在内容窗格的 WEST 位置，颜色工具条（colorTool）放在 SOUTH 位置，绘图区面板（drawPane1）放在 CENTER 位置。

线宽工具条包括 1 个设置线宽的面板，面板带有边框，面板内为网络布局，指定为 6 行 1 列，分别放置 4 个单选按钮，分别代表不同的线宽，组成单选按钮组。

颜色工具条包括 1 个标签和 6 个按钮，依次放置。

4）事件处理

菜单选项触发 ActionEvent 事件，由 ActionListener 接口的 actionPerformed()方法处理，监听者注册时，创建匿名 ActionListener 类对象，同时实现 actionPerformed()方法，给出事件处理的具体实现。采用匿名内部类的形式，在注册的同时完成对象的处理方法。

线宽工具条中的各单选按钮分别触发 ItemEvent 事件，由 ItemListener 接口的 ItemStateChanged 方法处理，监听者注册采用匿名内部类的形式，并同时定义该方法的具体实现。

颜色工具条中的各按钮触发 ActionEvent 事件，由 ActionListener 接口的 actionPerformed()方法处理，监听者注册时，创建匿名 ActionListener 对象，同时实现 actionPerformed()方法，给出事件处理的具体实现。

绘图区产生鼠标事件，监听者为绘图区面板 MyPanel 对象自身，在该类中进行鼠标事件处理。

5）绘制图形

绘图的处理都在 MyPanel 类中进行，为了重绘图形和存取图片的方便，定义基本图元类 Drawings 描述一个图元，用一个填充的正方形代表一个图元。用鼠标拖动一下，就在界面上绘制一个图元，并将该图元保存到一个已绘图元数组中。重绘时，将绘制过的图元从数组中依次取出并重新绘制。

本实训中将已绘制过的图元对象数组按照绘制的顺序，依次串行化存储到文件中，打开文件时，同样依次读入已绘制的图元对象，并将它们存储到数组中，然后调用 MyPanel 的重画功能，把保存的图形显示出来。

【代码实现】

```java
import javax.swing.*;
import java.awt.*;
import java.awt.event.*;
import java.io.*;
import java.util.*;
public class MyPaint{
    public static final int WIDTH=600;
    public static final int HEIGHT=400;
    JFrame mainFrame;
    JMenuBar menuBar;
    JMenu fileMenu;
    JMenu helpMenu;
    //JMenu helpMenu;
    JMenuItem openItem;
    JMenuItem saveItem;
    JMenuItem exitItem;  \
    JMenuItem aboutItem;
    JToolBar lineTool;
    JToolBar colorTool;
    JPanel setLinePanel;
    JLabel info;
    JButton blackButton;
    JButton whiteButton;
    JButton redButton;
    JButton greenButton;
    JButton blueButton;
    JButton otherButton;
    JColorChooser otherChooser;
    MyPane1 drawPane1;
    public void showPaint(){
        mainFrame=new JFrame();
        mainFrame.setTitle("画图");
        mainFrame.setSize(WIDTH,HEIGHT);
        mainFrame.setResizable(false);
```

```
        //设置用户关闭框架时的响应用动作
        mainFrame.setDefaultCloseOperation(JFrame.EXIT_ON_CLOSE);
        showMenu();
        showTool();
        mainFrame.show();
    }
    public void showMenu(){
        menuBar=new JMenuBar();
        fileMenu=new JMenu("文件");
        openItem=new JMenuItem("打开(O)",'O');
        saveItem=new JMenuItem("保存(S)",'S');
        exitItem=new JMenuItem("退出(X)",'X');
        //设置打开菜单项的快捷键为 Ctrl+O
        openItem.setAccelerator(KeyStroke.getKeyStroke(KeyEvent.VK_O,
                            InputEvent.CTRL_MASK));
        saveItem.setAccelerator(KeyStroke.getKeyStroke(KeyEvent.VK_S,
                            InputEvent.CTRL_MASK));
        exitItem.setAccelerator(KeyStroke.getKeyStroke(KeyEvent.VK_X,
                            InputEvent.CTRL_MASK));
        openItem.addActionListener(new ActionListener(){
                public void actionPerformed(ActionEvent e){
            drawPane1.loadFile();}});
        saveItem.addActionListener(new ActionListener(){
            public void actionPerformed(ActionEvent e){
            drawPane1.saveFile();}});
        exitItem.addActionListener(new ActionListener(){
            public void actionPerformed(ActionEvent e){
            System.exit(0);}});
        //定义帮助菜单
        helpMenu=new JMenu("帮助",false);
        //定义关于菜单，设置快捷键为 A
        aboutItem=new JMenuItem("关于(A)",'A');
        //关于菜单项事件监听器，弹出一个消息框
        aboutItem.addActionListener(new ActionListener(){
            public void actionPerformed(ActionEvent e){
            JOptionPane.showMessageDialog(mainframe
                            ,"这是一个简单的画图程序！"
                            ,"提示",JOptionPane.INFORMATION_MESSAGE);}});
        //设置菜单栏
        menuBar.add(fileMenu);
        menuBar.add(helpMenu);
        fileMenu.add(openItem);
        fileMenu.add(saveItem);
        fileMenu.addSeparator();
        fileMenu.add(exitItem);
        helpMenu.add(aboutItem);
```

```
    //将菜单栏添加到主框架
    mainFrame.setJMenuBar(menuBar);
}
public void showTool(){
    lineTool=new JToolBar();
    lineTool.setSize(WIDTH/4,HEIGHT/5*3);
    //按边界布局方式将设置线宽工具条放在 WE5T 部分
    Container contentPane=mainFrame.getContentPane();
    contentPane.add(lineTool,BorderLayout.WEST);
    //设置线宽面板的实现
    setLinePanel=new JPanel();
    setLinePanel.setSize(WIDTH/5,HEIGHT/5*4);
    //为设置线宽面板定义带提示文字的边框
    setLinePanel.setBorder(BorderFactory.createTitledBorder("设置线宽"));
    //设置线宽面板按 6 行 1 列的网络布局
    setLinePanel.setLayout(new GridLayout(6,1));
    //定义单选按钮组
    ButtonGroup bg=new ButtonGroup();
    //定义单选按钮，设置单选按钮 1 为已选状态
    JRadioButton b1=new JRadioButton("  1  ",true);
    JRadioButton b3=new JRadioButton("  3  ");
    JRadioButton b5=new JRadioButton("  5  ");
    JRadioButton b10=new JRadioButton("  10  ");
    b1.addItemListener(new ItemListener(){
        public void itemStateChanged(ItemEvent e){
            if(e.getStateChange()==e.SELECTED)
            drawPane1.setLineWidth(1);   }});
    //单选按钮 3 事件监听器，设置线宽为 3 像素点
    b3.addItemListener(new ItemListener(){
        public void itemStateChanged(ItemEvent e){
            if(e.getStateChange()==e.SELECTED)
            drawPane1.setLineWidth(3);   }});
    b5.addItemListener(new ItemListener(){
        public void itemStateChanged(ItemEvent e){
            if(e.getStateChange()==e.SELECTED)
            drawPane1.setLineWidth(5);   }});
    b10.addItemListener(new ItemListener(){
        public void itemStateChanged(ItemEvent e){
            if(e.getStateChange()==e.SELECTED)
            drawPane1.setLineWidth(10);}});
    //将单选按钮添加到按钮组
    bg.add(b1);    bg.add(b3);
    bg.add(b5);    bg.add(b10);
    //将单选按钮添加到设置线宽面板
    setLinePanel.add(b1);        setLinePanel.add(b3);
    setLinePanel.add(b5);        setLinePanel.add(b10);
```

```
//将设置线宽面板添加到设置线宽工具条
lineTool.add(setLinePanel);
//绘图区面板的实现
drawPane1=new MyPane1();
drawPane1.setSize(WIDTH/4*3,HEIGHT/5*3);
//设置绘图区面板背景色为白色
drawPane1.setBackground(Color.WHITE);
//添加绘图区监听器，监听器就是绘图面板对象本身
drawPane1.addMouseMotionListener(drawPane1);
//按边界布局方式将绘图区面板放在 CENTER 部分
contentPane.add(drawPane1,BorderLayout.CENTER);
//设置颜色工具条的实现
colorTool=new JToolBar();
colorTool.setSize(WIDTH,HEIGHT/5);
//按边界布局方式将设置颜包工具条放在 SOUTH 部分
contentPane.add(colorTool,BorderLayout.SOUTH);
info=new JLabel("设置颜色：");
//定义设置颜色的按钮，用颜色图标表示要设置的颜色
blackButton=new JButton("黑");
whiteButton=new JButton("白");
redButton=new JButton("红");
greenButton=new JButton("绿");
blueButton=new JButton("蓝");
//自定义颜色设置按钮为文字按钮
otherButton=new JButton("自定义");
//将提示信息标签和设置颜色按钮添加到设置颜色工具条
colorTool.add(info);       colorTool.add(blackButton);
colorTool.add(whiteButton);    colorTool.add(redButton);
colorTool.add(greenButton);    colorTool.add(blueButton);
colorTool.add(otherButton);
//黑色按钮事件监听器，设置颜色为黑色
blackButton.addActionListener(new ActionListener(){
   public void actionPerformed(ActionEvent e){
      drawPane1.setLineColor(Color.BLACK);}});
                      whiteButton.addActionListener(new ActionListener(){
   public void actionPerformed(ActionEvent e)        {
      drawPane1.setLineColor(Color.WHITE);}});
//红色按钮事件监听器，设置画笔颜色为红
redButton.addActionListener(new ActionListener(){
   public void actionPerformed(ActionEvent e){
      drawPane1.setLineColor(Color.RED);}    });
      //绿色按钮事件监听器，设置画笔颜色为绿色
greenButton.addActionListener(new ActionListener(){
   public void actionPerformed(ActionEvent e){
      drawPane1.setLineColor(Color.GREEN);}});
//蓝色按钮事件监听器，设置画笔颜色为蓝色
```

```
            blueButton.addActionListener(new ActionListener(){
                            public void actionPerformed(ActionEvent e){
                drawPane1.setLineColor(Color.BLUE);}}));
        //自定义按钮事件监听器,弹出调色板供用户选择颜色
        otherButton.addActionListener(new ActionListener(){
            public void actionPerformed(ActionEvent e){
                Color color;
                otherChooser=new JColorChooser();
                //显示调色板对话框,返回值为所选的颜色
            color=otherChooser.showDialog(mainFrame,"自定义颜色", drawPane1.
                                    getLineColor());
                if(color!=null)
                    drawPane1.setLineColor(color);}}));
        }}
class Drawings implements Serializable{
    public int x,y;
    public int R,G,B;
    public int width;
    public Drawings(){}
    public void copyData(Drawings s){
        x=s.x;    y=s.y;   R=s.R;    G=s.G;
        B=s.B;    width=s.width;
    }
}
class MyPane1 extends JPanel implements MouseMotionListener{
    private ObjectInputStream input;
    private ObjectOutputStream output;
    private int lineWidth=1;
    private Color lineColor=Color.BLACK;
    private Drawings[] itemList;
    private int index=-1;    //已绘制基本图元下标,初值为-1 表示没有绘图
    public MyPane1(){
        //定义基本图元数组为一个较大的数组
        itemList=new Drawings[20000];
    }
    public void setLineWidth(int w){
        if(w>0)lineWidth=w;
    }
    public void setLineColor(Color c){
        lineColor=c;
    }
    public int getLineWidth(){
        return lineWidth;
    }
    public Color getLineColor(){
        return lineColor;
```

```
    }
public void saveFile(){        //保存一个图形文件程序段
    JFileChooser fileChooser=new JFileChooser();
    fileChooser.setFileSelectionMode(JFileChooser.FILES_ONLY);
    //将文件选择对象框基于绘图区面板显示为对话框
    int result=fileChooser.showSaveDialog(this);
    //选择取消按钮则返回
    if(result==JFileChooser.CANCEL_OPTION) return;
    File fileName=fileChooser.getSelectedFile();        //获得文件名
    fileName.canWrite();    //设置文件为可写
    if(fileName==null||fileName.getName().equals(""))
    //没有选择文件，提示文件错误
        JOptionPane.showMessageDialog(fileChooser,"文件错误","文件错误",
                                    JOptionPane.ERROR_MESSAGE);
    else{
        try{   fileName.delete();    //删除已有文件，重新写入数据
            FileOutputStream fos=new FileOutputStream(fileName); //新建文件输出流
            output=new ObjectOutputStream(fos);
            Drawings record;
            output.writeInt(index); //写入所绘图元数组元素下标最大值
              for(int i=0;i<=index;i++){//依次写入已绘图元数据，采用对象串行化
              Drawings p=itemList[i];
              output.writeObject(p);
              output.flush();    //将所有图元信息串行化存储到文件中
              }
            output.close();
            fos.close();
        }catch(IOException ioe){
        ioe.printStackTrace();
        }
    }
}
public void loadFile(){//打开一个图形文件程序段
    JFileChooser fileChooser=new JFileChooser();//弹出文件选择对话框，选取文件
    fileChooser.setFileSelectionMode(JFileChooser.FILES_ONLY);
    //将文件选择对话框基于绘图区面板显示为对话框
    int result=fileChooser.showOpenDialog(this);
    if(result==JFileChooser.CANCEL_OPTION) return;
    File fileName=fileChooser.getSelectedFile();
    fileName.canRead();        //设置文件可读
    if(fileName==null||fileName.getName().equals(""))
     JOptionPane.showMessageDialog(fileChooser,"文件错误","文件错误",
                                    JOptionPane.ERROR_MESSAGE);
    else{
        try{   //新建输入文件流
        FileInputStream fis=new FileInputStream(fileName);
```

```
        input=new ObjectInputStream(fis);
        Drawings inputRecord;
        int countNumber=0;
        countNumber=input.readInt();//读入所绘图元数组元素下标最大值
        //依次读入所绘图元
        for(index=0;index<=countNumber;index++){
           inputRecord=(Drawings)input.readObject();
           itemList[index]=new Drawings();   //新建已绘图元数组
           itemList[index].copyData(inputRecord);
        }
        index=countNumber;
        input.close();}
   catch(EOFException endofFileException){
        JOptionPane.showMessageDialog(this,"文件结束","文件结束",
                                      JOptionPane.ERROR_MESSAGE);
        }
        //不能读入串行化对象异常处理
   catch(ClassNotFoundException classNotFoundException){
   JOptionPane.showMessageDialog(this,"不能创建对象","没有找到类型",
                                  JOptionPane.ERROR_MESSAGE);    }
   catch(IOException ioException){
   JOptionPane.showMessageDialog(this,"读文件错误","读文件错误",
                                  JOptionPane.ERROR_MESSAGE);}
   //按读入的已绘图元绘制图形
   repaint();    }
   }
   public void paintComponent(Graphics g){ //自动重画方法，绘图区被重新激活时自动调用
      super.paintComponent(g);
      int j=0;
      while(j<=index){
         draw(g,itemList[j]);
         j++;}
   }
   void draw(Graphics g,Drawings i){       //设置颜色
      Color color=new Color(i.R,i.G,i.B);
      g.setColor(color);
      g.fillRect(i.x,i.y,i.width,i.width);    //绘制正方形图元区域，左上角坐标为
                                              //（x，y），边长为 width
   }
   public void mouseDragged(MouseEvent e){    //鼠标拖动事件，绘制图元
      Graphics myCanVas=getGraphics();        //获取画笔
      //将要绘制的图元保存到已绘制图元数据中
      index++;
      itemList[index]=new Drawings();
      itemList[index].x=e.getX();
      itemList[index].y=e.getY();
```

```
    itemList[index].R=lineColor.getRed();
    itemList[index].G=lineColor.getGreen();
    itemList[index].B=lineColor.getBlue();
    itemList[index].width=lineWidth;
    myCanVas.setColor(lineColor);          //设置颜色
        myCanVas.fillRect(e.getX(),e.getY(),lineWidth,lineWidth);
          //按设置的线宽，在鼠标所在位置绘制图元
    }
    public void mouseMoved(MouseEvent e){}
}
public class TestMyPaint{
public static void main(String args[]){
    MyPaint testPaint=new MyPaint();
    testPaint.showPaint();
    }
}
```

【实训总结】

通过完成这个实训，将 Java 的图形用户界面与 Java 小应用程序完美地结合在一起，完成了一个知识性、应用性及趣味性较强的题目。本次实训涵盖了图形用户界面的布局设计、事件处理方法、小应用程序的创建与绘制等方面的知识，遵循了程序设计的基本思想与方法。通过本次实训不但可以巩固所学的理论，还能启发学生的 GUI 编程思路。要求学生在实践过程中具有应用理论知识、独立自学以及程序设计与编写的能力。

习题 8

1. 结合图形用户界面与事件处理，创建一个完整的 GUI 程序：计算器。要求能够完成加、减、乘、除运算，并考虑到一些细节，例如：小数的运算，连续的运算等。程序设计提示如下：

（1）界面设计：一个窗口中，上面放置一个文本框用于显示操作数与运算结果，中间放置删除和退格按钮，最下面整齐排列若干按钮用于显示数字和操作符。

（2）界面实现：一个类继承 JPanel 类，放置删除按钮和退格按钮；一个类继承 JPanel 类，放置数字和操作符；一个类继承 JFrame 类，放置文本框和前两个面板类的对象。

（3）功能设计：使所有的按钮响应事件，完成其对应的功能，例如：单击数字按钮后会在文本框中显示数字，单击等号按钮会计算结果，并将其显示在文本框中。

（4）功能实现：为所有的按钮注册 ActionListener 事件监听器。创建一个类实现监听器接口，在其 actionPerformed() 方法中对事件源进行分类判断（数字、操作符等），然后做相应的条件分析和处理。

程序运行界面如图 8-7 所示。

2. 设计一个 Java Applet 程序，实现雪花飘舞的动画。屏幕效果如图 8-8 所示。

图 8-7　简易计算器

图 8-8　雪花飘舞

3．设计一个 Java Applet 程序，实现 12 个钢琴键及其声音的模拟。程序运行界面如图 8-9 所示。

图 8-9　钢琴键

4．设计一个 Java Applet 程序，模拟时钟的程序，运行界面如图 8-10 所示。

图 8-10　模拟时钟

附录 A Java 运算符的优先级和结合方向

优先级	运算符	含义	结合方向
1	( ) [ ] .	圆括号 下标运算符 结构体成员运算符	自左至右
2	! ~ ++ -- + - instanceof	逻辑非运算符 按位取反运算符 自增运算符 自减运算符 求正运算符 求负运算符 检查是否为类实例	自右至左
3	new (类型)	新建类实例 强制类型转换	
4	* / %	乘法运算符 除法运算符 求余运算符	自左至右
5	+ -	加法运算符 减法运算符	自左至右
6	<< >> >>>	左移运算符 右移运算符 无符号右移运算符	自左至右
7	< <= > >=	小于运算符 小于或等于运算符 大于运算符 大于或等于运算符	自左至右
8	== !=	等于运算符 不等于运算符	自左至右
9	&	按位与运算符	自左至右
10	^	按位异或运算符	自左至右
11	|	按位或运算符	自左至右
12	&&	逻辑与运算符	自左至右
13	||	逻辑或运算符	自左至右
14	?:	条件运算符	自右至左
15	= += -= *= /= %= &= ^= |= <<= >>= >>>=	赋值运算符 复合赋值运算符	自右至左

附录 B　Java 语言关键字

abstract	break	byte	boolean	catch
case	char	class	continue	default
do	double	else	extends	false
final	float	for	finally	if
import	implements	int	interface	instanceof
long	length	native	new	null
package	private	protected	public	return
switch	synchronized	short	static	super
try	true	this	throw	throws
threadsafe	transient	void	volatile	while

参考文献

[1] 耿祥义，张跃平. Java 2 实用教程（第三版）. 北京：清华大学出版社，2006.

[2] 张跃平，耿祥义. Java 2 实用教程（第三版）实验指导与习题解答. 北京：清华大学出版社，2006.

[3] 杨树林，胡洁萍. Java 语言最新实用案例教程. 北京：清华大学出版社，2006.

[4] 贾振华. Java 语言程序设计. 北京：中国水利水电出版社，2004.

[5] 雍俊海. Java 程序设计教程（第 2 版）. 北京：清华大学出版社，2007.

[6] 甘玲. 解析 Java 程序设计. 北京：清华大学出版社，2007.

[7] 薛为民，夏文红，解仑. Java 应用教程. 北京：清华大学出版社·北京交通大学出版社，2005.

[8] 温秀梅，李虹. Java 程序设计教程与实验. 北京：清华大学出版社，2007.

[9] 张白一，崔尚林. 面向对象程序设计——Java（第二版）. 西安：西安电子科技大学出版社，2006.

[10] 朱战立，沈伟. Java 程序设计实用教程. 北京：电子工业出版社，2006.

[11] 陈炜等. Java 语言程序设计案例教程. 北京：人民邮电出版社，2006.

[12] 黄明，梁旭，周绍斌. Java 课程设计. 北京：电子工业出版社，2006.